帝都地下迷宮

中山七里

○本表紙デザイン+ロゴ=川上成夫

帝都地下迷宮　目次

第一章　汽笛一声万世橋を

1

　ひょっとすると僕は死体愛好家なのかもしれない——銀座線旧新橋駅に向かう電車の中で、小《こ》日向《ひなた》巧《たくみ》はふとそんな風に考えていた。

　丸ノ内線の赤坂《あかさか》見附《みつけ》駅から銀座線に進入する。構内の照明で煌々《こうこう》とした丸ノ内線側のホームを車窓から眺めるのは新鮮だった。普段は使わない線路を走っていると、まるでこのまま別世界に連れていかれるような、不思議な昂揚感《こうようかん》に包まれる。

　やがて電車は旧新橋駅に到着。小日向は昂奮《こうふん》を抑えきれずホームに降り立つ。

　中央には〈新橋駅　幻のホーム〉、そして当時を模《も》したタイル張りの〈橋新〉という駅名標が掲げられている。ホームの長さは七十メートルほどで、現行のホームの半分ほどしかないのは当時の車両が今よりもずっと短い二両編成であった証左だ。

　ホームの幅もひどく狭い。これは当時からではなく、会議室や駅員用の仮眠室を設けたからだ。従って全体としてこぢんまりとした印象がある。照明も乏《とぼ》しくひと気もなく、まさしく打ち棄てられた場所のようだ。壁に設置された車止めもやけに侘《わび》しく映る。

息を吸い込むと鉄と機械油、そして土くれの臭いがする。人の臭いが一切しないのは、やはり限られた関係者しか出入りしていないせいだろうか。

旧新橋駅が廃駅になった経緯はこうだ。開通当時、地下鉄運営は東京地下鉄道と東京高速鉄道の二社が覇権を争っていた。まず東京地下鉄道が昭和九年六月に浅草〜新橋間の終点として新橋駅を建設。少し遅れて東京高速鉄道が昭和十四年一月に渋谷〜新橋間の終点として同じく新橋駅を建設。覇権を争っていた事情で二つの新橋駅は乗り入れもできない状況だった。やがて東京高速鉄道の総帥《そうすい》五島慶太《ごとうけいた》が東京地下鉄道の株を大量に買い占め、昭和十四年九月に競合相手である東京地下鉄道側の線路を本線として使用することを決定した（これが現在の銀座線の由来だ）。

こうして東京高速鉄道側の新橋駅はたった八カ月で〈旧〉新橋駅という蔑称《べっしょう》を与えられ、本来の役割を奪取されるに至る。言い換えれば旧新橋駅は地下鉄創業当時の名残《なごり》であり、且《か》つ覇権争いの象徴ということもできる。実際ホームに立ってみると時代の波に翻弄《ほんろう》され、消し去られていった者の悲哀と寂寥《せきりょう》が胸に迫ってくる。

不意に死の臭いを嗅《か》いだような気がした。

夏草や兵《つわもの》どもが夢の跡――。

小日向はこの無常観が好きだった。新しいもの強いものが次代を築く陰で、こうした敗残を目《ま》の当《あ》たりにしていると、己《おのれ》もいつかは屍《しかばね》を晒《さら》すのだという冷たい現実を嚙《か》み締めることができる。

最近は廃墟《はいきょ》を訪ねたり撮影したりするのがちょっとしたブームになっている。訳知り顔の者たちは滅びの美学とか忘れ去られたものへの郷愁とか知った風な解釈をしているが、ブームを牽引《けんいん》している当人たちの一人がインタビューで洩《も》らしたひと言がこれだった。

廃墟とかって、要は死体と一緒なんですよ――。

小日向はその言葉がひどく腑《ふ》に落ちた。考えてみれば使用されなくなり無残な骸《むくろ》を晒す建造物も、静物となった死体も本質的には似たようなものだ。そしてもの言わなくなった残骸の哀しみに共感を覚える。

しばらく感慨《かんがい》に耽《ふけ》っていると、虚《うつ》ろなホームに女性の声が響き渡った。

「皆さあん。そろそろ見学の終了時間が近づいてきましたー。今のうちに撮影を済ませてくださあい」

〈幻のホーム見学ツアー〉案内人である、東京メトロ女性職員の声だった。

ちゃんとしたカメラを持参していなかった小日向は慌ててスマートフォンを取り

出し、壁に背を預けて構内の様子を撮り始める。中でも二つの線路を隔《へだ》てるアーチ型の遮蔽《しゃへい》壁が気に入った。アーチから覗《のぞ》く向こう側のホーム、掛けられた『頭上注意』の看板に何とも言えない風情がある。

鉄道オタクとひと言で括《くく》っても、その種類は乗り鉄・撮り鉄・車両鉄など数十種類に及ぶ。小日向のような廃駅鉄も少なからず存在するが、廃駅鉄だからといって撮影に興味がない訳ではない。殊《こと》に公式な廃駅見学ツアーなどそうそう開催されるものではないので、記念に撮っておくに越したことはない。小日向は制限時間まで撮影を続けようとした。

その時だった。

背中が奇妙な振動を感知した。

咄嗟《とっさ》に壁に耳を当てる。

がらがら

がらがら

まるでトロッコが線路上をゆっくりと移動しているような音だった。

小日向は鉄道知識を総動員するが、旧新橋駅に隣接した線路など見たことも聞いたこともない。ではいったい何の音だ。

そのままの姿勢でいると、目ざとい女性職員に見つかった。

「どうかしましたか」

「この壁の向こう側から音がするんです」

するとと女性職員は事もなげに答えた。

「ああ、それは耳の錯覚なんですよ。ほら、ホームのずっと向こう側は銀座線が走っているでしょう。あっちの走行音が構内を伝わってここまで響いてくるんですよ」

そんなものかと一応納得していると、ひと言付け加えられた。

「もう時間ないですよ。あと二分です」

見学を終え、小日向を含めた二十名の参加者たちは案内人の女性職員に引率《いんそつ》され、旧新橋駅を後にした。二十名のうちの何人かは同様のイベントで見知った同好の士だ。小日向は彼らと情報交換しながら帰路に就《つ》く。精神的にも肉体的にも楽とは言えない毎日だが、この趣味に浸《ひた》る時間だけは至福を味わうことができた。

時計の針が午前八時三十分を過ぎた途端、区役所の三階フロアには区民が一斉に押し掛けてくる。生活支援課相談・保護係は特にそうだ。よほど生活に困窮しているのか、それとも順番待ちをするのが嫌なのか、とにかく我先にと窓口に殺到してくる。

小日向の仕事は、窓口で生活保護申請に訪れる区民を相手にすることだった。申請書への記入から受給までの流れ、申請を却下あるいは支給を停止される事由等を説明する。細かい規定が少なくないので話は長くなるが、一度の説明で理解できない相談者には更に長く感じられるだろう。

「だけどねえ、担当さん。こんなにややこしい書類なんて、あたし書いたことないわよ」

目の前に座っているのは今年六十歳になるという紅林典江《くればやしのりえ》。先々月まで勤めていたスーパーが廃店となり再就職も困難なのだと言う。

「スーパーじゃフロアの清掃するだけでよかったから、あまり頭使わなかったし」

「じゃあこの二カ月間は収入なかったんですか。退職金が出たでしょう」

「パート勤務だったから社員さんみたいには出ないわよ。せいぜい寸志程度」

「今までどうやって生活費を工面《くめん》してたんですか」

「貯金を取り崩して。でも、もう四ケタになっちゃったから」

「再就職、困難ですか」

困難だから相談にきた——相談者にすれば自明の理なのだが、この質問は半《なか》ば義務のようなものなので仕方なく訊《き》く。

ただし典江の方は気にしていないようだった。

「六十過ぎたおばあちゃんだし、資格と呼べるものはないし、それにほら」

典江は己の両目を指差した。見れば黒目の部分がうっすらと白く濁《にご》っている。医者でなくても、窓口で似たような目の老人たちを見ているから分かる。典型的な白内障《はくないしょう》の症状だった。

「ずいぶんあるわねえ」

典江が摘《つま》み上げた書類は四枚ある。
1　生活保護申請書
2　資産申告書
3　収入・無収入申告書
4　一時金申請書と入居費用見積書
いずれも細かく記入する項目があり、遺漏《いろう》があれば申請は却下される。細かい字だから、白内障を患《わずら》った目で申告書類を埋めるのは容易ではない。

書類を目に近づけたり遠ざけたりしている典江を見ているうち、切なさが胸を締めつけた。

「どなたか援助してくれるご家族はいらっしゃいませんか。たとえばお子さんとかご兄弟とか」

「子供、とうとうできなかったのよ。旦那が早くに逝《い》っちゃったし、再婚する気も養子取るつもりもなかったから」

「ご主人は、いつ亡くなられたんですか」

「もう、二十年も前かしらね。仕事中に脳溢血《のういっけつ》であっさり」

つまり、彼女は二十年も独りで生活してきたというのか。

「ご兄弟もいらっしゃらないんですか」

「栃木に兄さんはいるけど、今は施設で世話になっている身分だから、無理も言えなくって……」

「特養、ですか」

「そんないい施設じゃないけど、七十過ぎているしねえ。ずいぶん前から手紙や電話でやり取りすることもなくなったから」

小日向の中で職業倫理が頭を擡《もた》げてきた。申請を通すのに必要最低限のことは聞き終えた。後は申請書を作成するだけだ。

「あのですね、今から僕が言う必要書類さえ揃えていただいたら、代わりに書いてあげます。紅林さんは名前と印鑑さえあればいいから」

「いいの?」

「全部の欄を本人が書かなきゃいけない訳じゃないので」

「その必要書類って多いの」

「そんなに多くないから大丈夫。揃ったら、もう一度窓口まできてください」

「ご親切に有難うございます」

「お礼なんて言わなくていいです」

理性で抑えていないと、噴きこぼれそうな言葉があったが、すんでのところで月並みな言葉に置き換えた。

「国の社会保障の予算というのは、こういう目的のために組まれているんですから」

典江は丁寧に頭を下げてフロアを出ていった。その背中を見送り、二人目の相手をしようとしていると、後ろから声を掛けられた。

「小日向くん、ちょっと」

声の主は山形《やまがた》課長だった。

「ちょっと、こっちへきてください」

手招きをされて課長席までいくと、山形は露骨《ろこつ》に渋い顔を見せた。

「困りますよ、あんなことをされては」

すぐには言われている意味が理解できなかった。

「さっきの相談者への対応ですよ。何ですか申請書を代筆してやるって。区役所の職員の仕事じゃないでしょ」

「でも課長。あの相談者は白内障を患っていました。とても申請書を作成できる状態とは思えません」

「小日向くんの判断することじゃないでしょ」

山形は眉間《みけん》に鉛筆が挟めそうなほど深い皺《しわ》を刻む。

「見ただけで白内障と判断するなんて、あなたお医者さんなんですか。診断書を持参された訳でもないのに、いち窓口係としては越権行為だと思わないんですか。代筆をこちらから申し出たのはそれ以上に問題です。あの人、家族はいないでしょうけど、ご近所に代筆してくれそうな人がいるかもしれないじゃないですか。審査する側が口出しすることじゃありませんよ」

いかにもお役所的な考えに、つい反発心を覚える。

「でも課長。生活保護というのは、あんな風に全く収入源を絶たれた人に支給するための制度じゃないんですか」

「正論によりかかっているから自分は正しい行為をしたというんですか。そういうのはスタンドプレーだと言っているんです」

目立ちたいなどという気持ちは微塵《みじん》もなかったので、スタンドプレーと言われるのは心外だった。

「後ろで様子を見ていましたが、小日向くんの聴取は不充分です」

これも心外な言葉だった。受給資格の可否判断に必要な事項は洩れなく聴取した自信がある。

「ご兄弟がいらっしゃるという話じゃないですか。その人が支援してくれる可能性を追求しないのは明らかな遺漏事項ですよ」

「施設に収容されているとのことでした。それに最近は疎遠《そえん》になっていると」

「施設に収容されているからといって経済的に余裕がないとは限りません。疎遠になっているからといって支援が受けられないとも限りません。その詰め方が不充分です」

山形の指摘は一応もっともらしく聞こえるが、理屈のための理屈のようで、やはり反発心が拭《ぬぐ》えない。それを表情から読み取ったのか、山形は探るような目でこちらを見る。

「どうやら納得がいかないようですね。五分だけでいいから一緒にきてください」

「あの、窓口の方は」

「他の窓口担当に任せておけばいいでしょう」

窓口が少なくなれば、その分申請件数は少なくなる。今日救えたはずの生活困窮者を明日回しにしてしまう――気になったが、山形から解放された後、処理速度を上げるしかなかった。

別室に向かう途中で何を言われるか大方の予想はついた。聴取不充分を注意するだけなら他の職員がいる前でも堂々とするだろう。山形という男は、部下一人のメンタルに配慮するような上司ではない。

「いったい君は現状を把握しているんですか」

部屋に入っての第一声がこれだった。

「支給額の算定基準となる最低生活費、全国でも東京二十三区が最高額であるのは、君も承知しているでしょう」

小日向は半ば自動的に頷《うなず》く。最低生活費は生活扶助基準の定める金額であり、支給される生活保護費はこの最低生活費から収入を差し引いたものになる。紅林典江の場合、東京二十三区内居住の六十歳単身なので最低生活費は十三万三千四百九十円、収入ゼロなので支給額も同額になる計算だ。

「最低生活費が自治体で最高額ということは、支給される生活保護費も最高になりかねないということです」

「しかし、都にはそれだけの予算が……」

「予算は無尽蔵ではありません。申請を全て承認したら、前期だけでも予算が危なくなることは承知しているはずです。それだけじゃありません。今年度は予算の九割以内で執行するようにとの通達がされています」

予算の一割削減が努力目標というのは、小日向も耳にしている。年々増え続ける社会保障費に対し、政府の内部から提案されている対策の一つだ。各自治体ではその意向を受けて、早くも一割減の目標達成を目指している。もちろん一方で定年の延長もペアで提案しているが、定年延長は企業任せなのに対し、社会保障費の一割減は行政側の裁量なので実効性が高い。

「年度初めに通達の内容は周知徹底したはずですよね」

「はあ……」

「それだけ限られた予算なんです。従って支給されるべき対象者は、本当に困窮して自助努力だけではどうしようもない人に限定されます。そのためには窓口の段階で吟味《ぎんみ》に吟味を重ねる必要があります。つまり、小日向くんの判断はまだまだ甘いと言わざるを得ません」

最前からの繰り返しだと思った。山形の理屈は間違ってはいない。予算を管理する側の論理としては正解だろう。しかし大抵の場合、現状は論理を駆逐《くちく》する。山形の指示に忠実になればなるほど、生活困窮者がセーフティネットの隙間《すきま》からこぼれ落ちていく。本来、困窮する者を護るはずの制度が、逆に困窮者を弾いている。

おそらく自分は顔を顰《しか》めているのだろう。山形はふと表情を緩めてみせたが、決して小日向を労《ねぎら》うつもりではなかったらしい。

「小日向くんは今年いくつになるんだい」

「二十六です」

二十六かあ、と感慨深げに呟《つぶや》いてから山形は続ける。

「君の正義感というか、慈悲には共感しますよ。あの窓口に座っていると、相談に来た者全員を救ってやりたくなる。いや、時として自分にはその義務と資格が与えられているように思う。わたしにも憶《おぼ》えがある。しかしね、それは若さゆえの直情というか、一種の錯覚《さっかく》のようなものなんです。我々公務員は行政機関の末端に過ぎない。決められたことを決められた範囲で粛々《しゅくしゅく》とこなす。もちろんその結果が人助けになることも多いが、それはあくまで結果であって担当者の手柄じゃない。そして担当者の正義がいつも正しいとも限らない。規定を外れた申請は背任《はいにん》行為にもなる」

耳が痛い話だった。山形の指摘通り、窓口に座っていると、時折使命感に似たものが頭を擡げることがある。自分では自然な発露だと思っていても、現場の責任者には幼稚な正義感に映るかもしれなかった。

「貧しき者病める者を救いたいという気持ちは尊重しますが、規定に背《そむ》いてまでというのなら自費で救済するのが筋というものです。そういう覚悟がなければ規定、あるいは組織の方針に従ってください」

山形は小日向の肩に手を置く。俺《おれ》の言葉を理解しろという合図だ。

「小日向くんは優秀な人材なんだから。よろしく頼みますよ」

この場合の優秀が何に対してなのか。曖昧《あいまい》にされている分だけ嘘っぽく聞こえてしまう。

「あと、これは余計なことですが、組織の方針に疑義を抱いているのなら解決案は三つしかありません」

「三つもあるんですか」

「一つ、可能な限り組織の方針を理解して実行すること。二つ、自分が組織の長となって規定を変えること」

残り一つは言わずもがなだった。

山形から解放されても心は少しも晴れなかった。いや、別室に連れていかれる前よりも胃の辺りが重くなっている。

小狡《こずる》い男だと決めつけてみても、山形の言葉は余計な感情がない分、反論の余地がない。殊に公務員という立場なら、どちらが正しいのかは言うまでもない。

自分の良心に従うことさえ許されないのだろうか——そう考えると、続く窓口業務がひどく憂鬱《ゆううつ》になった。だからといって途中で退所できないのが宮仕えの辛《つら》いところだ。

昨今、生活保護の不正受給が問題になっているが、その多くは申請後に発覚する。言い換えれば窓口は申請書類を受理するだけの業務なので、それだけ責任は軽いと言える。

ところが小日向は簡単に割り切れる性格ではなかった。自分でも時々嫌になるが己の言動をいちいち思い返し、後悔や自己嫌悪を繰り返してしまう。相談者が哀しい顔をしたと思い出しては自分を責め、生活保護打ち切りで自殺した者がいると聞けば自分の担当ではなかったかと怯《おび》える。

そういう人間なので、続く窓口業務では知らず知らず顔つきが険《けわ》しくなった。もっともそれを知ったのは、隣の窓口に座っていた瀬尾《せお》が終業後に教えてくれたからだ。

「課長から何言われたか知らないけどさ。ホント、お前って考えてることが全部顔に出るのな」

今日は金曜日。誘いに応じて連れていかれた居酒屋で、瀬尾は半ば同情、半ば揶揄《やゆ》するように話し掛ける。たった一年とは言え、先輩として発揮できる権力の一つだった。

「まっ、横に座っていたからどんな説教食らったか想像はつくわな。どうせ理想と現実の差ってヤツだろ」

「……個人の正義を持ち込むなと言われました」

「個人の正義。はん、あの課長が言いそうなこった」

瀬尾は目の前に注がれたグラスのビールをひと息に呷《あお》る。

「そう言や、俺も最初に言われたなあ。相談者に同情するのは勝手だが、国の予算配分を決めるのに勝手は許されないとか。確かに国民の血税の一部を振り分ける仕事だから、そこに個人の恣意《しい》が紛《まぎ》れたらまずいってのは分かるんだよな。ほれ、小日向もう一杯」

「どうも」

「それで俺は割り切っちゃったんだけど、お前はそーゆーの、まだ無理みたい」

「どうしてですか」

「基本的に善人だから。見てて分かるんだよ。お前、相談者に肩入れして、何とか救ってやろう、何とか役に立ってやろうって思ってるだろ。普段から芝居っ気とか照れとかないから、気持ちがそのまんま行動に出るんだよな」

それでは、まるで子供ではないか。聞いている途中で恥ずかしくなってきた。

「誰だって自分なりの正義感はあると思うけどさ、それを仕事で発揮できるのはお巡りさんか自衛隊員だけじゃないのかねえ。俺ら公務員を含めて、サラリーマンてのは何かの奴隷なんだから」

「聞いていて空《むな》しくなってきました」

「その空しさを吐き出すために吞《の》み屋があって酒があるんでしょうが」

言いながら瀬尾は二杯目を呷る。羨《うらや》ましいのはこの男が酒好きなところだ。ただ吞むだけでも嫌なことは忘れるだろうに、酒の味を愉《たの》しむ余裕があるので二重に効用がある。

それに引き替え小日向はどちらかと言えば下戸《げこ》の部類であり、ビールなど何を吞んでも同じ味しかしない。

「社会人四年目の男に言う台詞《せりふ》じゃないけどさ、俺たちゃ肉体か精神か、はたまたその両方を提供して給料もらっている訳よ。それが時々辛くなるから、俺は酒を吞むし、もっと気の利《き》いたヤツなら彼女とよろしくやる訳じゃん」

彼女と聞いて苦笑しそうになる。学生時分にそれらしき相手はいたし、今だって興味がないことはないが、興味というなら廃駅が一番だ。

「彼女じゃなくても、打ち込める趣味があるだけでもずいぶん違うんだけど。そう言や、小日向の趣味って何だっけ。今まで聞いたことないな」

小日向の方は一杯だけで既にアルコールが回り始めていた。このまま酔いに任せて廃駅趣味を告白してしまおうかとも思ったが、過去の記憶がそれを思い留《とど》まらせた。

　この人なら大丈夫だと安心して廃駅愛を打ち明けると、大抵引かれた。根暗、キモい、意味不明。およそ配慮の欠片《かけら》もない言葉で一蹴《いっしゅう》された。言った本人にそれほどの悪意はなかっただろうが、言われた方にしてみれば二度と口にするまいと警戒心だけが強くなる。

「……趣味は、特にないです」

「そっかー。老婆心《ろうばしん》ながら言っとくけど、どっかでガス抜きしとかないと病《や》むぞ、そのうち」

　それなら安心してくれ、と小日向は心中で答える。

　言われるまでもなく、このもやもやを放っておけば病気の原因になりかねない。加えて鬱憤《うっぷん》晴らしの方法にもアイデアがある。

　先日の〈幻のホーム見学ツアー〉はなかなかに興趣溢《きょうしゅあふ》れるものだったが、今抱えている鬱憤はあの程度では到底解消されないだろう。

　そう、予《かね》てから密《ひそ》かに思い描いていた計画を実行する以外には。

　小日向は決意に勢いをつけるため、苦い二杯目に口をつけた。

2

鉄道オタクに限らずこの世のマニアに共通する願望は、他では手に入らないモノを手に入れることと、他のマニアにはできない体験をすることだ。

実を言えば、東京二十三区内の地下には多くの廃駅が眠っている。先日訪れた旧新橋駅もその一つだが、わざわざ見学ツアーと銘《めい》打《う》たれるのは、普段は滅多に訪れる機会がないからだ。

言い換えれば、一般人が気軽にいける場所ではない。防犯上の問題もさることながら、地下鉄の多くは線路付近に敷かれた電線から電気を供給しているので、誤って触れた場合には感電死してしまうこともあるからだ。

小日向自身、過去には何度も東京メトロ広報部やお客様センターに問い合わせをしていたが、いずれもにべもなく断られた経緯がある。断られる度《たび》に悔しい思いをしてきたが、いつしかその悔しさは発酵し別の思いに転化するようになった。

どうせ許可されないのなら、いっそ無断で訪れてしまえ——乱暴な理屈だったが、マニア気質が倫理を駆逐した。元よりマニアというのは〈狂的な〉という意味だ。道を究《きわ》めよう、好きを貫こうとすれば、どうしても世間の常識や良識、時には法律さえ敵に回すことになる。伝え聞く話では、その昔、オーディオマニアの一人はオーディオ機器の振動を防ぎたい一心で、禁輸対象の防振装置を密輸していたという。これは極端な例だが、それでなくても会心のワンショットを撮りたいがために、進入禁止の線路に足を踏み入れる撮り鉄は引きも切らない。

瀬尾と別れて自宅アパートに戻った小日向は、着替えを済ませるなり廃駅訪問の準備に取り掛かった。動きやすい服装に大型のリュック、履《は》き慣れたスニーカーと各種照明類、作業服と予備のバッテリー。装備を確認する毎《ごと》に気分が昂揚してくる。

小日向が少し危険で違法な行為を決意したのは昼間の一件がきっかけだが、いつでも計画を実行できるよう以前から装備は整えていた。今となればきっかけは何でもよかったのかもしれない。ただ、自分を違法行為にまで駆《か》り立てるような理由づけが必要だった。

必要な機材をリュックに詰め込むと、小日向はアパートを出た。時刻は午後十一時四十分、まだまだ夜はこれからだ。目的地に着く頃には深夜零時を優に超えているに違いない。

最寄りのＪＲ駅で電車に飛び乗り、秋葉原《あきはばら》を目指す。ジーンズにＴシャツならリュックを背負っていても違和感がない。周りの乗客も、自分には特に気に留めていないようだ。

秋葉原に到着する頃には、予定通り深夜一時に迫っていた。終電の時刻も過ぎ、中央通りにはまだクルマの行き来があるものの、人通りはまばらになっている。しばらく進むと、歩道のほぼ中央に地下鉄の通風口が現れた。この時刻になると通過するのは車庫入りする電車だけになるので、滅多に風も吹いてこない。

小日向はスマートフォンを取り出し、人待ち顔で周囲の様子を探る。何しろ交差点を曲がった先には万世橋《まんせいばし》警察署があるのだ。巡回中の警官に見咎《みとが》められた時の口実が要る。

視線は液晶画面に落としていても、神経は周囲に張り巡らせる。

やがて唐突に気づいた。

ちょっと羽目《はめ》を外す程度の行動と考えていたが、警官の目を盗んでする行為は立派な犯罪ではないのか。ただでさえ地下鉄構内への無断侵入は違法行為なのに、今自分がしようとしているのはメトロの職員さえ碌《ろく》に使わない場所への侵入だ。万が一見つかれば、間違いなく罪に問われる。

こうした場所への不法侵入はどんな罰則だったか。

逮捕か、厳重注意か。逮捕の場合、罰金は最高でいくらまでだったか。まさか禁固や懲役《ちょうえき》などということはないだろうが。

目的地に辿《たど》り着くことでいっぱいだった頭が、ようやく冷静さを取り戻しつつあった。たかが不法侵入程度で大層な刑罰を食らうことはないにしても、勤め先に知られるのはまた別の問題だ。軽微な罪でも公務員を続けていくには致命的な傷になる場合もある。訓告か減俸か、それとも停職か。

間抜けな話だが、今頃になって背筋がぞわぞわとした。勢いに任せてここまできたが、冷静に考えてみれば、今しようとしていることは安穏《あんのん》な公務員生活に自ら終止符を打ちかねない行為だった。

すぐに引き返そうとも思ったが、不思議に全身は未《いま》だに周囲への警戒を続けている。

我ながら呆《あき》れた。どうやら廃駅マニアの血が敵前逃亡を許してくれないらしい。

一時二十分を過ぎて、いよいよ人通りは途絶えた。

チャンスは今しかない。

小日向はビルの陰に身を潜《ひそ》め、リュックから引き出した作業着に着替える。元の位置に戻り、今度は三本のカラーコーンを取り出す。

作業着姿のまま通風口を塞《ふさ》ぐグレーチングの周囲にカラーコーンを置く。こうしておけばグレーチングが開いているのを見られても、何かの工事中と思わせることができる。通行人が誤って滑落《かつらく》する事故も防げる。

次に取り出したのはグレーチングを外すためのフックだ。全くネットの世界は重宝《ちょうほう》だ。カラーコーンにしてもグレーチングフックにしても簡単に入手できる。ダークウェブに至っては拳銃や違法薬物も手に入るというのだから、日本国内の犯罪が悪質化するもの当然だと思った。何せ真面目な公務員であるはずの自分が、こんな真夜中に廃駅への不法侵入を実行しているのだ。

グレーチングの重量は想像以上だった。渾身《こんしん》の力を込めても易々《やすやす》とは動いてくれない。額《ひたい》に玉のような汗を浮かべて数分間、やっと持ち上げることに成功した。

目の前にぽっかりと口を開けた暗闇。懐中電灯で照らしてみると、真下には地下へと続く階段が見えた。

湿っぽい埃《ほこり》の臭いが立ち上ってくる。

これが銀座線萬世橋《まんせいばし》駅への入口だ。

踊り場から地上までの高さは三メートルほどもあろうか。実際の出入りには脚立《きゃたつ》でも使うのだろうが、さすがにそんな代物《しろもの》はリュックに入らない。代わりに用意したのは縄梯子《なわばしご》だ。小日向は先端をガードレールに固定し、梯子を暗闇の奥に垂らす。

いよいよだ。

小日向はライトヘルメットを被《かぶ》って梯子に手を掛ける。慎重に足を乗せて降下していく。

埃っぽい臭いはますます濃厚になっていく。気のせいか周りの温度も少し下がったようだ。

踊り場に着地し、中を照らす。ライトはＬＥＤだから当分電池切れを起こす心配はない。

階段壁面には上部に太いパイプ、足元に細いパイプがそれぞれ走っている。太い方は排水管だろう。

階段の幅は予想以上に狭い。片手で壁を確認しながら、これも慎重に階段を下りていく。事前に調べた段数は四十段ほどのはずだが、ゆっくり下りているのでそれよりも多く感じる。

何かの工事やイベントの際には壁面の蛍光灯が点灯するのだろうが今はそれもなく、ヘルメットのライトが唯一の光源だ。古めかしい言い方だが、まるで地獄の底に降りていくような感覚に陥《おちい》る。しかし自分はつくづくマニアなのだと思う。恐怖を覚えるどころか、まだ見ぬ世界への期待で胸は高鳴っているのだ。

やがて小日向は八畳ほどの広さの踊り場に降り立った。改めて周囲を照らしてみると壁は全てコンクリートが剝《む》き出しになっており、内装らしきものは何一つ施《ほどこ》されていない。

しんしんと迫ってくる寒気とともに、言い知れぬ昂奮を覚える。ここが萬世橋駅跡に残されたプラットホームだった。

ホームの長さは、やはり旧新橋駅と同様に七十メートルほどしかない。こぢんまりとした印象は、そのまま地下鉄開通当時の面影を残している。

地下鉄萬世橋駅も旧新橋駅と同様に、開業から廃止まで二年足らずの寿命しかなかった。昭和二年、浅草〜上野間に日本初の地下鉄道を開通させた東京地下鉄道は、新橋に向かって延伸工事を続けた。だがその途中には神田川《かんだがわ》が控え、川底の開削《かいさく》を続けるには水路の一時変更を含め長期工事が予想された。そこで完工するまでの暫定的《ざんていてき》な停車場として昭和五年一月一日に開業したのが萬世橋駅だった。

暫定的であったせいかプラットホームは木造による仮架設だったという。当時は運行本数の半分がこの仮設駅を終着始発として運転され、地上にあった国鉄萬世橋駅への乗り換えや東京市電への連絡も簡便だったために利用者にも好評だった。

だが所詮《しょせん》は仮設駅であり、地形が急勾配《きゅうこうばい》である事情も手伝ってとうとう常設駅に昇格することはなかった。新橋への開削工事が進む中、昭和六年十一月二十一日の神田駅延伸開業に伴って萬世橋駅は同日で廃止となる。

小日向は狭いホームの中央に立って、はるか昭和の遺物に思いを馳せる。最初から間に合わせの停車場として誕生し、その役目を忠実に果たして予定通りに寿命を全《まっと》うした駅。昨今のように膨脹《ぼうちょう》し続け、ハブとしての役割も拡大していく近代的な駅とは、その佇《たたず》まいを異にする。有りようが何やら自分と同じ木端《こっぱ》役人のようで、同類を見るような愛着を覚える。

おっと忘れるところだった。

作業着のポケットからスマートフォンを取り出し、フラッシュを焚《た》きながらホームからの景色を撮影し始める。旧新橋駅とは違い、ここは車両の留置場にさえ使用されていないので殊更《ことさら》に無常観を掻《か》き立てる。

廃墟は死体と一緒だ。旧新橋駅の訪問時に覚えた感慨がひときわ強くなる。しん、とした静寂はそのまま死者の静けさに通じるものがある。

小日向は注意深く線路に降りてみた。電線の位置を確認し、接触しないようにゆっくりと移動する。

今回の目的は萬世橋駅から神田駅まで可能な限り線路を辿ることだった。先述の通り、新橋への延伸工事のため神田川はいったん水路を変更、完工の後にまた元通りになっている。つまり萬世橋駅から神田駅に向かう途中で川底に設けられたトンネルを通ることになるのだ。

トンネルの真上は神田川。何という胸騒ぎのするシチュエーションなのだろう。いちいち足元を確かめながら進むので、やはり歩みはのろくなる。廃墟となった構内を見て歩く分には少しも苦ではないが、この調子では探検が終了するのは明け方になりそうだ。既に日付は変わって土曜日。アパートに帰ったら、ひたすら惰眠《だみん》を貪《むさぼ》ることになりそうだった。

かし、かし

かし、かし

感電に備えたゴム底が線路上の砂利を踏む。通風口が開いたままでも地上とはかなり離れているので、クルマの走行音も届かない。聞こえるのは自分の足音だけだ。そして光源もヘルメットのライトのみ。

戯《たわむ》れに、奥の方に向けて声を放ってみる。

「誰かいますかあー」

声は構内に反響し、やがて幽《はかな》く消えていく。するとまた静寂が降りてきた。

無音で光の射さない地下空間。こうしてとぼとぼ歩いていると、まるで世界中に自分一人しか存在しないような気になってくる。昼間にあった山形とのいざこざも、この瞬間完全に吹き飛んでいた。

我こそは地下帝国の王。

我こそは闇の支配者。

この世にただ一人存在し、全てを統《す》べる全能の神。

小日向の胸の中は、かつてない充足感に満たされる。自己顕示欲も承認欲求も必要ない。ここでは自分が神そのものだから。

神だから慈悲もある。己を崇拝《すうはい》する信者たちを救うのも罰するのも自在だ。

たとえば紅林典江を困窮から救い上げることも。

またたとえば山形のような役人を罰することも。

気分は止め処《ど》もなく壮大になる。突入前に抱いていた警戒心や罪悪感はとうに消し飛んでいた。まだ試したことはないが、麻薬を打てばこんな全能感を味わえるのではないか。

まずい、とそろそろ心が怯え始める。

これは予想以上に耽美《たんび》で妖艶《ようえん》な世界だ。地上とは全くの異世界と言ってもいい。現世の悩みや倦怠《けんたい》を払拭《ふっしょく》してくれる清浄の地だ。

瀬尾の憂《う》さ晴らしが酒なら、自分のストレス解消法はこれしかないように思える。いや、思うどころではなくもはや確信に近い。

癖《くせ》になったらどうするつもりだ。毎週毎週、いや、事によれば毎日この地を訪れるようになれば、趣味の領域を越えて生き甲斐になってしまうぞ。

それのどこが悪い、ともう一人の小日向が呟く。

元来、趣味というものは家庭や仕事とは別の、もう一つの生き甲斐ではないのか。

闇の四方から誘惑の手が伸びてくる。小日向は心の片隅で迷いを覚えながら、そろそろと手を差し出しかける。

その時だった。

線路の向こう側に点のような光源が出現した。

小日向は慌ててヘルメットのライトを消灯する。

東京メトロの関係者だろうか。

鉄柱の陰に身を潜め、彼方《かなた》に揺れる光源を注視する。光源は揺れながら次第に大きくなり、こちらにじわじわ接近しているのが分かる。

相手の姿が見えない分、妄想が膨《ふく》らむ。

東京メトロの職員以外の可能性はないか。

たとえば廃駅に紛れ込んだ浮浪者。

たとえばここを根城にしている不良たち。

たとえば警邏《けいら》中の制服警官。

たとえば逃走中の重大犯人。

恐慌に陥る一歩手前の思考の中で、小日向は武器になるようなものを持参していないか必死に記憶を巡らせる。

そんなものは何一つ思い浮かばなかった。

途端に心臓が早鐘《はやがね》を打ち始める。足場の悪い線路では全力で走れない。それに加えてどこに電線が露出しているかもしれず、しかも初めて足を踏み入れた場所だ。自分にとって有利な条件は欠片もない。

さあ、どうする。

物音を立てたが最後、相手は小日向の位置を捉《とら》え、襲い掛かってくるだろう。しかし身を潜めたままでは、迫りくる危険に対処できない。

どうする。

どうする。

どうする。

心臓の早鐘が自分でも聞こえる。鎮《しず》まれ。鎮まれ。相手の耳に届いたらどうするつもりだ。

口の中がからからに渇く。膝から下が小刻みに震え出した。

「誰か、そこにいるの」

光源の方向から聞こえてきたのは、何と女の声だった。

「あなたでしょ。さっき誰かいますかあーって声、上げてたの」

声の調子は若々しく、しかし怯えた響きが多分に混じっている。怖いのは向こうも同様らしい。

相手に危険が感じられないのなら、逃げ回るのは却《かえ》って危険だ。小日向は覚悟を決めて鉄柱の陰から出る。再びライトを点灯させ、光の輪を相手側に向けた。

浮かび上がったのはティーンエイジャーと思《おぼ》しき女の子だった。

向こうのライトが小日向の顔を眩《まぶ》しく照らし出す。

「あなた、何者？　メトロの職員さんじゃなさそうね」

女の子は警戒心を残したまま、問い掛けてきた。

3

闇の底にいたのが警官でもなければ逃走中の犯罪者でもなくただの女の子だったので、小日向の緊張は一気に解けた。

「こんなところで何してるの」

そう訊かれると後ろめたい分、むっとした。

「それはこっちの台詞だ。今、何時だと思っているんだよ。どこだと思っているんだよ。君みたいな女の子がうろついていい時間と場所じゃないぞ」

「校則じゃあるまいし」

女の子は生意気に鼻で嗤《わら》う。

「時間と場所が問題になるんだったら、あんただって充分に怪しいじゃないの。電車も通らず、立ち入り禁止の廃駅にいったい何の用事があるのよ」

「君に言われる筋合いはない」

「あたしだって不審者に説教される覚えないから」

言い返そうとしたが、不審者という指摘は間違っていない。立ち入り禁止区域に無許可で侵入しているのも確かなので、他人に説教する立場でないのもその通りだ。

「言っとくけど不審者じゃない。別に犯罪者でもなけりゃ逃げている訳でもない」

素性《すじょう》の分からない女の子相手に自己弁護するのは妙な気分だった。

「第一、君だって怪しい人間だ」

「作業着姿でもメトロの関係者でないと見破るくらいには、常識あるんだけど。それ、どう見たって犯罪者の下手《へた》な変装」

「僕はただの鉄道ファンだ」

すると女の子は、更に疑い深い表情になった。

「ただの鉄道ファンが、どうして不審者みたいなことしてんのよ」

「だから不審者じゃないって。何度言ったら分かるんだ」

業《ごう》を煮やした小日向は懐《ふところ》から身分証を取り出した。

「へえ。区役所の職員さんなんだ」

女の子は面白そうに身分証の写真と本人の顔を代わる代わる見る。

「で、その区役所職員の小日向さんが、何で不審者みたいな真似《まね》しているのよ」

「君は全然、人の話を聞いてないいな。僕はただの鉄道ファンだと言っただろ」

同じ問答を繰り返しているうち、小日向は自分がからかわれていることにようやく気づいた。

「……大人をからかって面白いか」

「別にからかってないよ。こうして話していたら、ホントに怪しい人かどうか分かるもの」

「怪しくないと分かっただろ」

「まだ質問に答えてないじゃん。どうして鉄道マニアの区役所職員さんが、電車が通らない廃駅にやってくるのよ」

「鉄オタにはそういうジャンルがあるんだよっ」

つい意地になって、鉄道オタクおよび廃駅鉄の説明を始める。すると女の子も最初のうちは興味津々《しんしん》の様子だったが、廃駅の魅力についてはもう一つ乗ってくれない。

ああ、いつもここで失敗するんだ――小日向は苦い気分とともに既視感を覚える。

今まで何度か自分の趣味を他人に語る機会があった。鉄道が趣味というところまでは辛《かろ》うじて許容してくれる者も、廃駅という単語を聞いた途端に腰が引ける。そういう失敗を繰り返して小日向は世間を狭くしていったのだ。

「廃駅鉄とかよく分かんないけど、少なくとも小日向さんが怪しくないことは分かった」

女の子は小さく頷いてみせたものの、まだ完全に警戒心を解いた訳ではなさそうだった。腕組みをして小日向の動きに目を光らせている。

「要はマニアなんでしょ。アイドルとか声優とか、どうしてマニアっていつもいつも非合法なことしたがるんだろ」

全世界のマニアというマニアに喧嘩を売るような発言だったが、現に小日向は違法な行為をしているので反駁《はんばく》できない。

「君ね、大人相手にそういう上から目線で喋《しゃべ》るのをやめろ。失礼だとは思わないのか」

「失礼なのはそっち」

「何がだ」

「話を聞いていたら小日向さん、ここに下りてきたのは今日が初めてなんだよね。初めてきたお客だったら、そこの住人に敬意を払うべきよ」

「住人だって」

「そ」

女の子は澄まして顎《あご》をくい、と上げた。

「そっちが身分証を提示してくれたから、こっちも自己紹介しなきゃね。あたし遠《えん》城《じょう》香《か》澄《すみ》、十七歳」

「名前は分かった。でも、ここの住人ってどういう意味だよ」

「意味も何もそのまま。あたし、ここに住んでるのよ」

「何だ、その齢《とし》でホームレスなのか」

「ちーがーうっ」

香澄は人差し指を振りながら言う。その仕草がちょっと可愛いのが気に食わない。

「とにかく、あたしは先住民。小日向さんは招かれざる客。その辺の立場は弁《わきま》えてよね」

招かれなければ来てはいけない場所なのか、と言おうとしてやめた。その通りだからだ。

「分かったなら、さっさと帰って」

「ちょ、ちょっと待てよ」

あまりの権柄《けんぺい》ずくに腹が立った。加えて香澄の物言いがどうにも鼻につく。

「何よ」

「萬世橋駅をまるで自分の家みたいに言ってるけど」

「まるで、じゃなくて、れっきとしたあたしの住まいなの」

「そんな理屈で、いい大人が黙って従うと思うか」

「マニアが昂《こう》じて違法行為するような区役所職員さんが、いい大人なの」

「口の減らない子だな」

「減ったら困る」

「警察に通報して保護してもらう」

「……通報した時点で、小日向さんもここに立ち入ったことがバレるんですけど」

「家出少女を無事に保護するのが先決だ」

我ながら低次元の物言いになっているのは自覚しているが、止まらなかった。

「家出なんてしてないのに」

「地下の廃駅を根城にしているなんて、家出少女以外の何者でもないだろ」

香澄は呆れ果てたように、首を横に振る。

「厄介《やっかい》な人に見つかっちゃったなあ」

「何がどう厄介なんだよ」

「本心じゃなくっても、一度口に出したから引っ込みつかなくなるタイプでしょ、小日向さんて」

　そういう言い方をするから、余計に引っ込みがつかなくなる。

「規則とか世間とかジョーシキとかのせいにして、自分の責任を転嫁するタイプ。公務員に多いんだよねー、そういうの」

「公務員をバカにするな」

「馬鹿にしてるんじゃないの。見切ってんの」

　いきなり香澄はくるりと背を向けた。

「おい」

「ついてきて」

　後ろも見ずに、そう言った。

「招かれざる客も客のうち。あたしの家、案内してあげるから」

「おいったら」

「来るの？　来ないの？」

　こういう場面で二択を迫るのはずるいと思ったものの、小日向は仕方なく彼女の後を追うことにした。

　香澄はライトを翳《かざ》して神田駅方向に進んでいく。住人かどうかはともかく萬世橋駅構内を根城にしているのは確からしく、迷うような素振りは一切見せない。

「どこにいくつもりだよ」

「小日向さんも、こっちに向かってたんじゃないの」

「いや、向かってたけどさ。神田駅に香澄ちゃんの家があるのかい」

「あたし一人の家じゃないけどね」

　何やら意味不明の言葉を吐きながら、香澄は線路上を進む。こうして暗闇の中を二人で歩いていると、子供の頃に楽しんだ肝《きも》試しを思い出す。

　やがて構内の壁に『神田川　中心粁程《キロてい》10K500M』と書かれた標識を見た。

　ここが神田川の真下だ。

　胸騒ぎのするシチュエーションは邪魔者がいてもいささかも減じることがない。耳を澄ませると、微《かす》かに川の流れのような音も聞こえる。

　ふと柱を見ると大ぶりの取っ手が埋め込まれている。これは半ば密閉状態のトンネル内がシリンダーと同じ条件になり神田駅で電車が移動する度に突風が発生するので、身体を固定させておくための道具だ。何の変哲もないありふれた取っ手だが、由来を知る者の目にはこの上なく興趣溢れるものに映る。

気がつくと香澄がこちらにライトを向けていた。

「何だよ」

「廃駅マニアって、変なところに興味があるんだなって感心してた」

「別に変じゃないだろ。身体を突風から護るための取っ手とか、真上から聞こえる神田川とか感動ものじゃないか」

「ここに住んでみなよ。感動とか言ってられなくなるから」

返ってきた声はひどく不機嫌そうだった。

「風が吹く度に物に摑《つか》まってなきゃいけなかったり、神田川が増水する度に心細くなったり、そういう時の不安を知りもしないで、知ろうともしないで。だから見物目的のお客っていけ好かないんだ」

妙に説得力のある文句だったので、香澄がずっと地下を住処《すみか》にしているのは真実ではないかと思えてきた。

更に進むと、進行方向から淡い光が洩れていた。近づくにつれて徐々に音声も聞こえてくる。音声には砲撃やら銃撃やらの音に混じって数人の叫び声も入っている。

至近距離まで近づくと、ようやくそれが映画の音であるのが分かった。何と構内の壁をスクリーン代わりにして、アクション映画を投写しているのだ。

「何だ、香澄ちゃん。買い出し、えらく早かったじゃないか」

反対側の壁に凭《もた》れ、たった一人で映画鑑賞していた男が声を掛けてきた。親しげな口調だったが、彼女の背後に小日向の姿を見つけるなり声を剣呑《けんのん》にした。

「後ろの男、誰だ」

「招かれざるお客」

「何だって」

「わざわざ作業員に変装して、廃駅を探検しにきた鉄オタなんだってさ」

男はむくりと立ち上がり、小日向に詰め寄った。

「廃駅が趣味の鉄オタだと。そんな酔狂《すいきょう》な人間がいるもんか。どうせ吐《つ》くなら、もっとそれらしい嘘を吐いたらどうだ」

内心うんざりしながら、小日向は鉄道オタクの中に廃駅鉄というジャンルが確立している事実を縷々《るる》述べる。身元を証明した方が信憑性《しんぴょうせい》も増すと判断したので、男にも身分証を提示する。

「妙な趣味があったもんだ」

熱心な説明を受けると、男はそれなりに納得した様子だった。もちろん身分を明らかにしたことが説得力を補完したのだろう。今日ほど公務員になってよかったと思った日はない。

「それにしたって香澄ちゃんよ。何だって、こんなところまで連れてきたんだ。さっさと萬世橋駅から上に追い出すべきじゃなかったのか」

「追い立てたら、警察に通報するって騒ぎ出したんだよ」

香澄は忌々《いまいま》しそうにこちらを睨《にら》んだ。

「じゃなかったら、あたしが連れてくるはずないじゃない」

「そういう事情か」

男も同じように小日向を睨む。睨み方は香澄よりも鋭く、はっきり威嚇《いかく》されているのだと認識した。

「で、どうするよ」

「取りあえず久《きゆう》ジイにお伺い立てようと思って」

「だよなあ。通報されて騒ぎになったら、火消しするのも面倒だし、闖入者《ちんにゆうしや》の生殺与奪《せいさつよだつ》は久ジイの専管事項だものな」

生殺与奪などと物騒《ぶつそう》な単語を聞き、小日向は一瞬後ずさるが、後方では香澄が退路を塞いでいた。

「小日向さん、だったな」

「はい」

「聞いての通りだ。あんたは不法侵入者で囚《とら》われの身だ。迂闊《うかつ》なことはするなよ。

こっちには人数と地の利がある。逃げたって、すぐに追いつかれるからな」

男は永沢透《ながさわとおる》と名乗った。プロジェクターからこぼれる光で永沢の人相風体《にんそうふうてい》が分かる。五十がらみでやや肥満体型、目つきは険しいが理知的な顔立ちをしている。

「こんなところで映画鑑賞ですか」

「ああ、好きなもんでね」

永沢はがらりと口調を変える。

「東京じゃあミニシアターなんて洒落《しゃれ》たもんはさ、防音設備と広さが必要だから高嶺《たかね》の花なんだ。その点、地下なら防音も広さも簡単に確保できるだろ」

一瞥《いちべつ》するとプロジェクターは持ち運びできる携帯タイプだ。プレーヤー共々、構内から電線を引いてきて変圧しているらしい。

「確かにここは贅沢《ぜいたく》な空間ですよね」

お追従《ついしょう》を返すと、永沢は満更《まんざら》でもない風だった。

「まあメトロからちょいと電気を拝借しているが、許容範囲だしな。それに俺一人が愉しんでいる訳でもない。今日は面子《メンツ》が集まらなかったが、普段なら多い時で十人以上が集まってるんだぜ」

「へえ、じゃあ、ますます映画館ですね」

「いや、元々そういう施設なんだって」

永沢は何を今更というように返してきた。

「これはな、れっきとした公共の娯楽施設なんだよ。そりゃあプログラムは館主である俺が決めるんだが、ここの住人なら誰でも入場できる」

「必要、なんでしょうか」

「当ったり前だろう。いくら地下が広いと言ったって、地上みたいに何でもかんでも揃っている訳じゃない。しかし最低限、文化的な生活をするのに娯楽は必要不可欠だ。映画館の一つはなくちゃな。上だって同じだろ。映画館をなくした町っていうのは、文化的に衰退していくんだ」

よほど映画が好きなことは分かるが、小日向にはまだ永沢の話している内容が理解しきれていない。

「あの、ここにはいったい何人の人が住んでいるんですか」

「そんなことを聞いてどうする」

永沢はまた警戒心を露《あら》わにした。

「あんた、ひょっとして公安か何かじゃないのか。公安だったら身分証の偽造くらい平気でやるって言うしな」

「とんでもない。正真正銘、ちゃんとした区役所職員ですよ」

怪しい人々から身分を疑われるのは業腹《ごうはら》だったが、二対一の現状では下手に逆らえない。

「検《あらた》めさせてもらう」

永沢は無遠慮に小日向の身体を上から下へとまさぐる。彼の指が、スマートフォンと工具類を察知して取り上げる。

「これでも武器になるからな。話が済むまで預かっておく」

「じゃあ、後はあたしが連れていくから」

「いや、俺も一緒にいこう。武器を取り上げても、香澄ちゃんを人質に取って逃亡を図るかもしれん」

「そんなこと、しませんよ」

「人質を取ると最初から予告するヤツなんて、いねえよ」

そこから先は、両側から永沢と香澄に挟まれての連行となった。話の流れでは久ジイという人物の前に引き出されるらしいが、生殺与奪の権を握っているというかの人物は、自分をどうするつもりなのか。地下に住まうような曰《いわ》くありげな者たちを統べるのだから、さぞかし悪辣《あくらつ》で強面《こわもて》のする男なのだろうと想像する。

弁護人のいない法廷に立たされる被告人はきっとこういう気分に違いない――小日向は二人に引《ひ》き摺《ず》られるようにして歩く。

途中、壁に沿って並べられたスチール製の本棚を目にした。小日向の背丈ほどもある棚が五架、そのうち四架に隙間なく書籍が収められている。

「あれは、ひょっとして図書館ですか」

「ひょっとしなくてもそうだ」

永沢はこれも至極《しごく》当然という口ぶりで言う。

「文化ってのは娯楽と教養だからな。俺たち〈エクスプローラー〉の文化は映画と本が担《にな》っている」

聞き慣れない単語だったので、つい鸚鵡《おうむ》返しになった。

「〈エクスプローラー〉？」

「それより不思議に思わないか、あの蔵書」

何かまずい話題に触れたのか、永沢は質問を無視する。

蔵書と言われれば確かに奇妙でもある。棚に近づいてみると、一般文芸の他にも辞典や専門書、自己啓発本にガイドブックなど種類はひどく雑多だ。いち個人の所有としては守備範囲が広すぎる気がする。

「図書館にも不要図書ってのがあってな。造りがくたくたになったのとか、ほとんど貸し出されなくなった本だ。そういう本は市民サービスの一環で、一般市民に放出される。もちろんそういう古本を集めただけじゃなく、最新刊や新古書も揃えている。こっちは電車に置き忘れたり、読み捨てられたりした本なんだが、まあ新刊には違いない」

　電車に置き忘れられた本がどうしてこの棚に収まっているのかが不可解だったが、非合法の臭いがするので敢《あ》えて訊かなかった。

「でも、なかなかあたしの読みたい本、ないんだよね」

　香澄は不満げに茶々を入れる。

「そんな時はどうするんだよ」

「別に。自分で買ってきて、読み終わったらこの棚に放り込む」

　蔵書は増える一方という訳だ。

「言っとくが、教養はこの図書館だけじゃないぞ」

　小日向の質問を侮蔑《ぶべつ》とでも受け取ったのか、永沢は躍起《やっき》になって言葉を重ねる。

「ここには年齢に応じた学校だってある。当然、教師も存在する」

「それはフリースクールみたいなものですか」

　答えようと永沢が口を開きかけた時、香澄が割り込んできた。

「永沢さん、喋り過ぎ」

「おっと」

　永沢は慌てた様子で自分の口を押さえる。

「聞き上手なヤツだな。危ない危ない」

尚《なお》も進むと、構内の至るところで明かりが点《とも》っていた。それぞれの照明の下でいくつもの影が蠢《うごめ》いている。

小日向の目には、まるで天井が低く奥行のあるサロンのように見えた。ある者たちはテーブルを囲んで酒を酌み交わし、またある者たちは将棋《しようぎ》を指している。ある者は携帯オーディオに耳を傾け、そしてまたある者はゲームに勤《いそ》しんでいる。

驚いたことに、テーブル四脚ほどの小さな食堂まであった。壁に貼られた品書きを眺めれば、ヤキソバ、フランクフルトといった夜店のようなメニューからホッケにカレイ、軟骨といった居酒屋のメニューまである。皆、和《なご》やかに語り合い、笑い継いでいる。これでシャンデリアと音楽さえあれば、どこかのホテルの立食パーティーを彷彿《ほうふつ》とさせる。

「おう、香澄ちゃん。何だよ、その作業員」

そばを啜《すす》っていた男が三人に視線を向けた。

「見掛けない面《つら》だな」

「部外者」

香澄は素っ気なく答える。詳細を説明すれば面倒なことになるとでも考えたのだろうか。

だが香澄の配慮も空しく、住人たちは一斉に目の色を変えた。

「何だと」

「警察か」

「どこからきた」

さっきまで和やかだった空気が一瞬にして刺々《とげとげ》しくなる。香澄は目の前の羽虫を払い除《の》けるように手を振る。

「あー、大丈夫大丈夫。身元のしっかりした不法侵入者だから。今から久ジイに会わせるところ」

「こいつ一人か」

「そーよ。不法侵入というより迷い込んだってのが正確みたい」

「永さんと二人でホントに大丈夫かい。何ならこの場で、二度と口が利けないように」

「だからあ、そういうの決めるために久ジイに会わせるんじゃん。ここで勝手なことしたら、逆に叱られちゃうよ」

香澄の言葉には相応の説得力があったらしい。いったんは猛々《たけだけ》しく腰を上げた男たちも、ゆっくりと元の体勢に戻る。

「何かあったら叫べよ」

「その前に、俺がこいつを叫ばせる」

永沢は脅《おど》かすように言う。話せば気のいい男のようだが、まだ小日向への警戒心は解いていない。

初めのうちこそ二人の隙を見て逃げ出そうとも考えていたが、これだけの人間を相手に、しかも不慣れな地下空間で逃走してもすぐ捕まるのが関の山だ。

逃げるにしてもここではまずい。まず久ジイとやらに会えば、皆の警戒心にも隙ができるのではないか。

いや、待て。その久ジイと会った挙句《あげく》に厳しい処罰を下されては元も子もないではないか。

不安と緊張、加えて見知らぬ世界に迷い込んだ動揺で思考が追いつかない。

「いくぞ、ほら」

永沢に背中を押され、小日向はまた歩き出した。サロンのように煌々とした場所から遠ざかり、しばらく元の暗闇が続く。

「ここらは、どの辺りなんですか」

問うと、永沢が応《こた》えてくれた。

「まだ萬世橋と神田の中間くらいだな」

住民が屯《たむろ》していた区域が結構長く感じられたが、それでもまだ中間地点というのは生活拠点が存外に狭いことを示している。地下といっても縦横無尽に使用できるという訳ではないらしい。

先方に薄ぼんやりと光源が見えてきた。近づくにつれて、二つの人影が明瞭になっていく。

明滅を繰り返し今にも切れそうな蛍光灯の下に佇んでいたのは、老人と中年男のひと組だった。目を凝《こ》らせば、老人は剝き出しの腕を男に捕まえられている。

「毎回打っておるこの注射、本当に効《き》くのかい。どうも効いている実感がないんだがね」

「気分が前より悪くなったり、どこか急に痛み出したりということはありませんか」

「ねえよ」

「現状維持なら効いている証拠です」

「医学ってのも大したことねえんだな」

「医学というのはできることとできないことがはっきりしているんですよ」

相手の医師らしい男との話を畳むと、老人はゆっくりとこちらに向き直った。

顔に刻まれた皺の多さと深さで相当な高齢者であるのが分かる。重たそうな目蓋《まぶた》で両目がへの字になっているが、本当に笑っているかどうかは定かでない。

「ほ。お客さんかい、香澄ちゃんよ」

「お客さんかどうかは久ジイが決めて」

香澄が小日向を見咎めた事情を説明すると、久ジイと呼ばれた老人はじっとこちらを睨んだ。

「小日向さん、だったな。好奇心、猫を殺すという諺《ことわざ》を知っているかね」

たまに聞く言葉だが、真の意味までは確認したことがないので黙っていた。

「猫は九つも命を持っておると言われる、それくらいしぶとい生きものだ。そんな猫でも好奇心を発揮したばっかりに、あっさり命を落とすことがある。好奇心ての は、それくらい危険だっちゅうことさ。お前さんは、その好奇心を満足させるため、ここに潜り込んだ。だったらそれ相応の覚悟もできておるんだろ」

「勘弁してください」

小日向は情けない声で命乞いをする。

「地下にこんな居住区があるなんて思ってもいなかったんです」

「じゃあ何があると思った。朽ち果てた電車の残骸か栄華の跡が転がっているとでも思ったのか。いずれにしてもあんたは、許可なく入ってはいかん場所に足を踏み入れた。好奇心を持った猫と同じだ。しかも予想と違い、廃墟に居住する者の存在を知って好奇心は前より膨らんでおる」

久ジイは睨《ね》めつけるようにこちらの表情を窺《うかが》う。小日向が不安そうにしているのを愉しんでいるように見える。

「どうして廃駅にわしらが住んでいるのかは話す訳にはいかん。しかし好奇心の強いあんたなら、秘密にしている事柄は尚のこと知りたがるだろう。わしらにしてみれば危険極まりない。わしらはただ静かに生活したいだけなのに、あんたのような人間に詮索《せんさく》されたんではおちおち枕を高くして寝られん」

話の行く先がどんどん物騒になっていく。小日向は思わず身を固くする。

「何故、好奇心が危険かというと、人は知り得た秘密を他人に吹聴《ふいちょう》したくて堪《たま》らない動物だからだ。お前が知らないことを自分は知っていると自慢したくて仕方ないからだ。このまま解放したら、あんたは間違いなく仲間にぶちまける」

「仲間なんていません」

我ながら情けない抗弁だが、そう言うしかない。

「廃駅鉄なんて本当にマニアの中のマニアで、同好の士なんて一人も知らないんでです。撮った写真や動画を眺めたり、大昔の路線図を見たりして嬉しがってるだけなんです。絶対、他人に洩らしたりしません」

「そりゃあ、そう答えるしかないだろうさ。しかしね、今は使われなくなった地下鉄駅構内に人が住んでいるというだけでも、結構なニュースになる。今日びは自分で撮影した動画をテレビ局に売る輩《やから》も沢山おるそうじゃないか。あんたがそういう輩の一人ではないと、誰が保証してくれるかね」

「僕はそんな人間じゃない」

「それを区役所職員の身分証が証明してくれるかね。言っとくが、わしはこれまで役所の連中にはずいぶんと苦い汁を飲まされた。ここにいる者は大抵似たような憶えがある。別に積年の恨《うら》みをあんたにぶつけようとは思わんが、その身分証が水戸黄門の印籠《いんろう》と同じ効き目を持つとは考えん方がいい」

後ずさろうとしたが、永沢が背中をがっしりと摑んでいるために身じろぎもできない。追い詰められた獲物を弄《もてあそ》ぶように、久ジイの顔が迫ってくる。

「同好の士はいない。しかも独り暮らしということだったな」

「そ、そうです」

「そんな恰好《かっこう》をしているからには、闇夜に紛れて巡回中の警官にも目撃されず、違法行為の痕跡《こんせき》を残さないように苦労したんだろ」

「仰《おっしゃ》る通りです」

「ということはだ。あんたが急に消息を絶ったとしても、すぐに気づく者はおらんということだ。勤め先の上司や同僚も一日二日は病欠か何かだと思って動くまい。警察に捜索願が出される頃には、もうあんたを捜索する手掛かりどころか身体もなくなっているかもしれん」

「……冗談、ですよね」

「あんたが迷い込んだのは、本来なら地図の上にない地下迷宮だ。あんた一人分の死体ならどこにでも埋められる。元々地下だから、探そうとする者も掘り返そうとする者もおらん。文字通り迷宮入りという訳さ」

すすすすすと久ジイは音を立てた。歯の隙間から洩れ出る笑い声だった。異常なシチュエーションと相俟《あいま》って、小日向の肌は粟立《あわだ》った。

小日向の自由を奪う手は、尚も力を強める。助けを求めようと香澄に目を向けるが、彼女は知らん顔で天井を見ている。

やめてくれ。

殺さないでくれ。

よほど切羽詰まった顔をしていたのだろう。

小日向を覗き込んでいた久ジイは、ふいに同情するような話しぶりに変わった。

「しかし、わしたちは別に血に餓えた殺人鬼でもなければ、スパイを嬲《なぶ》り殺しにするような革命集団でもない。極めて平和主義の、穏便《おんびん》な臆病《おくびよう》者たちだ」

これだけ脅かしておいて何が穏便な臆病者だと思ったが、口にはしなかった。

「あんたも、こんな場所に埋められたくはなかろう」

「はいっ」

「しかし一方、あんたをこのまま帰すのは危険極まりない。そこで一つ提案がある。小日向さん。あんたもここの住人にならんかね」

あまりに突飛《とっぴ》な申し出に反応が遅れた。

「……え」

「あんたもここの住人になれば共犯者ということになる。共犯者になれば、おいそれとわしらのことを口外もせんだろう」

何だ、それしきのことでいいのか――気が張っていただけに、久ジイの提案は至極単純に思えた。

「住人になるって、ここに寝泊まりしろって意味ですか」

「自宅には着替えを取りにいったり、風呂に入ったりは許可する。それ以外は可能な限り、皆と生活を共にしろ」

「それくらいで許してくれるんなら大助かりです」

「えらく楽な提案だと思っているようだが、担保は取らせてもらうぞ」

久ジイは意地の悪い笑みを浮かべて言う。

「もしわしらのことをひと言でも外部に洩らしたら、報復としてあんたの不都合な真実も洩らす。区役所勤めの癖に夜な夜な立入禁止区域に出没し怪しい行動を繰り返していると、区役所に通報する。それだけじゃない。顔写真つきの実名でネットに拡散してやる。今どきは、そういう常識外れの行動を喜んで叩く風潮らしいから、あんたも職を追われるだろうし、ご家族も針の莚《むしろ》に座らされることになる。いっそ、この地に埋められた方がマシと思えるかもしれんな」

久ジイはひどい内容を穏やかに話す。静かな口調が、ただの脅しではないことを印象づける。

不法侵入がさほど重大な犯罪とは思えない。

小日向は唐突に思い出した。この場合は線路内立ち入りとして科料は千円以上一万円未満、罰としてはお咎め程度に終わるはずだ。

だが久ジイの言う通り、社会的制裁はそれで済まない。コンビニエンスストアのバイトが冷凍庫の中に横たわるだけで社会的に抹殺されるような世の中だ。人目を忍ぶ趣味に現《うつつ》を抜かす公務員には、更に厳しい懲罰が与えられるに違いない。

選択の余地はなかった。逡巡《しゅんじゅん》する間もなく、小日向は承諾せざるを得ない。

「分かりました。ここの住人になります」

「なります？」

「ならせてくださいっ」

「うーん、そこまで強く希望されたら受け容れん訳にもいかんな」

久ジイはすうと伸ばした手を小日向の肩に置いた。

「改めて自己紹介しよう。この地下都市に住まう者たちの代表で……まあ代表といっても何の権限もないが、一番の年寄りということで祭り上げられておる平尾《ひらお》久平《きゅうへい》ちゅう者だ。小日向さん、あんたをこの瞬間から〈エクスプローラー〉の特別市民と認める。よろしくな」

4

取りあえず口封じの危機は去ったものの、小日向は特別市民の意味を充分理解できないでいた。

久ジイの許を離れる際、医師らしい男も一緒についてきた。男は肩を落としていた小日向の背中を慰めるように叩く。

「まっ、社会的生命を断ち切られる羽目にはならなかったんだから、よしとするべきだね」

男は間宮六輔《まみやろくすけ》と名乗った。齢の頃は永沢と同じくらいで、眼鏡の奥の瞳が理知的な男だった。

「間宮さん、お医者さんなんですか」

「一応はね。さっきも久ジイに注射打っていたでしょ」

「やっぱり、ここの住人ですか」

「と言うより、〈エクスプローラー〉かかりつけの医者だね。さすがに診療所は地上にあるから通常はそこで診療を行っているんだが、定期的に地下に下りてる」

「久ジイさんは定期健診が必要な身体なんですか」

「市民になったんだから久ジイでいい。みんな、そう呼んでいる」

間宮は気にするなとでも言うように、ひらひらと手を振る。

「別に久ジイだけの診察にわざわざ下りてきているんじゃない。小日向くんはまだここに何人住んでいるのかを聞いていないらしいな。この地下にはおよそ百人の人間が寝泊まりしている」

数字を聞いて少なからず驚いた。まさか、そんなにいるとは想像もしていなかった。

「百人もいれば毎日誰かしら身体の不調を訴える。もちろん定期的な診察なり投薬なりが必要な患者もいる。だから主治医はほぼ毎日出勤しなきゃならない。ちょっとした無医村みたいなものだよ」

「一人で足りるんですか」

「間に合わせなきゃなるまい。秘密を共有する人間を一人でも増やしたくないからね」

　間宮は悪戯《いたずら》っぽくこちらを睨む。

「だから君一人増えるだけでえらい迷惑だ」

「すみません……」

「冗談だよ。ただ特別市民に任命されたからには、ルールを護ってくれないとな。折角《せっかく》久ジイが好意的な裁定を下してくれたのに、君の軽率な行動が久ジイと君自身を悲しませる結果になりかねない」

「何となく脅しに聞こえるんですが」

「何となくではなく、はっきりとした脅しだよ。この地下空間の存在を知られるとわたしの患者にも有形無形の被害が及ぶことになるのでね。自分の患者を護るためだったら、脅しの一つや二つは平気でする。災いをもたらす者は当然排除する」

　穏やかな口調だが、ふざけている風ではない。

「ルールというのを説明してくれませんか」

「基本的なものはさっき久ジイが言った通りさ。可能な限り住人たちと行動を共にする。着替えや入浴目的の一時帰宅は認める。もちろん仕事に出掛けるのは構わない。三度三度、食事もここで摂《と》れと強制するものではないけど、食堂で飲み食いする場合には現金で支払うこと。そしてケータイで無闇《むやみ》に外部と連絡を取らないこと。通話や画像の一部からここの存在が露見《ろけん》する危険性があるからね」

　聞く限りは、かなり緩やかなルールに思える。雰囲気を察したのか、間宮は付け加えるのも忘れなかった。

「ルールが緩やかになっているのは、住人たちをがちがちに縛りたくないからだ。秘密を護るのは重要だが、そのために住人が監視されるようでは本末転倒だからだ。ここのルールの全ては、住人にいかに快適で安全な暮らしを提供できるかという一点のみに寄与している」

「ここで寝泊まりしろって話ですけど、冬はどうするんですか」

「心配ない。神田駅の方から温風が流れてくるし、それでも寒い場合には暖房機器も揃っている」

「ゲリラ豪雨とかで地下が冠水《かんすい》したらどうするんですか」

「またレアケースな話を持ってくるんだな。その場合はちゃんと地上に避難するさ。別に囚われの身でいる訳じゃない。君だって住んでいる区域で警報が発令されたら、最寄りの避難場所に駆け込むだろう。それと一緒だ」

「僕、野宿とかしたことないんですけど」

「じゃあ、いい機会だ」

　間宮は笑いかけてきた。相対する者の警戒心を取り払ってしまうような、人懐っこい笑みだった。

「言っておくが、公園のベンチと同じに考えてもらっては困る。天井が高く、呆れるほど広い寝室だ。慣れればホテルのベッドより快適な睡眠が得られる」

自信たっぷりなところをみると、それなりの寝具は備えているのだろう。電気を使えるのであれば、冷暖房を心配せずに済む。

そこで新しい不安が生じた。

「生活に必要な電気を線路から引っ張っているのは聞きました。でも百人分の生活に必要な電気となると、相当な電力だと思います。そんな電力を横から奪い続けて、メトロや東京電力は全然気づかないんですか」

「その辺は独自のノウハウがあってね。今日特別市民になったばかりの君には、まだ教えることに抵抗がある。地下の住人として耐性がついてきたら、追って教えてあげよう」

「今は駄目なんですか」

「取りあえずは集団のライフラインに関する重要事項だからね。ちょっとだけ辛抱してほしいな」

「じゃあ電気・水道はともかく、その他の生活用品はどうやって調達するんですか。百人が寝起きするだけでも、相当な量の生活用品が必要になってきますよ」

「基本的にモノは増やさないようにしてるのよ」

これには香澄が代わって答えた。

「タオルや寝具、食器に机に椅子。共有できる部分はできるだけ共有して、なるべく品数を増やさない。必要でなくなったモノはどんどん捨てる。言ってみれば断捨《だんしゃ》離《り》の団体行動」

「さすがに歯ブラシやコップくらいは個人所有だがな」

永沢が仕方ないというように嘆息《たんそく》する。

「ただし生活消耗品とかは補充しておかなきゃいけないし、食料も調達しなきゃならない」

「そうそう、廃駅の線路で畑を耕す訳にもいかねえし」

「そういう時は当番制で、地上へ買い出しに出るの。さっきあたしが小日向さんと出くわしたみたいにね」

まさか香澄が窃盗や強盗をするとは思えないので、深夜営業の店へ買いにいくのだろう。

買い出しという消費行動には、当然金銭が不可欠になる。ではいったい彼らはその資金をどこから工面しているのだろうと、素朴な疑問が湧く。

「あの、皆さんは何のお仕事をされているんですか」

誰にともなく放った質問だったが、三人とも黙り込んでしまった。気まずい沈黙が続き、小日向は何やら禁断の話題に触れたらしいと怯える。

「君の口ぶりを聞いていると、彼らがホームレスか何かだと勘繰《かんぐ》っているらしい。でも違うよ。全員ではないけど、皆それぞれに仕事を持ち、労働の対価として生活の糧《かて》を得ている」

間宮の回答は核心から微妙に外れたものだった。やはり明確には答えたくないらしい。

「ライフラインの次は個人情報か。君は存外に知りたがりらしい」

「そんなことはありません」

「区役所で生活支援課にいるんだってね。生活保護を求めてきた申請者にも、そんな風に根掘り葉掘り質問しているのかい」

「申請に必要な事項を訊いているだけです」

「わたしも現段階で必要なことしか話したくない。最初から何でもかんでも知ろうとすると、後の楽しみがなくなってしまうよ」

またもはぐらかされたので、質問を変えることにした。

「あの、さっき聞きそびれたんですけど、〈エクスプローラー〉というのは」

「訳はそのまま〈探検者〉だね。別に正式な名称じゃないけど、誰かが言い出したのが、そのまま通っている。子供っぽいが、じめじめしていないから皆が気に入ったんだろうね」

　地下に住まう者が〈探検者〉というのは出来すぎのような気もするが、新入りが口出ししてもいい顔はされないだろうから黙っている。

「色々と予想外の展開で面食らっていると思うけど、君にとってはそんなに悪い話でもないだろう。個人的には君のような人間が迷い込んできたのも、一種天啓《てんけい》じみたものを感じるしね」

　間宮の言葉は漠然としていて、よく分からなかった。

「天啓ってどういう意味ですか」

「同じ種類の集団というのは結束が固い一方で、どうしても膠着《こうちゃく》しやすい。目的も価値観も同じだから柔軟性がなくなる。だが、その中に異分子が混入することで刺激され、化学変化が生じる」

「先生、それはどうなんですかね」

　永沢が胡散臭《うさんくさ》そうな一瞥を投げて寄越す。

「俺たちはこのままでいい。って言うか、このままでないと存続するのが難しいじゃないですか。敢えて刺激を与える必要なんてあるんですかね」

「わたしたちがそう願っていても、外部環境は刻一刻と変化する。それなのに集団が旧態依然のままでは、早晩立ち行かなくなってしまう。集団というのは、そういう宿命だよ」

「相変わらず先生の言うことは、高尚《こうしょう》過ぎて分からねえや」

「あっ」

不意に香澄が短く叫んだ。

「そう言えば小日向さん、どこから地下に下りてきたの。あたしたちが出くわしたのって萬世橋駅だったよね」

「駅の真上に出入口があって、そこのグレーチングを開けて侵入したんだよ」

小日向は事もなげに言ったが、三人はひどく驚き慌てた様子だった。

「それで作業着なんか着てたのか。そのカッコでうろついてただけだと思ってたのに、いったい何てことしやがる」

「小日向さん。グレーチングは外したままなのか」

「ええ、あれは内側からは閉められませんから。でも大丈夫ですよ。グレーチングの周りにはカラーコーンを置いて工事中を装ってますから」

「とんでもないことするわね」

香澄は心底呆れ果てたようだった。

「やっぱりマニアの人って犯罪者だ。ないわー」

「今すぐ戻してこい」

永沢に至っては乱暴に背中を押した。

「ここに忍び込んでからずいぶん経っているんだろ。その間、ずっとグレーチングが外れたままだと、変に思うヤツがいる。第一、あそこは万世橋署と目と鼻の先じゃねえか」

「でも、ちゃんとお巡りさんの巡回時間を確認して」

「おとなしい顔してる癖に大胆っつうか、後先考えないっつうか。よくそんなんで区役所勤めしてるな」

「やれやれ、とんだ特別市民だねえ」

間宮までが露骨に迷惑そうな顔を見せる。

「急いで引き返すよ」

いきなり香澄に手首を摑まれた。

「どうせ、あたしも買い出しの途中だったし。今から一緒に引き返して出口塞いでくる」

「そうしてくれると助かるな」

二人をその場に残し、小日向は香澄に引っ張られるようにして萬世橋駅方向へと駆け出した。

元の場所まで戻り、香澄を引き連れて階段を上がる。地下住人の香澄もここから出入りするのは初めてらしく、ひどく物珍しそうな目で通風口を見上げていた。

「犯罪の現場だあ」

小日向が先に顔を出し、次いで香澄を引き上げる。

「撤収の用意するから、ここで待っていてくれないか」

縄梯子とカラーコーン、そしてグレーチングフックを回収し、ビルの陰に身を潜める。リュックに道具と作業着を詰め込んで普段の服装に戻ると、やっとひと息吐いた。

ひどく濃密な時間だった。濃密すぎて地下空間で体験したことが全て夢だったような気さえする。廃駅の構内に住まう住人、長老を指導者と崇《あが》める〈エクスプローラー〉たち——口外するなと厳命されたが、仮に喋ったところで本気にする人間は皆無《かいむ》だろう。

地上の空気がみるみるうちに小日向を現実に引き戻す。このまま通風口に引き返したら、香澄の姿も消えているのではないか。

半信半疑で戻ってみると、想像以上の光景が繰り広げられていた。

香澄が二人の巡査に問い詰められていたのだ。

「君ね、いくつ？」

「学校どこ。学生証、提示しなさい」

香澄は半ば怯え、半ば拗《す》ねているように見える。

無意識に足が出た。

「あー、すみません、すみません」

小日向が姿を見せると、巡査たちの顔がいくぶん和らいだようだった。

「僕の連れなんですけど、何かありましたか」

「連れって、あんた保護者？」

「えっと、妹なんですけどね」

小日向は自分の身分証を提示する。同じ公務員同士というのも手伝ってか、巡査たちは身分証を確認するなり警戒心を解いた様子だ。おお、偉大なるかなニッポンの公務員。

「すみません、もう遅い時間なのは分かってたんですけど僕が一緒にいたなら問題ないと思って」

「まあ、お兄さんがお目付け役なら変なヤツに絡まれることもないでしょうけど、なにぶん未成年の夜間外出となれば、わたしたちも無視することができませんので」

「ご迷惑をかけました。今後はこんな時間に引っ張ってきません」

「そうですか。じゃあお気をつけて」

巡査たちは何事もなかったかのように立ち去っていく。その後ろ姿が見えなくなってから、ようやく小日向は安堵《あんど》の溜息を吐いた。

「意外」

香澄が不思議そうにこちらを見ていた。

「何がだよ」

「小日向さんが出てきた時、てっきり地下のことをバラすと思っていた」

「どうして、そんなことするんだよ」

「警察が知って一斉に踏み込まれたら、永沢さんたちが小日向さんの個人情報を拡散させるより早く、話が解決するかもしれないじゃない」

あっと思った。

そういう破れかぶれのような方法もあったか。しかし咄嗟に思いついたのは香澄を庇《かば》うことで、他はまるで眼中になかった。

「ちょっと見直した」

「そうか。僕は逆に自分が馬鹿みたいに思えてきた」

「ねえ。ついでだから買い出し付き合ってよ。一人じゃ持ちきれない買物なんだ」

小日向は大袈裟《おおげさ》に溜息を吐いてみせたが、悪い気分ではなかった。

第二章　汽車は煙を噴き立てて

1

一夜明けて目覚めてみると、昨夜のことは夢だったように思えた。

部屋のカーテンからは陽《ひ》が射し込み、窓を開けて外を見れば見慣れた休日の風景が目の前を流れていく。

なべて世は事もなし。テレビも新聞もネットも政治家の失言とタレントの不倫を報じるばかりで、地下空間に人が住んでいることにはひと言も触れずにいる。

まさか、本当に夢を見ていたのかもしれない――小日向《こひなた》は慌てて、昨夜帰るなり脱ぎ捨てたジーンズのポケットをまさぐった。

指先が紙片に触れる。取り出したのはコンビニエンスストアのレシートだ。

萬世橋《まんせいばし》駅を出た後、香澄《かすみ》の買い出しに付き合わされた。一人では持ちきれない買物というのは本当で、食料品から日用雑貨、果ては下着に至るまでカゴ二つが満杯になるほど買い込んだ。

精算する際、色々と迷惑をかけたので支払いを申し出ると、香澄はあっさりと応諾した。その時のレシートがこれだ。長さ三十センチに亘《わた》って品名がずらりと並ぶ。とても独り者が一度にする買物ではなく、しかも品物が自分の部屋には一つとして残っていない。間違いなく小日向が遠城《えんじょう》香澄と出逢った証拠だった。

小日向はスマートフォンを取り出して、画像を検索する。萬世橋駅を写した画像は一枚も残っていない。香澄に見つかる前に撮影していた写真は、解放された時に全て削除させられた。〈特別市民〉といえども真正の住人ではない小日向は、まだ十全の信用がないのだろう。

最初は恐怖でしかなかったものが、馴染《なじ》めば魅力に変わることがままある。恐怖を抱いて見る目には恐怖しか映らないからだろう。だから恐怖が消えた途端に、本来の姿が見えてくる。小日向にとっては地下空間がちょうどそれに当たる。

地上に住まう者が想像だにしない地下都市。都市と称するには狭すぎるというのならコミューンと言い直してもいい。一千三百万都市の真下に、知られざる居住区が存在するというのは、憧憬《しょうけい》にも似たロマンがある。少年の日に一度は夢想した〈秘密基地〉が現実として存在しているのだから、胸騒ぎしないはずがない。

思い起こせば鉄と埃《ほこり》の臭いが甦《よみがえ》る。肌が乾いた空気を反芻《はんすう》する。

区役所は土日・祝日閉庁だから、差し当たって今日と明日は何の予定も入っていない。

もう一度行ってみよう――決心するのに数秒も要しなかった。小日向はすぐにLINEで香澄に連絡してみる。

『また行きたい。入れてくれるかな？』

じりじりと待っていても、なかなか返信が来ない。現在時刻は午後一時三十五分。そう言えば地下の住人たちは深夜に活動していたので、昼間は寝ているのかもしれない。

十分経ち二十分経っても返信はない。いっそ昨夜と同様に萬世橋駅上の通風口から侵入してやろうかと思ったが、香澄の警告を思い出した。

『万世橋署のお巡りさんにバレたらどうするつもりよ。小日向さんは社会的信用失《な》くすだけでいいかもしれないけど、あたしたちは居場所を失うのよ。二度とグレーチングを外そうとしないで』

それならどうやって地下に行けばいいのかと問うと、香澄は〈エクスプローラー〉専用の出入口があるのだと言う。

『ちゃんと教えてあげるから。自分で無理に探し出そうなんて考えないでよね』

しかも入国手続きなるものまで存在するらしい。

『所謂《いわゆる》〈特別市民〉と認定されているのは間宮《まみや》先生とあなた二人だけなんだけど、

与えられた義務と権利は一般住人と同じ。出入りは必ず決められた場所から。一度の出入国は五人まで』

一度に大勢が移動すれば怪しまれるというのは理解できた。しかし〈エクスプローラー〉と彼らの自治や禁則については、まだほとんど何も知らされていない。知らされないというのは、逆に言えば信用されていないからだ。こちらが決まり事に忠実で、相手に敬意を抱いているのが分かって初めてルールが適用される。

まさかこのまま無視なんてことはないだろうな——不安に駆《か》られ始めた頃、ようやく香澄から返信がきた。

『おはよ。来るのは構わないけど、もう少し後にして。今、起きたばっかりだから』

『いつならいいんだよ』

『三時。とりあえず銀座線神田駅で待ってて。こっちから連絡するから』

そう言えば久《きゆう》ジイたちのいた地点は神田駅寄りだったような気がする。それでは専用の出入口は神田駅付近にあるのだろうか。

未《いま》だに謎めいたことだらけだが、恐怖心よりも好奇心の方が強い。小日向は鼻歌を歌いながら外出の支度を始めた。

逸《はや》る気持ちを抑えきれず、約束の十分前には神田駅に到着してしまった。ひと口に神田駅と言っても出入口が1番から6番まであり、構内も広い。いったいどこで待っていればいいのか。とりあえず構内に入って連絡を待つことにした。

土曜日の昼下がり、通勤通学客の姿は見えないが、銀座や浅草方面へ繰り出す買い物客やカップルが目立つ。一人壁に凭《もた》れて所在なげにしている自分は、彼女待ちの間抜け面《づら》に映っているのかもしれない。

手持ち無沙汰《ぶさた》だったので、色々なことを考える。まず〈エクスプローラー〉専用の出入口はどこに存在するのか。

昨夜香澄や永沢《ながさわ》と巡った萬世橋の線路は神田に続いているし、香澄の指示も神田駅で待てというものだ。出入口が神田駅にあるのは間違いない。

銀座線神田駅は小日向もよく知る駅だ。出入口に改札の位置、トイレの場所まで目を閉じれば構内図が浮かんでくるほど熟知している。だが人知れず行き来できそうなドアなど一つも思いつかない。まさかホームから線路に飛び降りて、そのまま万世橋方向に歩けというのか。それでは他の利用者に目撃されるし、第一、駅員が放っておいてくれない。たちまち数人で取り押さえられ、駅長室か警察署に連行されるのがオチだ。いや、まさか東京メトロの職員全員が〈エクスプローラー〉の存在を承知していて、駅長室から直《じか》に出入りできるとか——。

あまりの荒唐無稽《こうとうむけい》さに苦笑する。それこそ都市伝説・妄想の類《たぐ》いではないか。メトロの職員が承知している事実なら、香澄たちも深夜に活動しているはずがない。線路からこっそりと電気を拝借する必要もない。

あれこれ考えていると、ようやく香澄から着信がきた。

「待ってた」

『小日向さん、今どこ』

「神田駅の構内だけど」

『1番出口を下りたところに証明写真ボックスがあるから、その前で待機してて』

小日向は指示通り構内を移動する。1番出口はJR神田駅の改札近くに位置しており、六つの出入口では最も多く利用されている。言ってみれば一番目撃される確率が高い場所でもある。そんな場所に呼び出して、香澄は自分に何をさせようというのか。

証明写真ボックスの前まで来て、連絡を再開する。

「今、到着した」

『ボックス、誰か使用中？』

「いや」

『中に入って』

命じられるままボックスの中に身を滑り込ませ、左手でカーテンを閉める。正面の小さな鏡には間抜け面をした自分が映っている。

「入った」

『カーテンは』

「閉めた」

小日向が答えた瞬間だった。

何の前触れもなく右の壁が外側に開いた。

声も上げられずにいると、壁の隙間《すきま》から香澄が顔を覗《のぞ》かせた。

「おーまたせっ」

「……びっくりした」

「そんな暇ないわよ。さっ、早く」

香澄に腕を取られ、開いた壁の向こう側に引っ張られる。香澄が立っていたのは天井の低い通路で、光源は広い間隔で設《しつら》えられた薄暗い蛍光灯だった。

「ようこそ」

「びっくりした」

「また？　子供みたい」

「誰だって驚く」

改めて自分の出てきた跡を眺める。ボックス内から見ればただの壁だが、通路側にはちゃんとノブがついている。通路側からしか開けられないようになっているのだ。閉めるとボックス側からは全く光が洩《も》れなくなるので、隙間がないのが分かる。

なるほど、と心中で膝を打つ。証明写真ボックスなら出入りしても怪しまれない。時間帯さえ考慮すれば続けて何人もが外に出られる。

「でも、ボックス使用中に扉を開けちゃう惧《おそ》れはないのかい」

「対策済み。扉の下に覗き窓が開くようになっていて、使用中なら中にいる人の足が見える」

「あんな隠し扉、いつの間に作ったんだよ」

「あたしが生まれるずっと前」

「……証明写真ボックスができた当初ってことか」

「じゃあ、出発進行ー」

公共施設はLED標準装備の今日び、いつ切れるか分からない蛍光灯にコンクリート剝《む》き出しの擁壁《ようへき》。香澄の後を進むにつれ、この通路の正体が徐々に見えてきた。

「元は作業員用通路だったのか」

「当ったり」

トンネル工事の際、機材搬入や作業員通路として坑内の外側に別のトンネルが作られる。もちろん竣工《しゅんこう》の際に潰してしまうのが普通だ。ただし中には様々な理由で潰さずに残したものもあるという。おそらくこの通路もそのうちの一つなのだろう。

「あたしもよく知らないんだけどさ。工事が重なったり工期が遅れてたり、ひどい時には予算がいっぱいいっぱいだから、そんな後始末する余裕なかったんじゃないのお？」

何とも呆気《あっけ》ない可能性だが、案外現実は香澄の考え通りかもしれなかった。

それで不意に思い出した。

「なあ、香澄ちゃん。これと同じ通路が旧新橋駅の辺りにもあるんじゃないのか」

「あー、あるよ」

「ひょっとしてトロッコとかも使ってやしないか」

「あたしはやったことないけど、大荷物運ぶ時には運搬車みたいなのを使うよ。へえ、あれがトロッコっていうんだ」

旧新橋駅で壁の向こう側から聞こえたのは、〈エクスプローラー〉たちがモノを運ぶ音だったのか。

これで一つ謎が解けた。だが、代わりに新しい謎がいくつも思い浮かぶ。質問をぶつけたら、香澄やその他の住民たちはどこまで答えてくれるのだろう。

「だけど物好きよねー、小日向さんも」

「何が」

「普通さ、あたしたちみたいに得体《えたい》の知れないのと関わったら、なるべく近寄ろうとはしなくなるよ。自分の密《ひそ》かな趣味をバラされる危険も顧《かえり》みず、ますます接触してくるなんて」

「鉄オタだから、って説明じゃ不足か」

「不足じゃないけど、それだとオタクってとんでもない変わり者って意味になるよ」

「……まあ、あまり違っちゃいない」

「で、今日は何の目的でやってきたの」

「僕は〈特別市民〉なんだろ。自分の町に来ちゃいけない理由でもあるのかい」

香澄は首を横に振る。前を歩いているので表情は分からないが、多分苦々しい顔をしているのではないか。

しばらく歩いていると急に前方の視界が開けた。昨夜見たのと同じ地下空間が広がっていた。歩いた感覚では神田駅から百メートル足らずといったところか。

「万世橋まではまだ距離があるみたいだな」

「百人が住んでんのよ。これでもまだ狭いって文句言ってる人がいるくらい」

住まいに話が及んだのをいいことに、小日向はずっと気になっていることを訊《き》いてみる。

「住んでいるっていうけど、まさか百人とも住所はここに設定しているのかい。〈萬世橋駅跡〉じゃ郵便も届かないだろう」

「こんなとこに誰も配達しに来ないわよー。郵便どころかピザ屋の配達もね」

「じゃあ郵便物とかは、いったいどうするんだよ」

「別に困ってないよ。ちゃんと本宅に届いているもの」

「本宅？　ここ以外に住所があるっていうのか」

「頭よさそうに見えたけど、結構観察力ないね」

香澄は振り返って、挑発するように歯を見せる。

「昨夜、色んな人を見たり話したりしたでしょ。全部で百人もいた？」

「いや……そうか、住人の何割かは本宅に帰っていたってことか」

「そう。だから今の時間はフルで人がいるから、そのつもりでいてね」

「ここの住人は何して生活しているんだよ」

だがいくら待っても香澄の返事はない。まさか彼女が知らないはずもないので、これは回答拒否とみていいだろう。やがて向こう側に見覚えのある顔を見つけた。

永沢だった。

「何だ、もう来たのかよ。えらく早い二度目だな」

香澄と同様、小日向が変人に思えたらしく永沢は珍獣を見るような目をしていた。

「昨日の今日……じゃなかった。本日二度目じゃねえか」

「えっと、自分的には結構居心地がよくって」

「居心地いいだって。こんなに暗くて埃臭い場所がかよ。本当に変わってんな」

永沢の話しぶりを見ていると、香澄よりも警戒心が希薄《きはく》に思える。それなら彼に質問する方が手っ取り早いかもしれない。

「僕は土日休みなもので。永沢さんもですか」

「俺《おれ》かい？　いや、俺はあんたみたいに公務員じゃないよ。夜間の工事現場だからな。ちょうど起きてきたとこだ」

「じゃあ昨夜は」

「仕事が終わった直後だったさ。あんたが闖入《ちんにゅう》したせいで、こっちは少々寝不足だ」

文句を言っている割に口調は快活なので、心底迷惑ではなかったらしい。

「待てよ。そう言や、あんた生活保護の担当だったな。いいタイミングで来てくれた」

「え」

「久ジイが困ってたんだよ、そういうのに詳しいヤツはいないかって。間宮先生だって生活保護にまで詳しくないだろうから、どうしようかと思ってたところに、あんたがまた来た。棚ボタっつうか渡りに船っつうか」

多分両方とも違うと思ったが、口には出さずにいた。

「早速で悪いが、今からついてきてくれや」

昨夜〈特別市民〉に認定されたばかりの小日向には拒否権などない。半《なか》ば無理やりといった体《てい》で、永沢に引っ張られていく。後ろからは香澄がついてくる。

「どうして君までついてくるのさ」

「〈特別市民〉さんが、どこまで久ジイの期待に応《こた》えられるかと思って。あのさあ、久ジイって人に対する評価はシビアだからね」

「評価が低かったら、どうなるんだ」

「住人については能力の高い低いなんて関係ないけどさ。〈特別市民〉なら話が違ってくるよね。やっぱり人より秀《ひい》でたものがなけりゃ、恩典がつくはずもないし」

「急にそんなこと言われても」

小日向の慌てぶりを見て、香澄はにやにやと笑う。畜生、昨夜買い物の代金払ってやった恩を忘れたのか。

昨夜と同じようなシチュエーションで歩いていると、まるでアパートに戻っていた時間が嘘のように思えてくる。好奇心猫を殺すというのはこういうことだろうかと反省する。

やがて記憶に新しい場所に辿《たど》り着いた。言うまでもなく久ジイの居住区域だった。

見れば久ジイは女性と話していた。年齢は七十過ぎだろうか、構内の暗さも手伝って幽鬼のような顔立ちに見える。

「ほう、小日向さん。昨日の今日で再訪とは、よほどここが気に入ったとみえる」

「久ジイ、こいつは区役所で生活保護申請の窓口担当だ。うってつけじゃないか」

「ああ、その通りだな」

久ジイは顎《あご》を撫《な》でながらこちらを見上げる。〈特別市民〉の資格を与えたのだから、義務を果たせと命じる目だった。

「小日向さんよ。これは霜月径子《しもつきけいこ》さんといってここの住人なんだが、生活保護の件で困っとる。何度も申請してみたが、その度《たび》にはねられる。何とかならんもんかな」

久ジイは傍《かたわ》らの椅子を勧めてきた。生活保護受給に関する相談ごとは小日向の日常業務でもある。非日常の空間で日常の業務をこなすことへの違和感を覚えながら、径子の対面に座る。

「申請書、お持ちですか」

径子は不貞腐《ふてくさ》れるようにして紙片を差し出す。困っているという説明だったが、本人はかなりやさぐれているように見える。

申請書で押さえるべきポイントは熟知している。要は申請者がどこかからカネを工面《くめん》できないか。そして生活困窮者であるのを客観的に説明できるかどうかが眼目《がんもく》になる。

別の言い方をすれば、「生活保護を受給しなくてもよい」事由が存在するか否《いな》かだ。予算の逼迫《ひっぱく》する社会保障行政では、どうしても申請を認可するよりも却下する方に重点が置かれる。窓口に訪れた申請者を受け容れるよりも、記載内容の粗《あら》を探すのが目的になってしまう。

小日向が書類を繰る度、目の前に座る径子はおどおどと怖気《おじけ》づいていくようだ。おそらく窓口で書類を突き返された体験が甦るのだろう。

申請窓口を訪れる者の多くは劣等感と申し訳なさを顔に貼りつけてくる。国の世話になるのが情けない、他人の税金で生活するのが忍びないという顔をする。国の制度だから堂々としていればいいと思うのだが、社会的弱者と認定される負い目からどうしても卑屈《ひくつ》になる。山形《やまがた》などは、その負い目につけ込んで主導権を握るべきだと説諭するが、小日向は受け容れ難い。

まず足切りをするつもりで粗を探す。すると突っ込むところがすぐに見つかった。

「霜月さん、届け出の住所は足立区《あだち》ですけど、住民票上の住所地は福井県敦賀《つるが》市になってますよね」

「はあ」

初めて聞く径子の声は嗄《か》れていた。

「実家、ちゅうのか、元はそこに住んでたんですけど、住めなくなったからこっちに越してきたんです」

「敦賀の土地は売却も譲渡もしていないんですよね」

「あんな土地は売れんし、誰も引き取りたがらないですよ。不便な場所だし」

「そこに霜月さんがご家族と住んでいたんですか」

「家族っていっても出来損ないの息子と二人きりなんだけどね。その息子も家を出ていったきり、今ではどこで何をしているか見当もつきゃしない」

「それで霜月さんが単身東京にやってきた訳ですね。職業欄が空白ですけど、何か就業に支障のある持病をお持ちですか」

不意に径子は黙り込む。気まずそうに久ジイの方を一瞥《いちべつ》して、俯《うつむ》き加減になる。

「大した病気は持ってないけど、この齢《とし》じゃあなかなか見つからなくて」

「足立区の住まいはどんなところですか」

「月二万四千円の安アパート」

「家賃や生活費は貯金を取り崩してるんですね」

「年寄り一人だからそんなに掛からないんだけど、出る一方じゃあねえ……」

「申請、何度却下されましたか」

「三回」

「このままじゃ何度申請し直しても同じことですよ」

今度はアドバイザーの立場に切り替えて話す。見つけ出した粗を解消させればいいだけの話だ。

「就業していないこと、扶養してもらえる家族が存命していることも却下の要因ですが、一番の問題は敦賀にある自宅です。資産である土地を何故居住用に供しないのか。居住用に供しないのであれば、たとえ二束三文であったとしても何故《なぜ》売却しないのか。言い換えるなら、敦賀と東京の二重生活をしているうちは、生活保護申請が通ることはないでしょう」

現場の担当者としては真っ当な意見を述べたつもりだった。だが径子と久ジイばかりか、永沢と香澄の反応も微妙だった。触れてはいけない場所に、無造作に手を突っ込んだような気まずい空気が流れる。

小日向さんよ、と久ジイが口を開く。

「あんた、どこの生まれだね」

「栃木ですけど」

「親御さんはご存命かね」

「ええ、栃木の実家に住んでますけど、それが何か」

「あんたは、今までに何か大切なものを取り上げられたことがあるかね。失くすんじゃない。無理やり誰かに取り上げられて、しかも返してくれないという経験だ」

「……ちょっと思いつきません」

「だから径子さんの気持ちも分からんのだろうなあ」

久ジイは半ば非難、半ば同情するような視線をこちらに向けた。

「あんたのアドバイスは的確だと思う。ありがとうよ。しかしな、的確だからといって正しいとは限らん」

「どういうことでしょうか」

「あんたの知恵では径子さんを助けられんということさ。いや、ご苦労さん」

久ジイはもう行ってもいいというように片手を振る。小日向を連れてきた永沢は面目《めんぼく》なさげに頭を掻《か》く。

必要だと言われたからついてきたのに、あっさり役立たずの烙印《らくいん》を押されてしまった。小日向としては納得がいかないが、久ジイから去れと言われたら従うしかない。

「あー、小日向くんよ」

久ジイのいる場所から遠ざかると、永沢が弁解がましく声を掛けてきた。

「無駄足踏ませて悪かったな。良かれと思って連れていったんだが」

〈あんた〉から〈小日向くん〉に格上げしたのは、せめてもの謝意の表れなのか。

「謝んなくていいですよ。どうせ役立たずですから」

「拗《す》ねるなよ。それにしても二つの住所を持っていると生活保護が受けられないってのはなあ」

「土地や建物は資産ですからね。居住地以外の土地を所有していれば、生活保護の受給は難しいです」

「それなら俺たち全員、生活保護は受けられないってこった」

全員？

聞き咎《とが》めて永沢を見ると、本人はしまったという風に口を押さえていた。

「みんなが都内以外にも住まいを持っているんですか」

「……俺たちと付き合っていくうち、おいおい分かる。あんまり根掘り葉掘り訊こうとするなよ」

しばらく歩くと、ここに百人からの人間が住んでいるのが実感できた。

構内の両端にずらりとテントが並んでいる。昨夜は目にしていないので、小日向が立ち去ってから出現したものと分かる。一瞬、ホームレスのテント村を連想したが、あれよりはずいぶんと秩序がある。テントの大きさは様々だが、等間隔に張られているので整然とした印象がある。

「壮観だな、これは」

「そりゃあ、百人分のテントだからな。壮観にもなるわさ」

「それにしても、よく今までバレませんでしたね。いくら廃駅だからといっても、時折検査やら何やらでメトロの職員がやってくることもあるでしょうに」

「そういう時のために、手早く撤収できるようにテントを張ってる。それに協力者だっているしな」

「協力者？」

詳しく訊こうとしたが、永沢はまたしまったという顔をして口を噤《つぐ》む。

「なるべく静かにしてよね。みんな、まだ寝てるんだから」

香澄は人差し指を自分の唇に当てる。

「あたしはまだ早起きの方だけど、この人たちは夕方まで寝ているから」

「まるっきり昼夜逆転だな。そんなんでやっていけるの」

これには永沢が応えた。

「何とかやってるさ。東京はいいよな。夜間の仕事がうなるほどある。夜間工事、警備員、病院の宿直、コンビニ店員……だから夜働いて昼間に寝ていられる。そういう生活しているのは別に俺たちだけじゃないだろ」

「フクロウみたいな生活しているのは少なくないでしょうね」

「まあ、俺たちはフクロウというよりコウモリなんだけどな」

妙な言い回しをするものだと思っていると、横から声を掛けてくる者がいた。

「おや、見掛けない顔だね。あんたが噂《うわさ》の〈特別市民〉かい」

声のした方に振り向くと、ワンカップを高々と掲げた女がそこにいた。

「越してきたなら隣人に挨拶するのがスジってもんだろ。こっち来なよ、お兄さん」

2

口調はべらんめえだが、よく見れば三十代前半の美人顔だ。

「何、ぼけっと突っ立ってるんだ。別に取って食おうってんじゃないから」

薄暗がりで判然としないまでも、いい具合に酩酊《めいてい》しているようだ。酔漢《すいかん》に近づく趣味はないが、酔っているのが女性なら話は別だ。小日向はついふらふらと彼女に引き寄せられる。

「名前は？　お兄さん」

「小日向。小日向巧《たくみ》と言います」

「わたしは黒沢輝美《くろさわてるみ》。よろしくね、〈特別市民〉さん。ところで、どうして〈特別市民〉にさせられたのよ」

小日向が問われるままに経緯を説明すると、輝美は顔を上げて豪快に笑ってみせた。

「結果的にはよかったじゃん。趣味の廃駅が生活の場になるなんて、マニアには本望じゃないのさ」

輝美の手が小日向の背中を叩く。華奢《きやしや》な腕にも拘《かか》わらず力は相当なもので、小日向は堪《たま》らず咳《せ》き込む。

「まあ、お近づきに一杯」

「いや、あの」

「この時間、ここにいるってことはヒマなんだろ」

輝美は手元にあった別のワンカップを無造作に突き出す。優柔不断な小日向は、ここでも拒否権がない。気が進まないのを堪《こら》えてビンに手を伸ばす。

「乾杯ーっ」

輝美の声が構内《や》に響き渡り、永沢と香澄は呆《あき》れ顔で傍観している。

「永沢さんも飲るかい」

「いやあ、俺は昼日中からはちょっと……」

「それじゃあ香澄ちゃんはと……ああ、お子ちゃまだからダメだったのよねー。ごめんごめん」

何が気に障《さわ》ったのか、香澄はものも言わずに背を向けると、向こう側へすたすた歩き出した。

「大人は大人同士で呑んだくれていて」

「おい、香澄ちゃん」

去っていく香澄の後ろを永沢が追い掛ける。後に残されたかたちの小日向は、輝美に付き合うしかない。

「僕、あまりいけるクチじゃありませんよ」

「いいさ。わたしも小日向さんが正体失くすまで付き合ってもらうつもりはないから。いや、逆に正体失くしてもらうと困る。これから質問に答えてもらわなきゃならないもの」

「質問？　今会ったばかりだから色々腑《ふ》に落ちないいんだよ」

「会ったばかりじゃないですか」

豪放なのはそのままで、輝美は小日向を逃がすまいと目を光らせる。酔眼とまではいかないものの、充血気味の眼に睨《にら》まれていると威圧感を覚える。

「廃駅が趣味の鉄オタで、たまたま侵入した萬世橋駅で〈エクスプローラー〉を目撃しただって？　あのさ、嘘《うそ》吐《つ》くんなら、もう少しマシな嘘吐きなよ。何で区役所職員みたいな身元のきちんとした人間が、趣味ごときで不法侵入するのよ。どうしてそもそも、どうして電車の走らない廃駅に興味なんて持てるのよ。そんなの全部後付けの理由でしょ。本当のことを言いなさい、本当のことを」

輝美の目は猜疑心《さいぎしん》に凝《こ》り固まっている。

小日向は生涯で何度目かの疎外感に落ち込む。同性に鉄道オタクの真髄《しんずい》を説明するのも困難なのに、女性に廃駅オタクの魅力を説くなど、異星人にくさやの干物の美味《おい》しさを理解させるようなものだ。

オタクの特質とは薀蓄《うんちく》と収集であり、両方とも女性には縁遠いものだと小日向は思っている。しかも輝美はアルコールが入っているので、状況は最悪だ。

「えっとですね」

それでも小日向はオタク視点での説明を試みる。住人に胡散臭《うさんくさ》く思われたまま過ごすのは御免だと思った。

「既に廃止された駅、電車の通らない駅というのは言ってみれば死体みたいなもので、それを愛《め》でるというのは懐古趣味というより、最近の廃墟《はいきょ》ブームに似てネクロフィリア（死体愛好家）の一つと断じる向きもありますが決してそれだけのことではなく、高度成長期の日本に思いを馳《は》せるというか、過ぎ去ったものへの郷愁というのは間違いなくあると思うんです。元より駅というのは物流の主軸であって、その廃墟というのは取りも直さず物流の統合・廃止延《ひ》いてはヒト・モノ・カネの流れがこの数十年でどれだけ変化したのかという象徴でもある訳です。何というかそういう経済学的視点で廃駅を考察するというのは考現学にも通じる考えであり廃駅になった背景と理由を考察することは未来の物流を思考する材料にもなると思うんですただしこれはいささかこじつけの感があり個人的には廃駅のうらぶれた様子だとか誰も立たないプラットホームや錆《さ》びついた線路には寂寥《せきりょうかん》感が滲《にじ》み出ていて……」

喋《しゃべ》っている途中から夢中になり、いつしか脳の命令を無視して口が勝手に動き出す。考えてみれば自分の趣味を何の衒《てら》いもなく話すのは、そうそうあることではない。

趣味を語るのは自らを語ることだ。今まで密かに廃駅趣味を愉《たの》しんできたが、言い換えれば自分を隠し偽ってきた。それが今、必要に駆られてという状況ながら思う存分開陳《かいちん》できる。

何という解放感かと思う。思いを躊躇《ちゅうちょ》なく吐露《とろ》するのが、こんなに快感だったとは。

輝美の表情が次第に胡散臭さから気味悪さに変わってきても、小日向は喋るのをやめようとしない。遂《つい》に輝美は片手を突き出して小日向の言葉を遮《さえぎ》った。

「あー、もういい。もういいから、説明ストップ」

「いや、まだ足りないんじゃないかと」

「小日向さんの廃駅にかける情熱がどんなものかは分かったし、これ以上説明聞いても理解できないのも分かった。だから、もう喋《じゃっかん》んなくていい」

理解はされずとも納得はしてくれたようだ。若干《じゃっかん》の不満は残るものの、小日向はひとまず説明責任を果たして安堵《あんど》する。

「わたしの周りには鉄オタとかいないから、も一つ実在感とか摑《つか》めなかったんだけど、今ので大体把握できた。要するにアレだ。わたしには分かり合えない領域だわ」

輝美は気を取り直すように、またカップの中身を呷《あお》る。

自らを曝《さら》け出したのは予想外な心地良さだった。しかし一方、こちらの情報を提供したただけという不満もある。相手がひと息吐いたのを見計らい、今度は小日向から質問をぶつけてみる。香澄や永沢が渋る答えでも、輝美なら吐き出してくれそうな気がする。

「じゃあ、今度は僕が質問する番ですよね」

「ああ？」

「昨日、迷い込んで、半ば強引なかたちで〈特別市民〉に認定されて、訳分からないままなんですよ。住人のことを訊《たず》ねようとしても、みんな微妙に避けてくるし、これじゃあ体《てい》のいい監禁ですよ」

「そりゃあ、こんな地下に隠れて暮らしているんだ。明《あ》け透《す》けに言えないことの一つや二つはあるさ」

「そんなんで友好関係なんて結べる訳がない」

「別に友好関係結ぼうとして引《ひ》き摺《ず》り込んだんじゃないだろ。久ジイにしてみれば秘密を護りつつ、あんたの処分を穏便《おんびん》にしたかっただけのことだ」

見下すように言われると、さすがにいい気持ちはしない。だから、つい嗜虐的《しぎゃくてき》な訊き方になった。

「ひょっとしたら、地下に暮らしているのは地上の生活に支障があるからじゃないんですか」

カップを持つ輝美の手が止まる。

「鉄オタならともかく、地下での生活がそれほど快適だとは思えません。僕なりに考えてみたんですよ。地上にあって地下にないものを。騒音。これは地下だって電車の走行音がかなり大きいです。空気。これも構内が澄んだ空気とは限りません。で、一つだけ決定的な相違を見つけました。太陽です」

いったん言葉を切って反応を確かめる。輝美もまた小日向の真意を確かめようと、油断のならない視線を浴びせている。

「買い出しをするにも働きに出るにも、〈エクスプローラー〉は太陽が沈んでから行動しています。ここの人たちは太陽光線を避けている。だから自《おの》ずと地下に潜《もぐ》らざるを得ない。さっき、永沢さんがうっかり洩らしたんです。自分たちはまるでコウモリだって。それでぴんときました」

出方を待っていると、しばらくして輝美が口を開いた。

「ふうん。結構、鋭いじゃないの。じゃあ、わたしたちが太陽を苦手としている理由はどう考えているの」

「……たとえば住人全員がドラキュラの子孫だとか」

「あはははははっ」

輝美はけたたましく笑い出した。

「鋭い推理だと思ったら、結論がそんなところに落ちるのかい。言っとくけど、この先の屋台じゃニンニクの丸揚げ出してんだよ。やっぱりオタクの思考回路ってのは理解不能だ」

「そんなに悪《あ》し様《ざま》に言うくらいなら教えてくれてもいいじゃないですか」

「みんなが隠そうとしているのを、わたしの独断で教えられる訳ないじゃない」

輝美はカップに残っていた中身を一気に飲み干すと、下品な息を吐き散らかした。

「他人に言いたくないから、口を閉ざしているんだ。どうしても知りたかったら他人でなくなるか、さもなきゃ向こうから言わせるように持っていくしかないだろ」

酔っ払いの言葉ながらも説得力があり反駁《はんばく》できない。

「別に期限があるじゃなし、気長に付き合えばいいさ。ここの連中は知られたくないことはあるけど、気難しくはないからね。一緒に飲んだり騒いだりしているうちに、おいおい分かってくるさ。何でもそうだけど結果を焦《あせ》ると碌《ろく》でもないことになる」

「……分かりました」

「念のために訊くけど、あんた本当に区役所の職員だよな。まかり間違ってもお巡りじゃないよな」

「身分証偽造のスキルなんて持ち合わせてませんよ」

「だったら、何でそんなに好奇心が強いのかねえ」

「きっとオタクだからですよ」

皮肉で返すのが、せめてもの抵抗だった。


週明けの月曜日、小日向は白シャツにネクタイを締めて登庁する。

いつもと同じ時間、同じ通勤風景。人の流れに身を委《ゆだ》ねていると、やはり香澄たちと過ごした時間が夢の中だったような錯覚《さっかく》に陥《おちい》る。自分が廃駅オタクという事実を差し引いても、それだけ地下空間での体験が非日常で魅惑的だった証拠だ。

午前八時の朝礼で山形が訓示を垂れ、今月の申請数と金額を告げる。内容だけ聞いていれば成約件数の成績発表のようだが、予算に縛られているという点では同じだ。

先週までならそれなりに真面目に聞けた訓示や数字も、今日に限っては何の興《きょう》趣《しゅ》も起こらない。

「それでは今日一日、業務に邁進《まいしん》してください。以上」

八時三十分、開庁とともにどっと申請者がなだれ込んでくる。二つきりしかない窓口はすぐに埋まり、順番待ちのための長椅子も空席がなくなる。

申請者の相談に乗りながら、小日向の頭の中には〈エクスプローラー〉たちの姿が浮かぶ。久ジイや輝美の声が甦る。

『あんたの知恵では径子さんを助けられんということさ』

『どうしても知りたかったら他人でなくなるか、さもなきゃ向こうから言わせるようにに持っていくしかないだろ』

区役所勤めもはや数年、知識も得たし執務能力も上がった。社会保障行政の末端に座る者として恥ずかしくない程度には修練を積んだつもりだった。

それなのに自分は何の役にも立たなかった。久ジイに縋《すが》っていた径子に対して有効なアドバイス一つ授けることができなかった。

無能、という単語が頭を駆け巡る。〈特別市民〉などという称号を与えてもらいながら、その実態は単なる厄介者《やっかいもの》で、監禁された人質だった。突然の闖入者に心を許してくれた者たちに、何の返礼もできなかった。

考えれば考えるほど、自分が矮小《わいしょう》な存在に思えて仕方がない。

上司の命じるままに申請を握り潰し、形だけの相談に乗る職員。

およそ一般人には理解不能の趣味に現《うつつ》を抜かし、他人に胸を張って語れないマニア。いずれにしても保身に走り、自分の意思一つ貫けない臆病者《おくびょうもの》ではないか。

「記載事項が不充分です。そこの筆記台にある記入例を参考にして、もう一度提出してください」

生活保護を申請してきた四十代の男は不満顔を隠そうともせず、席を立つ。この男が不正受給を目論《もくろ》んでいるかどうかは問題ではない。とにかく水際で申請を却下するのが眼目だ。小日向は自分にそう言い聞かせて、次々に申請者を撥《は》ねていく。

だが五人目の申請者で挫《くじ》けた。

「また、来ましたよ」

目の前に紅林典江《くればやしのりえ》が座ると、小日向は平静でいられなくなった。

「あなたに言われた通り、必要な書類を揃えてきたのよ。あたし要領が悪いもんだから、それしきのことでも一日仕事になっちゃったけど」

先週、典江と約束していた。必要書類さえ揃えてくれれば、申請書類は自分が代筆してやると。

典江の顔を憶《おぼ》えていたのだろう。そっと背後を振り返ると、課長席から山形がこちらを注視している。

束《つか》の間《ま》、小日向は保身と職業倫理の間で葛藤《かっとう》する。

公務員の生殺与奪《せいさつよだつ》の権は上司が握っている。山形の目の前で申請書の代筆をするのは背任《はいにん》行為になりかねない。先週までの小日向なら、散々逡巡《さんざんしゅんじゅん》した上で典江に泣いてもらっただろう。

「でも無理しなくていいのよ」

典江の言葉が胸に突き刺さる。

「生活保護の申請って、これからどんどん上の方に持っていかれるんでしょ。あたしのことであなたに迷惑が掛かるのは嫌だもの」

「いや、そんなことは」

不意に、典江の姿に径子が重なった。

似ても似つかない、雰囲気も年齢も違うのに、径子を相手にしているような気になる。

「伊達《だて》に齢を取っている訳じゃないのよ。目の前の人が正直な人なのか嘘吐きなのか。善人なのかそうでないのか。そういうことくらいは見分けられる。先週話していて分かった。あなたは、きっといい人ね」

やめてください。

声が喉《のど》まで出かかった。

僕は、あなたに褒《ほ》められるような人間じゃないんです。

「生活保護を受けられる人は限られているんでしょ。だったらあたしよりも困っている人を助けてやって」

もう我慢がならなかった。

「紅林さん。早く書類を見せてください」

「え？　は、はい」

戸惑い気味に典江が差し出したのは住民票をはじめとした必要書類と、生活保護申請に関わる四枚の用紙だ。

小日向は指定した必要書類が全て揃っているのを確認した後、自分でも白紙の申請書類を取り出した。一度受け付けて話も聞いている。記載事項に何をどう記入すれば申請が通るかは、とうに心得ている。

正面に典江、背後に山形の視線を浴びながら小日向は書類を完成させる。

径子には碌な助言すらできず、彼らを失望させた。小日向も自分自身に失望した。

あんなクソみたいな気分はもう御免だ。自分は自分のできる仕事を、自分の戦場で発揮したい。自分にしかできないことで貢献したい。

「紅林さん。わたしが記入した通りに、そっちの申請書に記入してください」

特段の事情がない限り、窓口担当者が申請書を代筆するのはマニュアルに違反している。

しかし模範解答を本人が書き写すことは禁じられていない。

指示された典江はまだ戸惑っている。

「有難いと思うけど、これってカンニングじゃないかしら」

「書いてください」

小日向は半ば命令口調で言う。そうでもしなければ己《おのれ》の決心が挫けそうだった。

「自分が知っていることを書くだけのことです。カンニングでも何でもありません」

「そう？」

典江は半信半疑という顔をしながら記載欄をのろのろと埋めていく。筆の運びは遅いものの、小日向の模範解答をそのままなぞっているので誤記入や過不足は見当たらない。

「小日向くん」

背後で山形が声を上げる。紛《まぎ》れもない警告だったが、小日向は構わず典江のペン先を見守る。

「小日向くん」

「今、受け付け中で手が放せません。申し訳ありませんが後にしてください」

山形の警告を再度あしらい、小日向は書類のチェックに余念がない。

やがて申請書類一式に遺漏《いろう》がないのを確認すると、机の上で四隅を揃えた。

「書類は完備されています。受理した上、二週間以内に受給可否のお知らせをしますのでお待ちください。ただし生活保護費は申請日である本日まで遡《さかのぼ》って支給されるので安心してください」

実質、申請が受理されればよほどの事由がない限り却下されることはない。二週間というのも最長の場合であり、平時は一週間もあれば認可される。

万が一却下されたとしたら、その時は都知事への不服審査請求を申し立てるだけだ。上級行政庁まで話が及ぶのを殊更《ことさら》嫌う区役所は一も二もなく典江の申請を認めるに違いない。

「本当にこれで終わりなの」

「ご自宅で通知を待っていてください」

「ありがとうねえ、ありがとうねえ」

典江は何度もお辞儀《じぎ》をして帰っていく。

「小日向くん、ちょっとっ」

辛抱できないといった様子で、遂に山形が立ち上がる。

別室に連れていかれたら間違いなく説教タイムが始まる。この際、どんな叱責《しっせき》を浴びようが構わない。それより何より、叱責される時間で相談者との時間が削られるのが疎《うと》ましかった。

「今のは、いったいどういうことだ」

山形は自分の席を離れて近づいてくる。

「金曜日にも言いましたよね。覚悟がないのなら規定もしくは組織の方針に従うべきだと」

「規定に外れる行為はしておりません」

感情を押し殺した声で応える。

「代筆はしませんでした。僕の作った記入例に従って、申請者が自筆しただけです」

何かを言おうとした山形の口が、途中で止まる。区民や他の職員のいる前では話せない内容だったに違いない。

「後で」

そう言って、山形は自分の席に戻る。

後で何を言われるか大体の見当はついている。だが小言や悪罵《あくば》、評価ダウンが何ほどのものかと思う。

自虐《じぎゃく》めいた爽快感《そうかいかん》を覚えながら、小日向は久ジイと径子を思い出した。

「はい。次の方、どうぞ」

3

終業後、山形に呼び出された小日向はこっぴどく叱責された。同じ逆らうにしても他の同僚や区民の前だったので、尚更逆鱗《なおさらげきりん》に触れたらしい。

「公務員の心得」

「チームワーク」

「個人の正義より公共の利益」

お馴染みの標語めいた警句を並べ立てられたが、右の耳から左の耳に抜けるばかりで胸に残る言葉は一つとしてない。途中から予想通り処分を匂わせる発言をされたので、半ば自棄《やけ》になっていた小日向は捨《す》て鉢《ばち》気味に言い放った。

「でも、さっきの様子、誰かがネットに動画投稿していたら、結構閲覧数上がるでしょうね」

ネット投稿と聞いた瞬間、山形の顔色が変わった。

「待ちなさい、小日向くん。ひょっとしてさっきのことを外部に洩らすつもりなのか」

まさか本気にするとは思わなかったが、二重に心に引っ掛かった。

内部からの告発をそんなに怖れているのかという意外さと、自分が内部の事情を安易に投稿する人間と思われていること。いずれにしても生活支援課および山形への不信感を募《つの》らせるには充分な台詞《せりふ》だった。

「そんなことしませんよ」

小日向は愛想笑いを浮かべて答える。

「ああいうのは、組織に不信感や幻滅を抱いた人間のやることですから」

山形は当惑した様子で小日向を凝視《ぎょうし》すると、何も告げずに背を向けてしまった。後ろ姿を見ると、今回もお小言で済みそうな雰囲気だ。

思いのほかあっさり終わったので、小日向は貸与《たいよ》されているパソコンを立ち上げる。〈エクスプローラー〉たちについて調べておきたいことがあったのだ。

区役所を出ると、すぐに香澄にＬＩＮＥで連絡を入れた。

『そっちに行きたい。ドアを開けてくれ』

しばらくしてから返事がきた。

『今、どこ？』

『もう、神田駅に近い』

『ジャスト二十分後、ボックスの中で待機』

指示された通り1番出口から構内に入り、証明写真ボックスの中で待機する。約束の時間をじりじり待っていると、あろうことか中年男がカーテンを開けて顔を覗かせた。

「何ですか、このボックス、僕が使っているんですけど」

「使っているって、あんた座っているだけで撮影も何もしてないじゃないか。さっきから何十分経《た》ったと思っているんだよ」

「いや、ちゃんと使っているんです」

「あのな、これは公共の設備だ。どこの誰だか知らないが好き勝手にするんじゃねえよ」

香澄と約束した時間まであと三分、小日向は次第に焦り始める。このまま中年男と押し問答している間にボックス内の扉が開けば、構内は大騒動になる。

何とか中年男を遠ざけなければ──咄嗟《とっさ》に口にしたのは、普段なら思いつきもしない作り話だった。

「僕、たった今上司を殴《なぐ》ってきたんです」

「へっ？」

「多分、懲戒免職《ちょうかいめんしょく》になるので退職金は出ないかもしれません。だけど家賃の支払い日が近づいています。僕は一刻も早く再就職しなければいけないんです。でないとアパートを追い出されてホームレスの身に」

　小日向は一気呵成《いっきかせい》に喋りまくる。すると中年男はぎょっとした顔になり、半歩後ずさる。

「お願いします。僕はひ弱な体質なので、とても路上生活には耐えられないんです」

「わ、分かった分かった。分かったから、そんなに迫ってくるな」

　中年男は気味悪そうに言うと、その場から立ち去ってくれた。よほど関わり合いになりたくないらしい。

　約束の時間まであと八秒。ボックスを見ている者がいないのを確認して中に飛び込む。壁に向けてノックを三回。すると外側に壁が開く。

「早く」

　顔を覗かせた香澄に急《せ》きたてられ、小日向は地下空間に身を躍らせる。

「危なかった」

　扉を閉めると、小日向は溜息《ためいき》交じりに呟《つぶや》いた。見れば香澄も小さく嘆息《たんそく》している。

「こっちだってはらはらしたんだけど」

「今の聞こえてた？」

「壁一枚だからね。それにしても、よくあんな嘘、思いつけるよね。何かオレオレ詐欺《さぎ》の常習犯みたい」

「咄嗟の判断だよ」

「咄嗟にあんな嘘が思いつけるなんて、やっぱり詐欺師の才能ありありじゃん」

「一応、公務員なんだけど……」

「理由になってない。公務員だって嘘吐きはとことん嘘吐きじゃん」

抗議しようとしたが、最近のニュースでは公務員の不祥事が連日のように取り沙汰されている。小日向に反論の材料はない。山形の言動を見ていれば尚更だった。

それにしても香澄の言葉には険《けん》がある。いや、香澄だけではない。〈エクスプローラー〉たちは押しなべて小日向を胡散臭い目で見ている。何人かと話していると、小日向個人というよりも区の職員という職業に対しての不信感のように思える。

「ひょっとして公務員に恨《うら》みでもあるのかい」

半ば軽口のつもりで口にしたのだが、前を歩く香澄は意に反して何も返してこない。

この場合の沈黙は肯定を意味している。無造作に投げたつもりの言葉がたまさか急所に命中したらしい。

「もうとっくに自覚していたと思ってたけど、案外鈍いのね。ここにいる連中で、お役所勤めが好きな人なんて一人もいないよ」

「嫌う理由は何なんだよ。ただ公務員だからって嫌われたんじゃ割に合わないよ」

「あたしたちは真っ昼間から、こんな穴蔵にいなきゃならない。それが楽しいことだと思う？　好きでやってることだとでも思う？」

香澄の言葉は俄《にわか》に尖《とが》る。

「地下に押し込められたのはお役所のせい。全部とは言わないけど、責任のほとんどはあいつらにある」

「穏やかじゃないな」

「これでも穏やかに話しているつもりよ」

「よかったら事情を教えてくれないかな」

話し掛けられても、香澄はなかなか返事をしようとしない。

「なあ、香澄ちゃん」

「そうやってさ、自分は善意の第三者みたいな口ぶりで話し掛けてこないでよね。結構、繊細な話なんだから」

「僕は〈特別市民〉なんだろ」

「〈特別〉って、要は〈一般〉じゃないってこと。何でも自由に見聞きできると思ったら大間違い」

　香澄は意外に依怙地《いこじ》だった。小日向にしてみれば、自分の推理を確かめたいのは山々だったが、これ以上質問を重ねてもますます口を閉ざすばかりだろう。いったん小日向は話題を変えることにした。

「だけどさっきは助かった。ありがとう」

「もう、あんなひやひやするのは嫌だからね」

「でもさ、入口になっている証明写真ボックスは〈エクスプローラー〉専用じゃない。表向きは公共の設備だ。もし一般人がボックスを使用していたら、君たちは出入りができなくなるんじゃないのか」

「外部との出入りはケータイで連絡を密に取る。それに一般人が入っているかどうかは、足元の窓を見ていたら分かるもの」

　考えてみれば当然のことだが、〈エクスプローラー〉たちの出入りはかなり慎重を期しているようだった。

「今度から気をつけるよ」

「でもさ、今日は月曜だよ。明日も仕事あるんでしょ。金曜日の夜ならまだ分かるけど、そんなにここが気に入ったの」

「思いついたことがあってさ。〈特別市民〉として僕にもできることがあるんじゃゃないかと」

「何をしようっていうの」

「生活支援出張相談」

するとようやく香澄がこちらを振り返った。

「前回さ、霜月さんから相談を受けた時、僕は大したアドバイスもできず、彼女と久ジイを失望させちまった。折角《せっかく》、生活保護の担当者だからって期待してくれたのにな。だからリベンジしたい。今度こそ役に立ってみたいんだよ」

香澄はまだ胡散臭げにこちらを見ている。無理もない。昨日の今日で態度を急変させれば、誰でも訝《いぶか》しく思うに決まっている。

さっき職場で上司に反旗を翻《ひるがえ》した——そう打ち明けるのは簡単だったが、実際に話すのには気が引けた。紅林典江の生活保護申請を強引に受理させ、その余勢を駆って〈エクスプローラー〉の生活相談を思いついただけの話だ。後先考えない上に、調子に乗れば暴走する。今日び小学生でも、もう少し自重《じちょう》するのではないか。

しばらく懐中電灯で小日向の顔を照らしていた香澄は、半信半疑の体だった。

「本気なの？」

「職業上のノウハウを冗談で開示できると思っているのか」

少し口調を強める。すると香澄は渋々ながら納得したように見えた。

「久ジイに話を通してくれないか。生活保護の申請だけじゃなく、各種申請で困っている人がいればまとめて相談に乗る」

「……分かった」

香澄に連れられ、光源の乏《とぼ》しい線路の上を進んでいく。やがて会見が叶《かな》った際、久ジイは半分呆れ顔だった。

「話は分かったがな、小日向くん。もし径子さんの一件で気に病《や》んでおるのなら、もう忘れてくれて構わん。あんたの知恵では助けられんと言ったのは失言だった」

そう言いながら久ジイは小さく頭を下げる。その様子で小日向の非力さを嘆いたのは、あまりに思慮に欠ける言動であったと思っているのが分かる。

「気にはしていますが、気に病んでいた訳じゃありません。何というか税金みたいなものです。〈特別市民〉として存続させてもらうためには、それ相応の働きをするものでしょう」

「税金なあ」

「久ジイ。この人さあ、見掛けよりずっと強情みたいだから、とりあえずやらせてみれば」

いささか投げやりではあるものの、香澄が取り持つように口を差し挟んでくれた。香澄をよほど信用しているのか、久ジイは鷹揚《おうよう》に頷《うなず》いてみせる。

「わしがとやかく文句を言う筋合いじゃあない。しかしな、小日向くん。役所に提出する書類の書き方が分からずに難儀しておるのは、一人や二人じゃない。加えて全員が全員、物覚えがいいわけでもない。軽々しく請け負って、後悔するようなことになりはせんかね」

「説明なら普段の業務なんで、屁《へ》とも思いませんよ」

「鼻息、荒いなあ」

「何にでも勢いって必要でしょう」

「そこまで言うんならやってみたらいい。要望のある者は三十分もあれば集められるが、どこに会場を設営するかね」

相談者が落ち着いて話のできる場所ならどこでもいい。第一、構内ならどこでも同じようなものではないか。

「ふむ。まあ、それもそうか。では、いつから開設するかね」

「是非、今から」

どれだけ早く集められるだろうかと危ぶんだが、さすが長老格の指示とあって希望者は瞬《また》く間に集合した。久ジイの寝起きする近くに机と椅子を設え、簡易な相談所を作る。あくまでも久ジイの管理下で行動しろという意味らしいが、小日向には望むところでもある。

ただし小日向にも予想外のことがいくつか重なった。まず一つは相談者の数の多さだ。久ジイは一人や二人ではないと言ったが、蓋《ふた》を開けてみれば来るわ来るわ、小日向がざっと数えただけで三十人以上の〈エクスプローラー〉が並んだのだ。全住民のおよそ三分の一。自ら言い出したこととはいえ、その多さにほんの少しだけ後悔を覚えた。

予想外だった二つ目は、彼らの申告住所地があちこちに散らばっていることだ。都内はもちろん千葉や埼玉といった首都圏、それ以外に滋賀県長浜《ながはま》市や高島《たかしま》市に住所を持つ者もいた。

こと生活保護申請に関する限り、小日向は専門家だ。省や役所の思惑はともかく、どこの自治体が申請に厳しいのか、またどう申請書を書けば受理されやすいのかくらいは把握している。各々《おのおの》の住所を管轄《かんかつ》する役所が多少ばらけていても、対応に困ることはない。

「資産の中に売却不能の山林があれば、不動産としての価値はほとんどありません。評価額を示す書類を添付すれば、収入源とは見做《みな》されません」

「母子家庭の方は、お子さんの人数分だけ最低生活費が加算されます」

「まず自分の住所地を管轄している自治体が定める最低生活費を把握することから始めてください。たとえ病気でなくても、あるいは就労中であっても、所得が最低生活費を上回らないのなら生活保護費を受給できる可能性があります。決して諦めないでください」

生活保護は社会福祉の主要政策の一つでありながら、自分だけは生活保護の世話にはならないと思っているせいか、その詳細を知る市民は呆れるほど少ない。生活保護が必要な状況に陥っても、自尊心や他人に迷惑をかけたくないという気持ちから制度の利用になかなか踏み切れない。しかも申請を受理する側の国が社会保障費の削減を目論んでいるため、困窮者に対して積極的な働きかけをしないので、余計に制度の理解が深まらない。

だから却下された案件が、ちょっとしたアドバイスで一転受理されることはままある。また、そういう事例を多く見聞きした小日向はノウハウの貯蔵庫でもあった。

ただしどれだけ小日向がノウハウを駆使しても、申請者自身が理解しなければ話にならない。説明を聞いても要領を得ない様子の人間ばかりだったので、最後には小日向が申請書のひな形を作成する羽目《はめ》になる。この辺りの経緯は、典江の時と同様だ。

「窓口担当者、特に生活保護申請の多い役所では、窓口担当者が筆跡まで確認します。ひな形をそのまま提出せず、必ず自筆にして申請してください」

「担当者が日毎《ひごと》あるいは週毎に交代する窓口もあります。一度却下されたら、次は違う担当者に提出するのもいい方法です」

区役所と違い上司の監視もなければ時間制限もないので、相談者一人一人に懇切《こんせつ》丁寧な説明をする。自ずと時間を費《つい》やし、気がついた頃には開始してから三時間が経過していた。

ところが三時間かけて捌《さば》けたのはたったの六人だった。順番待ちの列を眺めれば未だ最後尾の姿が見えない。

「すみません。ちょっとだけ休憩いただきます」

相談事務を傍観《ぼうかん》していた久ジイに断りを入れ、机の上のペットボトルに手を伸ばす。

「わしにいちいち断らんでもええ」

言われる通りだが、一挙手一投足《いっきょしゅいっとうそく》を監視されているような気分なので、つい報告するかたちになる。長年のうちに培《つちか》われた指示待ちの癖《くせ》が抜けずにいると思うと、ひどく恥ずかしかった。

三時間ほぼ喋りっぱなしで喉がからからに渇いている。ペットボトルのミネラルウォーターを流し込むと、ようやく喉の粘膜が湿り気を取り戻した。

「よく声が続くもんだな」

説明の内容ではなく、久ジイは体力を褒めてきた。

「まるで喋る機械だ」

「丁寧に説明しているつもりなんですけど」

「機械だって丁寧に喋る。録音さえすればどれだけでも詳しく説明できる」

「僕は機械以下ですか」

「機械なら三時間で潰れやせんだろう」

久ジイは意外に毒舌で、忌々《いまいま》しいことに観察眼も優れていた。これまで相談を終えた六人は誰一人として満足した顔を見せなかった。ノウハウも教え、ひな形の作成までしても、問題は解決しないと思われているのだ。

「詮無《せんな》い文句だが、あんたの説明は役人の責任逃れみたいに聞こえる。助言さえすればそれで済むというようにな」

「僕の立場では助言くらいしかできません」

「できることをできる範囲で、か。確かに着実で誠実に見えなくもないが、言い換えりゃできることしかせんという訳だ」

「それじゃあ足りないっていうんですか」

「目的による。苦界《くがい》にいる者を本当に救いたいのか、それとも己の誠意を示して罪悪感から逃れたいだけなのか」

「どうして僕が罪悪感を持ってなきゃいけないんですか」

久ジイは束の間《つかま》、小日向の目を覗き込む。重そうな目蓋《まぶた》の奥では、全てを見透《みす》かしたような瞳が光っている。

「誠意を尽くそうとする人間には二種類あってな。一つは他人のために尽くそうという人間、もう一つは己のために尽くそうとする者だ。見分け方は簡単でな。他人に尽くす者は限界を作らん。己に尽くす者はその逆だ。己のためにする行いだから、力及ばない時の言い訳がいくらでも出てくる」

言い返そうとしたが、言葉が見つからない。昼間の余勢を駆って提案したのは、径子の件で抱いた罪悪感を払拭《ふっしょく》したかったからに他ならない。加えてここで久ジイに恩を売り、己の存在意義を示したい欲もあった。

「人間の手というのは存外に小さいものでな」

久ジイは自分の手の平を差し出してみせる。

「それぞれに持てる分量というのは限られとる。何かを握るためには他の何かを捨てにゃならん。それで小日向くんよ。あんたはここの連中の信頼を勝ち取るために、何を捨てるつもりだったのかね」

小日向は再び言葉を失う。知識を披瀝《ひれき》するなどと偉そうにしても、実際は何も失くさずに共有しているだけだ。犠牲や喪失《そうしつ》とはほど遠い。久ジイの言葉は正鵠《せいこく》を射ている。

浮かれ気分をへし折られていると、最近耳にしたばかりの声が間に入ってきた。

「それはちょっと厳しすぎやしませんか」

間宮は遠慮がちに割り込んでくる。

「ほほう、まさか間宮先生から叱られるとはな」

「まさか叱るだなんて。ただ、他人の行為にあまり精神性を求めても意味ないじゃないですか」

「そうかね。善意というのは、読んだ字のごとく善なる意志があってのものだと思うが」

「そんなことを言われたら、わたしの立場はどうなるんですか。医者だって生活がかかっていますからね。医は仁術《じんじゅつ》とか言われますが、それだけじゃ食っていけない。人助けだけじゃ生きていけない。嫌な言い方になりますが、警官や弁護士や葬儀屋と同じく人の不幸で飯を食っている商売ですよ」

際《きわ》どいことをさらりと言ってのける。言葉の端々から理知が滲み出るので、決して即物的な物言いにならないのは間宮の人徳というべきか。

「第一、サービスを受ける側に小日向くんの善意云々《うんぬん》は関係ないでしょう。やらぬ善よりやる偽善ですよ」

「一理も二理もあるな。だから間宮先生には気が抜けん」

久ジイはいささかも動じていないようだった。その証拠にきっちり言葉を返してみせる。

「しかし間宮先生。あんたがここの連中を熱心に診察してくれておるのは偽善なのかね。ほぼ週に一度の往診に薬品の手配、そういうのを全て無料で続けている。お蔭で自分ところの診療所の患者さえ捌ききれんというのに」

「……ウチの台所事情をお話しした覚えはありませんよ」

「その気忙《きぜわ》しそうな顔を見ておったら、訊かずとも分かるさ。こんな風に濁《にご》っちゃいるが、年寄りの目を馬鹿にしてはいかんよ」

久ジイは面白がるように片手をひらひらと振ってみせる。小日向は〈亀の甲より年の功〉などという古い格言を思い出す。久ジイが皆から頼られているのも宜《むべ》なるかなと思わされる。

「間宮先生の言う通り、人の徳は行動で示される。さすれば小日向くんの仕事は称賛に値するものなんだろう。いや、これはわしが軽率だった。悪かったね、小日向くんよ」

「いえ」

頭を下げられても、言われたことは間違いないので素直に頷けない。

「ともかく三時間喋りっぱなしで口も頭も疲れただろう。並んでいる者にはわしから言っておくから休んどきなさい」

　久ジイの声は構内によく響くので改めて指示を出すまでもなかった。並んでいた相談希望者たちは文句の一つも言わず、三々五々と散っていく。自分の力のなさを思い知らされる光景なのにほっとしてしまう。それが更に情けなさを募らせる。

「あまり深く考えないことだ」

　こちらの思いを知ってか知らずか、間宮は労《ねぎら》うように小日向の肩を叩く。

「閉じたコミューンはどうしたって閉鎖的になる。〈特別市民〉の称号を与えられても、すんなり受け容れられるのは難しい」

「でも久ジイからあんな風に言われるとは思いませんでした」

「久ジイだって悪気があっての発言じゃない。大事な住民の個人情報に接触させる仕事だから慎重になっている。あの苦言は慎重さの反動みたいなものだ」

「そう、でしょうか」

「君が〈エクスプローラー〉に胡散臭さを抱いているなら、彼らも君を怪しく思っている。打ち解けるにはそれなりに時間を要するよ」

「受け容れられるためとかじゃなくて、本気で皆さんの役に立ちたかったんですけどね」

「よく分かるよ。君はあまり器用じゃなさそうだものな。善人そうだし、世渡りも上手《うま》くないだろう」

「褒めてるんですか、貶《けな》してるんですか」

「褒めても貶してもいない。見た目の印象をそのまま伝えているだけだ。もちろん間違いだと抗議されたら修正するに吝《やぶさ》かではないがね」

「別に、間違いじゃありません。同じことを同僚からも言われてます」

「結構なことじゃないか。世渡りが上手なヤツより下手《へた》なヤツの方が好かれる。この連中も世渡り下手だから、そのうちウマが合うようになるさ。現に、もう何人かは家族状況や資産状況まで訊き出したんだろ」

「ええ、必要事項ですから」

「自身の事情を打ち明けた相手には警戒心を緩めるものだ。さっき三十人近くは並んでいたか？　彼らからその必要事項を聴取した時点で三十人もの気の置けない友人が誕生する。結果的には万々歳《ばんばんざい》じゃないか」

そう言って間宮は笑い掛けてくる。

話している途中で、小日向はふと思いついた。今なら心に引っ掛かっている疑問が氷解するのではないか。

「ずっと考えていたことがあるんです」

「どうしたら一般市民に格上げしてもらえるのか、かね」

「いえ、それはもう無理なことは分かっているので。僕が考えていたのは皆さんの出身地のことです」

　間宮の笑顔が固まる。

「最初の相談者だった霜月さんは福井県敦賀市八ケ部町《やつかべちょう》でした。そしてさっき話を聞いた六人も、住民票の住所地は敦賀市八ケ部町です。それだけじゃありません。地下で知り合ったのは遠城香澄さん、久ジイこと平尾《ひらお》久平《きゅうへい》さん、永沢透《とおる》さん。区役所の空き時間に調べてみました。するとですね、遠城も平尾も永沢も全部敦賀市八ケ部町によくある苗字なんですよ」

　知った時には愕然《がくぜん》とした。偶然の一致という解釈もあったが、これだけの事例が重なればもはや偶然とは言わない。

「〈エクスプローラー〉の皆さんは敦賀市八ケ部町の出身なのではないかと当たりをつけました。八ケ部町と聞けばどうしても思い出してしまう事件があります。遡ること今から五年前、八ケ部町の高速増殖炉で発生した臨界事故です」

　黙って聞いている間宮の表情はいよいよ険《けわ》しくなってくる。

　日本政府が延べ一兆円以上を注ぎ込んで開発した、敦賀市八ケ部町の高速増殖炉。同施設内には核燃料加工施設もあり、順調に稼働《かどう》し続ければ核燃料サイクルを完成させる重要施設と位置付けされていた。

ところがこの増殖炉は順調どころか度々トラブルに見舞われた。放射性ガスの検知器誤作動に非常用ディーゼル発電機の故障、更には冷却用の金属ナトリウム漏《も》れとそれに伴う小規模な火災事故を何度か発生させた。それだけではない。炉内中継装置の落下事故の際には死人すら出したのだ。

度重なる事故にも拘わらず高速増殖炉の開発・運転が継続されたのは、兎《と》にも角《かく》にも核燃料サイクルの完成が国家的事業だったからに他ならない。事故が発生する度に原子力規制委員会が立ち入り・保安検査をし、運転再開となるのは、もはやルーチンのようだった。

こうして施設としては事故続き、施策としては失敗続きではあったが、国の後ろ盾《だて》のお蔭で何とか命脈《めいみやく》を保っていた高速増殖炉の息の根を止めたのが五年前の致命的な事故だった。核燃料加工中にウラン溶液が臨界点に達し核分裂連鎖反応が発生、それに伴って溶液の入っていた沈殿槽《ちんでんそう》に亀裂《きれつ》が生じ、中のウラン溶液が大量に漏れ出した。

核分裂連鎖反応がコントロールできなくなった時点で、溶液および沈殿槽は剝き出しの原子炉と同じ状態となる。中性子線は棟内のみならず施設外にも放出され、しかも退避の警報が遅れたために周辺住民の何十人かも被曝《ひばく》した。

棟内で働いていた作業員二百十二人が急性被曝となり、うち十五名が搬送先の病院で死亡した。国内では戦後初の被曝死亡者を出したことで政府および文部科学省は遂に運転の続行を諦め、件《くだん》の高速増殖炉は廃炉が決定される――。

「あの事故で不可思議だったのは被害者を巡る一連の報道と言われています。発生直後から現場への立ち入りが規制され、被害者の実名は死亡した作業員以外は一切公表されませんでした。一部マスコミが被曝したと思われる周辺住民に取材を試みましたが、その全員が転出していました。ひょっとして、その転出した八ケ部町の住民たちが〈エクスプローラー〉じゃないんですか」

小日向の推理には何の根拠もない。ただ既成事実を重ねただけの作り話に過ぎない。だから間宮が一笑《いっしょう》に付《ふ》せば、それで終わりにするつもりだった。

だが間宮は笑うどころか、目の前の小日向を今にも絞め殺しそうなほど凶悪な顔つきになっている。

「さっき世渡りが上手なヤツより下手なヤツの方が好かれると言った」

「ええ、聞きました」

「付け加えておく。勘の鋭いヤツより鈍いヤツの方が好かれる。勘が鈍けりゃ要らぬトラブルも引き起こさないからな」

「トラブルだなんて、そんな」

「大抵のトラブルは起こそうとして起きるんじゃない。起きてしまうものだ。きっと久ジイはその辺を危惧《きぐ》して、君を〈特別市民〉にしたんだろう」

「どうしてですか」

「〈エクスプローラー〉の存在を知られたからといって、まさか殺す訳にもいかない。かといってただ解放したんじゃ、外部に秘密が洩れる。だが身内に取り込んでしまえば善人そうだからそうそう裏切ることもない。君を〈特別市民〉にしたのも、おそらくそれが一番の理由だ。いかにも久ジイらしいやり口だね」

「じゃあ僕の推論は」

「当たっているよ。ついでに訊くが、ここの住人たちが昼間は地下に居住している理由にも見当がついているのか」

「それはその、被曝者だから隔離《かくり》しているとか……」

一転、間宮は非難するような目で小日向を睨む。

「馬鹿を言っちゃあいけない。被曝が伝染なんかするものか」

「でも、八ケ部町で被曝したと思《おぼ》しき住民は転出しているじゃないですか」

「放射能に汚染された村では農業が立ち行かなくなったし風評被害もある。近隣県や都内への移転は、政府による補償の一部だよ」

「でもですよ。地下に幽閉状態で、定期的に間宮先生の往診があるなんて、まるでどこかのサナトリウムみたいじゃないですか。それってやっぱり被曝した八ケ部町の住民たちと一般市民との接触を怖れているからじゃないんですか」

「勘が鋭い癖に思考回路は結構お粗末なんだな」

吐き捨てるような口調に変わった。

「その上に善人ときているから余計始末が悪い。世の中に蔓延《はびこ》るデマやフェイクニュースは、君のように浅はかな善人が広めるものだと相場が決まっている」

あんまりな言い草だったが、折角《せっかく》間宮の口が開いたので抗議は我慢することにした。

「せめて納得させてください」

「疑問を疑問として放っておける人間じゃなさそうだし、妙な誤解をされたままじゃ今後に差《さ》し支《つか》える、か」

間宮はしばらく考え込んでいたが、やがて小さく嘆息すると小日向に向き直った。

「どのみち君も公務員にあるまじき違法行為で弱味を握られている。軽々《けいけい》に彼らのことを口外はするまい。そうだな？」

「もちろんです」

「これはわたしの独断で話すことだ。従って万が一にでも地上の誰かに洩らしたりでもしたら、決して君を許さない。その覚悟はあるか」

許さない間宮がどんなペナルティを科すのか見当もつかないが、小日向は敢《あ》えて逆らわない。

「彼らが日中は地下で暮らしているのは、確かに八ケ部町での被曝が原因だ」

「やっぱり」

「ただし君の言うように伝染云々の目的で隔離されているんじゃない。彼らを蝕《むしば》んでいるのは色素性乾皮症《しきそせいかんぴしょう》だ」

聞き慣れない病名だった。間宮の説明によれば概要は次の通りだ。

ヒトの皮膚は紫外線が当たると細胞内の遺伝子が損傷を受ける。その損傷を修復するため、遺伝子の中には修復に必要なタンパク質を生成する因子《いんし》が含まれているが、中にはこの因子に異常があり遺伝子の損傷を修復できない者も存在する。紫外線による損傷が修復できないと露光部《ろこうぶ》の皮膚にシミが生じ、乾燥し、やがて皮膚がんを発症する。これが色素性乾皮症だ。同病による皮膚がんの発症率は健常者の約二千倍、また皮膚がん以外のがんの発症率も約二十倍と言われている。

更に皮膚がんだけではない。進行すれば運動機能の低下、知的障害といった神経症状を招く事例さえある。

「色素性乾皮症は日本の場合、人口二万二千人に一人の割合で発症する遺伝病だ。

それも両親二人ともが保因者であっても子供に遺伝する確率は四分の一だから、かなり珍しい病気といっていい。ところがウラン溶液漏れの事故で被曝した住民の実に半数以上が色素性乾皮症を発症した。施設に近い家の者ほど罹患率《りかんりつ》が高い。本来なら遺伝子異常に由来する病気が、どうして八ケ部町住民に発症したのか。考えられる原因は急性被曝しかない。因果関係が立証できないとして政府と御用学者どもは否定したがね」

「治療法はないんですか」

「ないね」

間宮は力なく首を振ってみせる。

「元々が遺伝性の病気だから国の指定難病になっている。動物実験では原因遺伝子を外から注入して遺伝子の修復能力を改善する試みが為《な》されているが、ヒトではまだ試されていない。がんのできてしまった皮膚を切除して別の皮膚を植皮《しょくひ》しても所詮《しょせん》は対症療法に過ぎないし、神経症状についてはそもそもの発症システムが研究途中にあるから治療法も見つかっていない。発症者と保因者にできることといえば、確実に遮光《しゃこう》するくらいだ」

それで日中は日光の届かない地下に暮らしているのか。

「被災地から移転したものの日中、外に出ることはできない。地方では深夜勤務の口も少ない」

「だから地下の廃駅が現存している東京に再移転したんですね」

「再移転といっても正式な住所にはならない。郵便を配達してくれる訳でもないからね。だから住民票の住所地は従来のままにして、陽が沈んだら手荷物を運んだりしている。わたしが定期的に往診しているのは罹患者と保因者の症状をチェックするためだ」

「先生も八ケ部町にお住まいだったんですか」

「事故現場からは離れていたがね。八ケ部町の住民が地下に住まうと聞いた時、彼らの主治医になれるのは自分しかいないだろうと思った。実際そうだったし、〈エクスプローラー〉の事情に詳しく秘密も守れるという点でも、わたしは適任者だった」

適任者という単語に妙な違和感を覚えた。

「地下への再移転は政府の指示だったんですか」

間宮は質問の真意を探るかのように、いったん黙り込む。

「どんなに無責任な政府でも、被曝者の一斉移転となれば気づかないはずはないでしょうし、また政府の許認可なしに廃駅を利用することも叶わなかったはずです」

「鈍いと思ったのに、許認可の点に注目するとは公務員の性《さが》なのかな。この国は被害者をそれほど厚遇してくれない。原因が国家的プロジェクトの失敗によるものなら尚更だ」

「この広い空間を好きに使用しているのは全くの無許可だというんですか」

「そうは言っていない。ただわたしたちの提案に協力してくれる者がいるというだけだ」

また協力者か。

以前、永沢がうっかり口を滑らせた際もその名が出た。いったい協力者というのは何者なのだろうか。更に問い質《ただ》そうとした時、闖入者の声に遮られた。

「あんなの協力者でも何でもないよ」

声の主は香澄だった。

4

「同情とか正義感からじゃない。あれって、どう考えても罪滅ぼし程度じゃん」

香澄の尖った物言いに、間宮は当惑しているようだった。

「被害者の立場からは、そういう見方になるのも仕方がないだろう。しかし相手の善意が本物かどうかなんてどうでもいいことだ。要は香澄ちゃんたち〈エクスプローラー〉に恩恵がもたらされるのなら、それでいいんじゃないのか」

「そういうオトナな見方ができないコなんで。あ、先生。久ジイが呼んでたよ。富《ふ》士代《じょ》さんの具合がよくなさそうだって」

「急患か」

途端に目の色が変わったのは職業柄というべきだろう。間宮は小日向に目も向けず、そそくさとその場を立ち去ってしまった。

「変なところで律義なんだから、あの先生」

香澄は拗ねたように、間宮の去った方に顔を向ける。

「途中から聞いてたけどさ、あたしたちの病気のこと教えちゃったんでしょ。患者の個人情報を守る気あんのかしら」

「個人情報っていうより、被曝者団体の主張みたいなものだろう。医師の守秘義務としては許容範囲だと思うけど。第一、香澄ちゃんたちとこれからも付き合い続けてたら、遅かれ早かれ知れることだ」

「へえ、長く付き合うつもりだったんだ」

「何しろ、こっちは弱味を握られている。脅迫されている側として、不本意ながら長く付き合っていかなきゃならない」

「まー、あたしも夏にこんなもの着てなきゃならない理由を隠さなくて済むか」

そう言って、長袖の袖口を引っ張ってみせる。いかに地下生活とはいえ、夏でも肌を露出しない服を着ているのには深刻な理由があったのだと思い知る。

「事情を知るまではファッションだと思ってた」

「へへー、ＪＫの生肌が見たかったか」

「そんなんじゃない」

「小日向さんにならら見せてやってもいいよー」

香澄は左の袖を肩近くまで捲《まく》ってみせた。いきなりだったので、小日向は目を逸《そ》らすのも忘れてしまった。

視線が彼女の肌に釘づけになる。

二の腕には植皮の痕《あと》が鮮やかに浮かんでいた。

「ねー、エロどころかグロでしょー。こんな痕がね、まだ五つもあるのよ。だから、どんなに汗掻いても、どんなにダサくても夏も長袖」

快活な口調だが、どこか自棄気味にも聞こえる。

「お蔭でさ、コンビニとかいくと他の客とか店員とか変な目で見るよね。こいつタトゥーしてるんだろって。ふん、タトゥーだったら大威張りで見せびらかすよね」

小日向は幸いにも植皮手術を経験したことがないので、術後の疼《うず》きや痛みには関心を持ったことさえない。

しかし至近距離で目の当《ま》たり《あ》にすると、植皮痕の禍々《まがまが》しさからどうしても想像を逞《たくま》しくしてしまう。

「あ。その、同情するような目はやめてよね」

見透かされたように言われ、小日向はどぎまぎする。

「まー、事故を起こした人たちはそんな同情さえしてくれなかったんだけどさ」

八ケ部町で事故が起きた際、施設を管理していた民間の会社に非難が集中した。しかし事故の早急な幕引きを図ったのは経済産業省だった。香澄が詰《なじ》っているのは、どちらに対してなのだろうか。

「ここにいる人たちの公務員嫌いは、それが理由なのか」

「公務員って一般市民のために働いているかと思ってたけど、そうじゃなかった。あの人たちって省の利益のために働いているよね」

「あの人たちっていうことは、その中に僕は含まれていないのか」

「あたしたちのために汗を掻こうとしてるみたいだから、取りあえず除外。今だから言うけど小日向さんが生活保護の窓口業務だと知られてから、みんなの評判はよくなかったよ。もう小日向さんがどうとかじゃなくて、お役所とか公務員さんにはホント嫌な思いをさせられ続けたから」

「被曝の実態を隠蔽《いんぺい》したからか」

「それもあるんだけどさ」

香澄は努めて軽い口調にしようとしているようだが、無理をしているのは小日向にも分かる。

不意に、香澄が今まで両親の話題には一切触れなかったことを思い出した。

両親ともども〈エクスプローラー〉なのか、それとも香澄一人が暮らしているのか、そもそも両親は健在なのかどうか。

ねえ、と香澄が話し掛けてきた。

「何か手伝えること、ない？」

「急に優しくなった」

「優しいとか冷たいとかじゃなくって、あたしたちのためにしてくれてることなら手伝うのが当然でしょうが。久ジイに聞いたら三時間喋りっぱなしだったっていうじゃない」

「だから今、休憩時間もらっているんだけどね」

「二人でやったら、もっと休めるんだよ」

君に手伝える仕事じゃない——そう告げるのは容易《たやす》いが、口に出したが最後、折角縮まりかけた香澄との間が遠のいてしまう怖れがあった。

しかし、口に出す必要はなかった。

「……やっぱ、あたしじゃ役に立たないか」

香澄に見え透いた嘘は通用するまい。小日向が言葉を探していると、香澄は机の上に座って足をぷらぷらと振り始めた。

「だよねー。ここにも教えてくれる先生がいるけど、ちゃんと学校に通っている訳じゃないし」

「いつから通っていないんだ。八ケ部町の事故が起きてからか」

「ううん、日中は表に出られないのが分かってから。言っとくけど、成績は悪くなかったんだから」

むきになるところが少し可愛かった。

「うん。それは何となく分かる」

「本当なら今だって部活動だとかさ、健全なJKらしいことしてるはずなんだよね。高速増殖炉だか何だか知らないけど……チックショウ」

吐き捨てるように言ってから、しばらく香澄は黙り込む。

訊きたいことは山ほどあるが、どれも香澄の過去を知りたいという個人的な好奇心からくるものだ。口に出せば、これもまた彼女との距離を広げるに決まっている。

あっと思った。

いつの間にか自分は香澄に近づきたいと願っている。仕事以外は鉄道にしか興味を持てなかった男が、今は目の前で所在なげにしている女の子のどうでもいいことを知りたいと思い始めている。

「〈エクスプローラー〉に香澄ちゃんと同い年くらいの子はいないのか」

「いるし、時々は一緒に買い出しとか行くよ。でもさ、向こうが気を遣ってるのが丸分かりなんだよね。あたし、ふた親ともいないし」

香澄は小日向の反応を確かめるように、こちらを見る。

「小日向さんのお父さんとお母さんは元気なんだってね」

「久ジイ情報か。僕に関しては個人情報筒抜けなんだな」

「そりゃあ怪しい侵入者なんだもの。個人情報筒抜けというより情報共有。だからかな。あのね、ふた親揃っている人は他人の家族構成なんてあまり気にしないの」

言い換えれば、香澄本人は気にするという意味だ。

「本っ当、ヤな性格だよね」

「僕がかよ」

「あ・た・し・が。フツーの家族を持ってる人とか、フツーの暮らしをしている人を見てると、何だかイライラしてくる。イライラするのがよくないこと、知っているけど抑えられない」

「自覚している分、マシだと思うけど」

「自覚しててもヤなものはヤなの。ついでに、知り合って間もない人にヤなところ見せるのもヤなの」

「違うと思う」

香澄がゆっくりとこちらを向く。小日向は言葉を選びながら話し出す。

「自分の弱いところ醜いところを曝け出せるのは強い人間だ。それだけでも大したものだよ」

「……マジで?」

「世の中で、どれだけのオタクが自分の趣味を隠していると思う」

小日向は全世界の仲間に向かって両手を合わせる。許せ。今はこうでも言わないと彼女が可哀想なんだ。

香澄は訴えるような視線を寄越す。

「そんなこと言うのなら、責任取ってよ」

「どんな責任さ」

「ヤな話を聞いた後でも、変わらずあたしをソンケーすること」

やがて彼女が打ち明けた話は、こんな内容だった。

五年前のちょうど今頃、香澄は夏休みの宿題に追われていた。残された休みはあと二日しかないというのに、まだ宿題は半分しか進んでいなかったのだ。

家にいるのは香澄一人だった。母親はとうに他界しており、父親の貴文《たかふみ》は作業員として高速増殖炉で働いている。まだ小学生の香澄には原子力が何であるかは分かっていない。ただ父親が誇りにしている仕事であり、原子力施設があるお蔭で八ケ部町が潤《うるお》っている事実だけは知っていた。原子力施設が危険であるはずがない。何しろ自宅から二百メートルも離れていない場所に施設が建っているのだから。

午前十一時半を過ぎた頃、俄に外が騒がしくなった。

表に出てみると、施設に向かう道路を数台の救急車が走り抜けていく。ばりばりという爆音に見上げれば、ヘリコプターが頭上を通過しようとしていた。

次いで街頭に設えられたスピーカーから町の防災情報が流れた。

『こちらは八ケ部町役場です。原子力施設で事故が発生しています。住民の方は落ち着いて避難指示に従ってください。屋形《やかた》地区の方は直《ただ》ちに八ケ部小学校に避難してください。富岡《とみおか》地区の方は屋内に退避して、外出は控えてください。繰り返します。こちらは八ケ部町役場です』

落ち着いてと話す割に、スピーカーから流れる声は上擦《うわず》っていた。

香澄は後になって知ることになるが、この時、施設の所長は文部科学省と八ケ部町に事故の第一報を伝えていた。出動した救急車は、文部科学省の要請を受けて施設内で被曝した作業員を搬送するためのものだった。一方、政府は第一報から一時間を経過しても周辺住民への対応に着手できず、退避の指示は八ケ部町町長の独断で行われた。結果的には、この独断が功を奏した。もし国の指示を待っていたら被曝者は更に増えたであろうことが容易に予測できたからだ。

子供ながら、香澄にも原子力施設が大変な事態にあると理解できた。だが、さすがに自分の父親が救急搬送される作業員の一人であるとは想像が及ばなかった。

いったん小学校に避難した香澄は、ほどなくして父親の入院を知らされる。

「すぐ病院で手当てを受けたんだもの。きっと大丈夫よ」

近所に住む霜月径子はそう言って慰めてくれたが、貴文を巡る状況は最悪だった。沈殿槽の近くで作業をしていた貴文が被曝した放射線量は実に二〇シーベルトを超え、高線量被曝による染色体破壊で新しい細胞の生成が不可能な状態になっていたのだ。

貴文にとって不運だったのは、日本における被曝事故はこれが最初だったことだ。医療チームには症例の蓄積も確実な治療法もなく、毎日のように発現する新しい症状に困惑しながらの治療となった。

白血球が生成されなくなり、造血幹細胞の移植を行うものの、新細胞の染色体にも異常が発見される。医療チームが懸命に治療を施す中、貴文の肉体は心停止と救命処置による蘇生を繰り返す。だが心肺停止によるダメージは各臓器の機能を低下させ、遂に事故から六十日目、貴文は多臓器不全《たぞうきふぜん》で還《かえ》らぬ人となった。

　父親の死を知らされても、香澄には少しも実感が湧《わ》かなかった。病院に搬送された後は面会謝絶で、一度も貴文の顔を見られなかったせいもあるが、とにかく現実味が感じられなかったのだ。

　だが香澄は、己の肉体を介して味わうことになる。隣町に移転し、二カ月が過ぎようとする頃、身体の変調に気づいたのだ。

　たったの数分外出しただけで肌の露出部分が激しく日焼けした。顔も真っ赤に腫《は》れ上がるようになった。翌日になっても腫れは引かず、それどころか水ぶくれを生じた。とにかく日光に晒《さら》した部分がじわじわと焼かれるように痛む。痛みで眠れない夜が何日も続いた。

　季節は既に冬を迎えようとしていた。日中の陽射しは儚《はかな》いほどに淡く、弱い。夏の強い陽射しとは比べものにならないはずなのに、これほど火傷《やけど》のような症状が現れるのは尋常ではない。

　同じ八ケ部町で診療所を開業していた間宮医師は、香澄を診察するなり色素性乾皮症と診断した。

「もう、君は太陽に肌を晒すことはできない。皮膚がんになりたくなければ完全な遮光を心掛ける以外にない」

いきなりの宣告に、今まで意識の底に眠っていた感情が爆発した。

「これって事故のせいなんですか」

間宮は即答しなかった。その間の沈黙が香澄に事実と知らしめた。

父親を殺し、今また自分の肉体を蝕もうとする放射線。間宮に問い質すと、あの日事故現場から三百メートルの範囲にいた町民の多くに香澄と同様の症状が現れているという。

父親を殺した犯人が分かっても手出しできない。自分の人生から太陽を奪った張本人がいるのに、一切詫《わ》びも償《つぐな》いもしてくれない。

間宮の目前で、香澄は絶叫しながら泣いた。何故、選《よ》りにも選《よ》ってこんな理不尽が自分たち父娘に降りかかるのかと天を呪《のろ》った。

原子力を呪った。

国を呪った。

関係する省庁と、そこに勤める職員全員を呪った。

国は自分たちを護ってくれない。むしろ迫害し滅ぼそうとしている——間宮から東京への再移転を勧められたのは、そんな風に世界を憎悪している最中だった。

「日中でも太陽光線を免《まぬか》れて生活できる場所を見つけた。被曝した住民全員を収容できる広大な場所だ。少なくとも、そこなら病状が進むことはない。症状を抑えながら治療法を探すことが可能だ」

その頃には何度か植皮手術を繰り返し、香澄の身体はパッチワークのようになっていた。今の環境に住み続けても状況が好転しないのは火を見るより明らかだった。

結局、間宮に押し切られるかたちで香澄は再移転を承諾する。初めての都会、眩《まば》ゆく煌《きら》めくネオンの海と見上げる高層ビルの山脈。洒落《しやれ》た服、美味しいもの。望むものは何でも揃っていた。

ただ一つ、太陽を除いては。


「最初は新天地だと思ってたんだ」

過去を語り終えた香澄は呟くように言う。

「でも、しばらくしてからみんなが気づいた。確かに陽射しを受けないから皮膚は護れるし病気も進行しない。でも、その代わりに普通の生活を奪われている。夜と雨の日にしか地上に出られない、まるで吸血鬼みたいな生活。そんな生活を望んだ訳じゃないのに、他に選択肢がないから従わなきゃいけない。八ケ部町の人間が、どんな悪いことをしたっていうのよ。どうしてあたしたちだけが、そんな罰ゲーム受けなきゃいけないのよ」

香澄の力ない訴えが構内にこだまする。

小日向は何も言えずにいた。

第三章　車輪の響き　笛の声

1

「案外、頑張ってるじゃないか、鉄オタ」

いつの間にか常設となった相談窓口でひと息吐《つ》いていると、背後から声を掛けられた。振り向かずとも蓮《はす》っ葉《ぱ》な物言いで黒沢輝美《くろさわてるみ》のものと分かる。

「正直、ものの三日もすれば音《ね》を上げるんだろうと思ってたんだけどな。いや意外や意外」

「どこがどんな風に意外だったんですか。ていうか、輝美さんは僕をどんな人間だと思ってたんですか」

「フツーの男」

輝美はビール缶を振りながら言う。

「フツーはさ、昼日中に太陽を避けてドラキュラ生活しているヤツらとお近づきになりたいと思うようなのは少ないよ。そういう集団の中に放り込まれても居づらいだけだしね。ところが我が小役人くんは未《いま》だにめげないときている」

「その、小役人くんというのはやめてくれませんか」

「ああ、ごめんごめん」

謝罪の言葉を口にしているものの、にたにた笑いを見る限り、本心から悪いとは思っていないらしい。

「ここの住人はなかなか昔話も打ち明け話もしたがらないしね。秘密を山ほど抱えてっていうか、秘密そのものみたいな連中だし」

「連中だしって、輝美さんもその中の一人じゃないですか」

「……そういう切り返しをするヤツには見えなかったんだけどな」

輝美は不敵に笑って缶を突き出す。

「さては、誰かからわたしたちの身の上を聞いたのかな」

正直に答えるのは気が引けたが、かといって上手《うま》く誤魔化《ごまか》すような才覚も持ち合わせていない。誤魔化すには、あまりに重い事実だった。

だから小日向《こひなた》は沈黙することにしたが、考えるまでもなく沈黙は肯定の印《しるし》でもある。

早速、輝美が食いついてきた。

「黙っているところをみると図星か。いったい誰から話を聞いたんだい」

「誰からでもいいじゃないですか」

小日向はせめてもの抵抗にそっぽを向く。

「大事なのは、そこじゃないでしょう」

間宮《まみや》と香澄《かすみ》の話を聞いてからも地下空間を離れようとは思わなかった。香澄の回想を聞いてからは尚更《なおさら》だった。

八ケ部町《やつかべちよう》の住人たちに降りかかった悲劇に、同情の念を禁じ得なかったといえば嘘になる。原子力発電所の実物を見たことすらない自分が、その悲劇を追体験しようとしても無理な話であるのは承知している。色素性乾皮症《しきそせいかんぴしよう》の痛さ辛《つら》さを体感するのも同様に無理だ。

彼らに同情するのはとても簡単だ。だが、言ってみればそれだけだ。同情しかしてやれない。そして彼らにしてみれば、何のプラスにもならない。無責任な同情は無責任な非難と根っこが同じだからだ。安全地帯から放つものは同情も非難も変わりがない。

『どうしてあたしたちだけが、そんな罰ゲーム受けなきゃいけないのよ』

構内に響いた香澄の声が未だに忘れられない。あの言葉が小日向の心を安全地帯から連れ出してくれた。

「へえ。じゃあ何が大事だっていうの」

「カッコつけていいですか」

「似合っているならね」

「できることをする、です」

自分で予想した通り、口に出してから後悔した。しかし撤回《てっかい》するつもりもさらさらない。

「それがどんなにちっぽけなことでも、自分にできることをする。〈特別市民〉の称号を与えられたから言う訳じゃありませんけど、せめてそれくらいは心掛けないと称号もすぐに剝奪《はくだつ》されそうです」

「ここの住人の病気を知っていても、そう言えるのかい」

もう輝美はにこりともしなかった。

「知っている前提で訊《き》くんだけどさ。小日向さんがやっている生活相談なんて、ホントにちっぽけなことで、できることからなんて聞こえはいいけど、その実、自己満足でしかないかもしれないのよ」

「偽善という解釈ですか」

これは予想できた追撃だった。

「確かに自己満足かもしれないし、偽善かもしれません。だけど何もしない善よりはちっぽけでも行動に移す偽善の方がマシだと思いませんか」

間宮の受け売りになってしまうが、今なら言葉の真意が分かる気がした。間宮がどれだけ力を尽くそうとも、〈エクスプローラー〉たちの色素性乾皮症を治療するのは困難だ。投薬も遮光《しゃこう》も対症療法に過ぎない。治癒できない病人の治療にあたる医師の気持ちとはどんなものかと想像する。蟷螂《とうろう》の斧《おの》あるいは焼け石に水。報《むく》われないと承知して施《ほどこ》す医療行為は、ひたすらに空《むな》しいはずだ。

間宮の発言は自虐《じぎゃく》を含みながらの抵抗であったことが、今更ながらに理解できる。小日向が生活相談を継続しているのも、一つには間宮の心意気に共感したからだった。

「間宮先生のしていることが無意味だとはどうしても思えないんですよ」

自分で青臭いことを言っているのは重々承知している。だが、口にしないことには収まりがつかない。自分が彼らと一緒にいる理由を説明できない。

「僕のしていることが自己満足に過ぎず、〈エクスプローラー〉にとって邪魔なものでしかなかったら、久《きゅう》ジイなり誰かなりが僕を追放してくれますよ」

「威勢のいいことだな」

「多少威勢がよくなかったら続きませんよ」

「小日向さん、若いよなあ。若い時はさ、誰でも血気に逸《はや》るんだよな。血気に逸らないと現実に押し潰《つぶ》されそうになるから。ただささ、そういうのは結局後悔する羽目《はめ》になるよ」

　何が不満なのか、輝美は尚も絡《から》んでくる。

「小日向さん一人が泥を被《かぶ》るなら構わないが、それにここの住人が巻き込まれたんじゃ、割に合わないからね」

　じゃあ、どうすればいいのかと訊こうとした時、二人の間に間延びした声が割り込んできた。

「輝美さんよお、あんまし若いモンをオモチャにしてやるなよ」

　永沢《ながさわ》は二人の間をとりなすように話し掛けてきた。

「そりゃあ輝美さんには青臭く見えるかもしれんが、青臭いのを好きなヤツは少なくないぜ」

「別にオモチャにしてる訳じゃないよ。どうせ関わり合いになるなら、覚悟を決めておかないと後々しんどくなるからさ」

「それくらいのことは間宮先生を見ていりゃ、馬鹿にだって分かるさ。それこそ偽善や売名行為だけでできるようなこっちゃない。なあ、そうだろ」

　同意を求められ、小日向は否応《いやおう》なく頷《うなず》く。

「間宮先生と同じことをしようなんてのは十年早いかもしれないが、爪《つめ》の垢《あか》を煎《せん》じて飲むくらいはできるだろう」

「爪の垢くらいで効果なんてあるのかしら」

「入門編はそこからだろう。それにしても輝美さんは厳し過ぎるんじゃないのかい。味方のハードル高くしてどうするよ」

「味方?」

「ああ、この若い公務員の兄ちゃんは俺《おれ》たちの味方になるっつってんだ。輝美さんがどう思うか知らないが、味方は多けりゃ多いほどいい」

「言ってることがよく理解できないのだけれど」

「久ジイの受け売りなんだけどな、俺たちはいつかお天道《てんと》さんに照らされる日がくる。自発的に出ていくのか、それとも誰かに強制連行されるのかはともかくな」

思わず小日向は永沢の顔を見る。久ジイがそんなことを予言していたのは初耳だった。

「それって、久ジイの与太《よた》じゃないの」

「今まで久ジイの与太で大外れしたことがあったかよ」

輝美は黙ったまま、首を横に振る。

「だろ。それによ、こんな風に毎日毎日平穏に暮らしちゃいるが、哀しいかな俺たちは居住権を主張できない。ここは俺たちが買った土地でもなけりゃ借りた土地でもない。ホームレスと同様、不法に寝泊まりしているだけだ。だから政府筋に見つかれば立ち退《の》きを余儀なくされる。輝美さんだって見たことあるだろ。ホームレスたちのテント村が、強制執行とかで解体されたってニュース。まさにあれがそうだ。あんな風に俺たちが強制的に排除されるってのは、空想でも絵空事でもない。目の前に迫っている事実なんだよ」

永沢には似合わぬ真剣な口調に、輝美も小日向も気圧《けお》されたように押し黙る。

「万が一そういう事態になった場合、頼りになるのは味方の数だ。政府筋でも民間でも、とにかくシンパを増やしておくに越したことはない。久ジイはそんなことを言っていた。もちろんその味方とやらに政治力や発言力が備わっているなら言うことはないが、まずは数だ。だから、小日向には俺たちの味方でいてもらわなきゃならない」

「はいはいはいっと」

輝美は面倒臭そうに、また缶を振る。

「了解。移民を受け容れる度量のある国は好感持たれるし、久ジイが進めることにわたしが反旗を翻《ひるがえ》せるはずもないし」

「仲良くやってくれや」

「ところがこの兄ちゃんはわたしと盃《さかずき》を酌《く》み交《か》わすのが嫌らしくってさ」

「あんたとなら、俺だって遠慮する。大体、輝美さんがうわばみ過ぎるんだって」

「へいへい。それならわたしゃ、寂しく一人酒といこうかね。邪魔したね、小日向さん。あ、そうだ。間宮先生、どこにいるか知らない?」

「間宮先生なら、さっき香澄ちゃんの診察中だった」

「詳しいねえ。ひょっとして香澄ちゃんのストーカーなの」

「馬鹿言え。四方をカーテンで遮《さえぎ》って治療していた。あんな風に治療するのは香澄ちゃんの時だけだろう」

小日向の脳裏《のうり》に、パッチワークのようになった香澄の腕が浮かぶ。

「ま、わたしと違って年頃だからね。あの齢《とし》であんな身体ってのは、確かにキツいわ」

去り際《ぎわ》はさばさばしたもので、輝美は缶の中身を呷《あお》りながら小日向たちから遠ざかっていく。

「ええっと、取りあえずお礼言っときます」

小日向が軽く頭を下げると、永沢はよせというように片手を払った。

「礼を言われるようなこっちゃねえよ。傍《はた》で聞いていてちょっと厳し過ぎると思ったから、しゃしゃり出ただけだ」

「僕はまだ輝美さんから信用されていないみたいですね」

「あの女は誰も信用してないいんじゃないのかな。いつも酔っぱらっていてはぐらかされるが、素面《しらふ》の時に真面目な話をした覚えがない」

「え。でも皆さんと同じ町民じゃなかったんですか」

「ふうん。やっぱりそこまでは知っている訳か」

「……すみません」

「まあ、いい。うーん、あんたには味方でいてもらわなきゃと言った手前、俺が不確かな情報を流すのもなあ」

「不確かな情報って何のことですか」

「いや、地下で暮らしているのが元は同じ町民だというのはその通りなんだが、生憎《あいにく》と俺は輝美さんを知らなかったんだよな」

「そんなのよくあることでしょう。限界集落じゃあるまいし、町民全員の顔を知っている方がおかしいですよ」

「理屈はそうさ。ただなあ、ここには百人近くの〈エクスプローラー〉が住んでいて、俺は大抵のヤツらの顔と名前は知ってたんだよ。ところが輝美さんだけは、この場所で初めて見掛けたんだよな。本人に直接訊いたら確かに八ケ部の町民だって言うし、町のことも知っている風だったから信じはしたんだけどな」

　信じはしたが、まだ疑いが雲散霧消《うんさんむしょう》した訳でもない——そういうニュアンスに聞こえた。

「でも、八ケ部町の住人だったら、輝美さんも間宮先生の診察を受けているんですよね」

「〈エクスプローラー〉全員が先生の治療を受けている訳じゃない。遮光さえ完璧にできていたら、皮膚炎さえ発症しないヤツもいるからな。第一、百人全員が要治療の患者だったら、間宮先生一人じゃ保《も》たんぞ」

俄《にわか》に輝美への疑惑が生じるが、小日向はすぐに掻《か》き消した。自分のように巻き込まれたのならともかく、輝美のような女が地下空間に住まうような理由は思いつかない。皮膚の疾病《しっぺい》を患《わずら》っている者たちの中に飛び込みたいと夢想する婦女子など、見たことも聞いたこともない。

「輝美さんが誰も信用していないと思うのは、何故《なぜ》ですか」

「あの通り、しょっちゅう呑《の》んだくれているからさ。普通な、人間てのは酒を呑んだら本性《ほんしょう》を出すものだろ。ところが輝美さんときた日にゃ、素面の時がほとんどないもんだから何が本性か分からないんだ。あんな風に酔っ払っているのが常態なんだから、本心で何を考えているのか、さっぱり見当もつかん。これはもう俺の穿《うが》った見方なんだが、ありゃあ本心を隠すために普段から呑んだくれているようにしか思えんのよ」

「だから皆を信用してないって」

「ああ。身体中を棘々《とげとげ》にして人を近づけさせまいとしている。まるでハリネズミみたいじゃないか」

「あの……ハリネズミって、基本臆病《おくびょう》な動物だって知ってます？」

「そうなのか」

「臆病だから、敵を威嚇《いかく》するような外見になっているんです。同じことが輝美さんにも言えませんかね」

「あのうわばみ女が臆病だってか」

「間宮先生には診《み》てもらってないだけで、香澄さん以上の症状なのかもしれないじゃないですか。ああ見えてとても繊細だとか。それならいくら同じ身の上であっても、他人を近づけさせたくない気持ちも、安易な気持ちで皆さんとコミュニケーションを取るまいという気持ちも理解できます」

「繊細ねえ」

永沢はどうにも腑《ふ》に落ちないといった様子で頭を掻く。

「あのう、小日向さん」

呼ばれて我に返った。いつの間にか目の前には、相談者の一人であるおばあちゃんが立っていた。

「ちょおっと生活保護のことで訊きたいことがあって」

「あーっ、ごめんなさい。相談窓口、すぐに再開します」

咄嗟《とっさ》に腕時計を見ると、午後十時を少し回ったところだった。


異変は日付が変わる頃に発生した。ひと通り住人からの相談を聞き終え、さて休憩しようかという段になってまた永沢が現れた。

「こっちに輝美さん、来てないか」

「いいえ。さっき別れてからは、一度も戻ってませんよ。輝美さんがどうかしたんですか」

「訊きたいことがあるからって久ジイが召集かけたんだが、どこにも見当たらない」

「外にお酒でも買いに出たんじゃないですか。もう深夜だからお日様気にせずに済むし」

「外に出る時はちゃんと誰かに言い残しておくのが規則だ。ところが、輝美さんが外出したなんて報告は誰も受けていない」

「でも、いい大人なんだし」

「退出記録がきっちりしているから秘密が護れる。今まで、こんなことは一度もなかったんだ。だから、みんな少し動揺している」

それにしてもたった一人の姿が見えないくらいで、少し大袈裟《おおげさ》な印象は拭《ぬぐ》えなかった。

「ひょっとして大袈裟だと思ってるのか」

図星を指され、小日向はぎょっとする。

「大袈裟なのはその通りだ。だけどな、俺たちも大手を振って暮らしている訳じゃないから、どうしたって神経過敏になりやすいんだよ。文字通りの日陰者だしな」

気のいい永沢の顔が一瞬歪《ゆが》む。

「僕、探すの手伝いますよ」

「そうしてくれ」

急ごしらえの相談窓口を後にして、小日向は永沢に合流して捜索に加わる。

久ジイの号令があったせいか、〈エクスプローラー〉たちも総出で輝美を探しているようだった。香澄の姿が見えなかったが、永沢の話では地上へ買い出しに行っている最中だという。

「地上で輝美さんを目撃したら一報入れるように連絡してある。もし構内で見つからなかったら、地上での捜索隊を増員するつもりらしい」

「大捜査網ですねえ」

「俺たちは地下迷宮には慣れているが地上、殊《こと》に秋葉原界隈《あきはばらかいわい》以外はそれほど土地鑑《とちかん》がない。それは輝美さんも同じだ。だから地上に出たとしても、そう遠くまでうろつけないはずだ」

何しろ四六時中《しろくじちゆう》、買い出しや荷物を取りに行く以外は地下に寝泊まりしているのだ。土地鑑がないのも当然だろう。

「予報によれば明日はカンカン照りだ。もちろん本人は承知しているだろうが、露出の多い服で炎天下なんて歩いてみろ。ものの十分で全身水ぶくれになりかねんぞ」

永沢の声はいつになく緊張している。同病相憐《どうびようあいあわ》れむというよりも、同病だからこそ深刻さを知悉《ちしつ》しているのだ。

およそ百人の住人による一斉捜索だったが、しかし結果は捗々《はかばか》しくない。

「そっち、いたか」

「いない。呼んでも返事がない」

「誰かの塒《ねぐら》にしけこんでるんじゃないのか」

「あの姐《ねえ》さんに食指を動かすようなヤツがいるかよ。まだ他人のテントの中で酔い潰れている方がらしいや」

「輝美さんよー」

構内のあちこちから彼女を呼ぶ声が聞こえるものの、元より光源の乏《とぼ》しい地下空間なので、電灯を翳《かざ》しても隅々にまで光が行き渡らない。その陰にまで歩み寄らなければ何かが潜《ひそ》んでいても判然としない。つまりは非効率に虱潰《しらみつぶ》しを続けていかなければ、人一人探せないということだ。

「そもそも地下ってのは隠れる場所なんだよな」

永沢は自虐気味に言い放つ。

「自分らで隠れ住むには絶好の場所だが、こうして隠れられてみると手も足も出ない」

「投光器とかないんですかね」

「だからよ、隠れるための場所にそんな気の利《き》いたものがある訳ないだろ」

永沢と二人で歩いていると、やがて四方をカーテンで仕切った場所に出た。言わずと知れた間宮の往診エリアだった。内側から灯りが洩《も》れているものの、中に人がいるかどうかまでは分からない。

「ねえ、永沢さん。ちょっと変だと思いませんか」

「何が」

「あんな風に四方を遮るのは香澄ちゃんの治療の時だけなんですよね。でも、香澄ちゃんは買い出しで地上に出ているんですよ」

カーテンが閉まっている限り、誰も香澄に気兼ねして決して中を覗《のぞ》こうとしない。人一人が隠れるにはうってつけの場所だ。

言わんとする意味を理解したのか、永沢は無言で頷く。

「開けるぞ」

そろそろとカーテンに近づき、小日向に目配せをしてから端に手を掛ける。

「永沢です。失礼しますよ、先生」

カーテンが開くのと、間宮が机から顔を上げるのがほぼ同時だった。

「ああ……しまった。居眠りしちまったな。何かあったのかい、お二人さん」

「間宮先生、今までずうっと寝てたのかい」

「香澄ちゃんの診察を終えてカルテを書いている間に寝入ってしまったらしい。ところで二人して何の騒ぎだい」

輝美が行方不明になっているのを聞かされると、間宮は面目《めんぼく》なさそうに唇を曲げた。

「うーん、カーテンの前を通過したとか証言できればいいんだろうけど、この通り不様《ぶざま》を晒《さら》してしまったからね。申し訳ないが何の情報も提供できないよ」

だから、と間宮は付け加えて立ち上がる。

「わたしも探そう」

こうして間宮を加えた三人は、めいめいに懐中電灯を翳しながら線路の上を捜索し続ける。

しばらく歩いていると、ひときわ大きな光源が揺れながら移動していた。接近してみれば、久ジイと取り巻きの数人が神田《かんだ》駅の方向に駆《か》けていくところだった。

「おお、間宮先生に永沢くん。小日向くんまで。ちょうどよかった。先生にも知らせようと思っとったんだ」

「久ジイ、ひょっとして輝美さんが見つかったんですか」

「見つけたらしい」

しかし久ジイの顔色は優れない。

「ただし、あまりめでたくない状態という話だ」

意味ありげな物言いで、小日向は不安に駆《か》られる。知らず知らずのうちに足が速くなる。

輝美のいる場所はすぐに分かった。神田駅の手前約五十メートルの地点から多くの光が洩れている。

「見つけたんだって」

「ああ、久ジイ」

中心を囲んでいた輪が崩れ、その隙間《すきま》から小日向は目撃した。

神田駅に続く線路の上に、輝美の身体が横たわっている。

だらしなく伸びた四肢《しし》、不自然に捻《ね》じ曲がった首。

顔に生気は見られない。こめかみの辺りにはひと目でそうと分かる打撲痕《だぼくこん》があり、そこから溢《あふ》れた大量の血が顔半分を斑《まだら》に染めていた。

「間宮先生」

久ジイに促《うなが》されるまでもなく、間宮が腰を落として輝美に触れる。強引に目蓋《まぶた》を開き、手首の脈動を調べる。一連の動きは見守る者の不安を一層掻き立てる。

やがて間宮は輝美の腕を元に戻すと、力なく首を振った。

「駄目です。もうこと切れています」

「死んでおるのかね」

「解剖しなければ詳細は不明ですが、こめかみの他に外傷らしい外傷が見当たりません。おそらく側頭部の打撲が直接の死因でしょう。かなり深い傷です」

途端に周囲の気温が急低下したような気がした。

つい最前まで缶ビールを片手に説教をかましていた人間が、今は冷たい骸《むくろ》となっている。その動と静の落差に思考がついていけない。

「事故か何かに巻き込まれでもしたかね」

「打撲は頭部です。構内を電車が走っていたのなら、飛ばされた石で怪我《けが》をする可能性もあるでしょう。しかしこの空間に電車はありません」

「天井から欠片《かけら》が落ちてきたとか」

「可能性がなくはないですが、それなら打撲は頭頂部になければおかしい。頭部に向かって真横からの力が働かなければ、こういう傷にはならんでしょう。また、転んだという解釈も苦しい。もちろん打ちどころが悪ければ傷もできますが、こんな風にピンポイントで殴《なぐ》ったような痕《あと》にはならないと思います」

「事故ではないと言うのかね」

「久ジイ、これは警察の領域ですよ」

抑揚《よくよう》のない、しかし決然とした口調が空気を張り詰めさせる。

「事件性が検討される案件です」

間宮はゆっくりと立ち上がり、久ジイの決断を迫っているようだった。

「どうしますか。医師としては警察および検視官の出動を要請したいところですが、ここの責任者はあなただ」

「ここに、警察を呼ぶというのか」

「警察が入れば、犯行現場一帯は立ち入り禁止となるばかりでなく、構内全体が捜索の対象となるでしょう。もちろん、ここの住人はほぼ全員が事情聴取を受ける羽目になる」

久ジイの顔に躊躇《ちゅうちょ》が浮かぶ。当然だろう、と小日向は思う。いくら事件とはいえ、この地下空間に警察関係者を呼び込めば〈エクスプローラー〉のことが全て露《ろ》見《けん》してしまう。露見してしまえば、彼らもタダでは済まない。不法占拠か不法侵入か、いずれにしても住人全員が何らかの罪を問われる。もちろん、この場に居住し続けるのも許されないに違いない。

永沢たち住人も思い至ったのだろう。深刻そうに久ジイの回答を待ち構えている。

常識人であれば、そして善良なる市民であればここは警察に通報するのが真っ当で唯一の選択肢だ。

だが久ジイは善良なる市民である前に〈エクスプローラー〉の長老だった。

「警察の介入は好ましくない」

久ジイが洩らすと、永沢たちはほっと安堵《あんど》した様子だった。見れば、質問した間宮もその回答を期待していたようだ。

「地上の人間をここに入れてはならん」

「しかし久ジイ、輝美さんをこのまま放置しておくことはできませんよ」

「放っておくつもりはない。輝美さんの亡骸《なきがら》はちゃんと警察に引き渡す。捜査もしてもらう」

「しかし、どうやって」

「輝美さんには申し訳ないが、亡骸を移動させてもらう。ここの住人には危害の及ばない場所まで運ぶ」

つまりは隠蔽《いんぺい》工作に他ならない。だが〈エクスプローラー〉たちの安全と犯罪捜査の両立を考えれば、やむを得ない決断だった。

間宮は仕方ないというように首を振り、再度久ジイの決断を迫る。

「それがあなたの決断なら……では、どこに移動させますか。地上に？　それとも間近にある神田駅構内に？」

問われた久ジイはしばらく考え込んでいる様子だったが、やがてゆるりと小日向の方に振り向いた。

瞬間、背中を悪寒《おかん》が走った。臆病者の特技、危険を予知する本能が発動したのだ。

「小日向くん、悪いがあんたの知恵と力を借りたい」

2

「僕が、ですか」

我ながら間《ま》の抜けた返事だと思ったが、反射的に出る言葉は繕《つくろ》いようがない。

「左様《さよう》。神田駅構内では警察の捜査が萬世橋《まんせいばし》駅方向に伸びる惧《おそ》れがある。元より壁一枚で仕切られているだけの空間だから、いったん捜索されれば露見するのはあっという間だ。それだけは何としても回避したい」

「じゃあ地上に」

「この中で地上に一番土地鑑があるのは君だろう。どこに移動させればいいと思うかね」

秋葉原には多少の土地鑑があっても、死体の置き場所など心当たりがあるはずもない。

「僕は犯罪に疎《うと》くて」

「これは犯罪ではない。高度に政治的な判断だよ」

間宮までが尻馬《しりうま》に乗って追い詰めてくる。

「迷っておる暇があったら、さっさと考えてくれんか」

久ジイにそこまで言われたら従わない訳にもいかない。小日向は脳裏に秋葉原周辺の地図を展開し、どこか格好の場所はないかと検索し始める。

「とにかく死体を隠すのではなく、移動させるだけだ。警察が死体を発見しやすい場所を考えてくれんか」

無茶な話だと思った。

「身元を隠す必要もない。どうせ免許証とか身分を証明するものも、最終住所地は都内のアパートになっておるはずや」

「それは確認してみる必要がありますね」

間宮はこんな時でも冷静だった。輝美の着衣を探り、やがて札入れにスマートフォン、そして身分証らしきものを取り出した。

身分証を一瞥《いちべつ》した間宮が、大きく目を見開いた。

「驚きましたよ、久ジイ」

「どうかしたかね」

「前々から疑念はあったんですが、これではっきりしました。黒沢輝美は八ケ部町の住民ではなかったようですね」

そう言いながら、身分証を皆の前に掲げてみせた。

二つ折りの証明書。上部には毅然《きぜん》とした輝美の顔写真・階級・氏名・職員番号。下部には金色のバッジがくすんだ光を放っている。

紋章は旭日《きよくじつ》、階級は巡査部長とあった。

「警察官……」

「それもただの警察官じゃない」

続いて間宮は身分証が収められているパスケース部分から名刺を一枚取り出して

みせた。

所属は警視庁公安第一課と記載されていた。

「選《よ》りに選《よ》って公安かよ」

小日向の真横にいた永沢が素《す》っ頓狂《とんきょう》な声を上げる。

「この酔っ払い女が公安の刑事だったなんて。何ともおっそろしい演技力だな」

輝美が刑事と判明した瞬間から親近感が失《う》せてしまったのか、永沢の口調はいくぶん辛辣《しんらつ》に聞こえる。他の者も似たような反応で、さっきまでの同情や哀悼《あいとう》の代わりに侮蔑《ぶべつ》と敵意が顔に出ている。久ジイに至っては、裏切られた者特有の悔《くや》しさが唇の形を捻じ曲げている。

「どうして公安の刑事が潜入しておったのかな。間宮先生はどう考えるかね」

「公安第一課といえば、極左集団の情報収集が仕事だと聞いたことがあります」

「極左。わしらがかね」

久ジイは呆気《あっけ》に取られたように口を半開きにする。

「わしらはデモをしたこともなけりゃ、ビラ一枚配ったこともないぞ。そりゃあ原発には恨《うら》み骨髄《こつずい》で再稼働には反対の立場だが、だからといって表立った抗議活動なんかただの一度もしたことがない」

全くだ、と永沢が言葉を継ぐ。

「極左ってアレだろ。官公庁や大手企業のビルに爆弾仕掛けたりテロ行為したりするヤツらのことだろ。ふざけんなよ、俺たちゃ半数以上が高齢者なんだぞ。ジジババに爆弾抱えさせようってのかよ」

「お天道さまを避けて日中は地下で暮らす。傍から見れば、わしらは充分怪しげな存在に映るかもしれん」

久ジイは仕方ないというように、力なく首を振る。これに反発したのが別の住人たちだった。

「馬鹿なこと言うなよ、久ジイ。俺たちだって好きでこんなところで暮らしている訳じゃない。全部国の責任じゃないか」

「そうだ。あの高速増殖炉の事故さえなけりゃ、皆普通の生活を続けられたはずなんだ。それを台無しにしたのは、あいつらじゃねえか」

「地下に住むよう、最初にアドバイスを寄越したのもあいつらなんだろ？　手前《てめえ》で提案しておきながら今度は極左扱いって、どういう料簡《りょうけん》なんだよ」

「勘違い以前に悪意あるだろ、これは」

「それにしても見損なった。まさか輝美が公安の刑事だったとはよ。女だてらに呑みっぷりもきっぷもよかったから憎からず思ってたんだが、とんだ女狐《めぎつね》だったって訳だ」

「俺たちと呑んでたのも情報収集の一環だったんだ」

「ひでえ女だよ」

「チッキショウ。こんな女に家族の話なんてするんじゃなかった」

「俺は散々《さんざん》、国への不平不満を喋《しゃべ》った。あれも全部、公安には筒抜けだったのかよ」

群集心理は怖ろしいと思った。ついさっきまで仲間と信じていた者が自分たちを裏切っていたと知るや否《いな》や、天敵扱いで死者に鞭《むち》を打つ。

次第に剣呑《けんのん》な雰囲気になり、小日向も久ジイの要請を断れない空気が醸成《じょうせい》されつつある。

だが、小日向には鬱陶《うっとう》しさ以前に言い知れぬ不安がある。

地下空間は〈エクスプローラー〉たちの楽園だ。小日向のような粗忽者《そこつもの》が紛《まぎ》れ込まない限り、全員が元八ケ部町の住民たちで構成されるコミューンでもある。言い換えるなら、この場所に存在している者は小日向を加えた〈エクスプローラー〉だけということになる。

つまり輝美を殺した犯人は、この中にいるのだ。

小日向は集まった人々の顔を怖々《こわごわ》と見渡す。

久ジイに間宮先生、永沢に霜月径子《しもつきけいこ》。四人以外にもすっかり顔馴染《かおなじ》みとなった住人たち。

この中に犯人がいる。

この中の誰かが輝美を殴り殺した。

粗忽者の自分が気づくのだから、〈エクスプローラー〉たちが気づかないはずはない。皆、気づいているか気づかないふりをしているのだ。

足元から恐怖が、頭からは猜疑心《さいぎしん》が迫ってくる。急に彼らが異なる文化を持つ異《い》邦人《ほうじん》のように思えてきた。

このまま逃げてしまおうか——頭の隅でちらりと考えた時、耳慣れた声が聞こえてきた。

「輝美さん、見つかったんだってえ」

神田駅の方から香澄がやってきた。両手に持ちきれないほどのレジ袋を提《さ》げているので、買い出しから戻った直後なのだろう。

「その子に見せちゃいかんっ」

咄嗟に久ジイが警告したが、香澄の動きの方が早かった。

「輝美……さん?」

遅ればせながら小日向は香澄の前に立ち塞《ふさ》がる。見てしまったものは仕方ないが、ずっと見せ続けていいものではない。

「輝美さん」

手に提げていたレジ袋を落とすことはなかったが、香澄は茫然自失《ぼうぜんじしつ》の体《てい》で突っ立っている。

薄暗がりの中でも顔色が悪いのが分かる。思わず小日向は、彼女を支えるように両肩を摑《つか》んだ。

「大丈夫か」

「どうして、こんな」

「その話は後にしよう。今は他にするべきことがある」

「小日向さん、何を言ってんのよ」

「彼女の死体がここにあると大勢が迷惑する。だから遺体を地上のどこかに移す」

「移すって……輝美さんが可哀想だと思わないの」

「みんなはそう思っていないみたいだ。可哀想かもしれないけど、身分を隠していた輝美さんも悪い。輝美さんは警視庁公安部の刑事だったんだよ」

「……嘘」

「ちゃんと身分証があった。同じ公務員だから言う訳じゃないけど、あれはレプリカとかオモチャとかじゃない。れっきとした本物だ」

「どうして公安の刑事が地下に潜入しているのよ。あたしたちがどんな危険人物だっていうのよ」

「だから。そういうの、今は全然分からないんだったら。それよりも香澄ちゃんたちに飛んできそうな火の粉を振り払うのが先決だろう」

話しながら、小日向は自分で自分を追い込んでいることを知る。香澄に説明する度《たび》に、ますます遺体の移動が自分の役目になっていく。

「誰か、香澄ちゃんを遠ざけてください」

「いいとも」

絶好のタイミングで間宮が香澄の身体を支えてくれる。これで小日向は心置きなく悪事に専念できる。

「一人じゃ無理だろ」

永沢がずいと前に出てきた。

「いくら女の身体でも、眠りこけていると結構な重さになる。死体だったら尚更だろう。あんた一人じゃ運ぶのも難儀だぞ」

「ありがとうございます」

礼は言ったものの、申し出は有難迷惑でもあった。協力者がいればますます断れないではないか。

「手伝うのはいいんだけどよ。いったいどうするつもりだい。まさか万世橋署の前に置き去りにしておくとか」

「どうして一番危ない方向にいっちゃうんですか」

「けどよ。万世橋署前なんて、いつも棒切れ持った若いお巡りが一人で立ってるだけだろ。だったらその一人を陽動すりゃあ何とかなるんじゃないのか」

「それにしたって、わざわざ火薬庫の中に咥《くわ》えタバコで入っていくようなものですよ」

「じゃあ、どうするっていうんだ」

　自他双方から追い詰められるかたちとなり、小日向は必死になって頭を働かせる。散々考えた末にやっと思いついたのは、至極《しごく》単純ながら確実と思える方法だった。


　時刻は深夜零時三十分を少し回ったところだった。

「そろそろだな」

　銀座線神田駅、例の証明写真ボックスの裏に潜んでいると、永沢が小声で話し掛けてきた。あと四分もすれば下りの終電がホームに滑り込んでくる。

　小日向と永沢は輝美の死体を両脇から抱えている。永沢が言った通り、動かなくなった身体は男二人がかりでやっと運べるほど重かった。

来た。

耳を澄ませていると、終電の走行音が遠くから聞こえてきた。

電車はホームに滑り込んで停車、続いて乗客の足音が響いてくる。小日向はボックス裏から外の様子を窺《うかが》う。終電過ぎに証明写真を撮る者もいないだろうと読んでいたのだが、果たしてボックスの中に入ってくる者は皆無《かいむ》だった。

「行きます」

小日向がまず隠しドアを開けてボックス内に侵入する。続いて輝美の死体を引き入れて、最後に永沢を迎え入れる。定員一名のボックス内は身動きすら取りづらい状態となった。

「早くしろ。この体勢じゃ保たんぞ」

小日向はカーテンを細めに開けて外の様子を窺う。既に乗客の波は途絶え、駅員の姿も見えない。

「今です」

小日向の合図で永沢がタイミングを合わせて輝美の死体を担ぎ出す。ボックスの外に出た二人は先刻と同様、彼女を両脇から抱えて1番出口へと向かった。

輝美には〈エクスプローラー〉の一人から借りたパーカーを着せている。パーカーのフードを下ろして運んでいると、酔い潰れた友人を支えているようにしか見え

なる。

血した打撲痕を隠す意味もあるが、逆にいえばフードを捲《まく》られたら一巻の終わりに

ないはずだった。終電後の光景としては、ごくありふれたものだった。もちろん出

　至極単純な方法というのはそういう意味だった。死体を袋詰めにするとか、資材運搬用トロッコで遠くの駅まで運ぶとか様々な方法を検討したが、徒《いたずら》に証拠を残す割に発覚する危険性が高かった。何より地下鉄構内の日常に溶け込んだ方法でなければ、目撃された際の違和感が大きい。

　それでこの方法を採用することにした。終電過ぎ、日常的に見掛ける光景。道具は最小限に済ませ、堂々と人前を歩く。堂々とした振る舞いは却《かえ》って人目につきにくいものだ。

「けど、本当に大丈夫なのかよ」

　運んでいる最中も、永沢が小声で尋ねてくる。

「いくらありふれた光景でも監視カメラとかで記録されるだろ」

「証明写真ボックスから1番出口にかけてはカメラが設置されていません。唯一の死角なんです」

「何でそういうことに詳しいんだよ」

「鉄オタ、廃駅マニアだったら、まあこれくらいは」

「……オタクが犯罪予備軍だってのは、満更嘘《まんざら》じゃねえな」

輝美の死体を担いで1番出口の階段を一段ずつ上っていく。

神経を集中させていると、下から人の近づく気配がした。事前に打ち合わせた通り、一度も振り返らない。不自然な振る舞いを見せれば、それだけ目撃者の記憶に残りやすくなるからだ。

しかし声を掛けられたら上手くやり過ごせるだろうか。手伝いを申し出られたら、どう返せばいいのか。万が一にもフードを上げられたら、どう対処するのか――。

足音が間近まで迫ってくる。全身の毛穴が開いたような気分になる。

こっちを見るな。

声を掛けようなんて思うな。

こういう時こそ都会人の無関心を発揮してくれ。

自分だけではなく永沢の心音までが響いてくると思えた。

行ってしまえ。行ってしまえ。

「あの」

背後からいきなり話し掛けられて心臓が跳ね上がる。

「ごめんなさい、道、ちょっと空《あ》けてください」

「あ、ああ、すみませんすみません」

小日向が階段中央に身を寄せて隙間を作る。

「ども」

すれ違ったのは大学生風の男だった。幸い、小日向たちには目もくれずに階段を上っていく。

同じ緊張を味わっていたらしく、永沢が大きく安堵の溜息《ためいき》を吐いた。

「勘弁してくれよ……」

「永沢さん、案外こういうの向いてませんね」

「向いてて威張れることっちゃねえぞ」

やっとの思いで階段を上りきる。予想通り中央通りはまだクルマの行き来があるものの、歩道を往く者の姿はごくまばらだった。

小日向たちは北方向に少し歩き定食屋の角で左折する。幅員《ふくいん》四メートル未満の一方通行道路。狭い上にしょっちゅう工事中なので、神田多町《かんだたちよう》界隈では最も人通りの少ない場所だった。しかも防犯カメラは一台も設置されていない。

雑居ビルの立ち並ぶ地域で、スナックが点在するものの多くは地階や階上に店舗があるので人目にもつきにくい。こんな言い方をすれば近隣住人は怒るだろうが、人知れず死体を運ぶにはうってつけの場所だった。

「よくこんな場所、知ってたな」

「会社の先輩と呑む時に通ったことがあって」

不意に瀬尾《せお》の顔が脳裏に浮かんだ。あの屈託《くったく》なく笑う男は、今頃布団の中で寝息を立てているだろうか、それとも家呑みと洒落込《しゃれこ》んで一人で盃《さかずき》を傾けているのか。

大いなる日常、なべて世は事もなし。

ところが自分ときたら、知り合って間もない地下の住人とともに、これまた知り合って間もない女の死体を担いでいる非日常だ。いったいこの違いはどこで生じたのか。

芸は身を助けるという諺《ことわざ》があるが、小日向の場合は趣味が身を滅ぼすといった有様だ。つくづく自分は世渡りも要領も悪いのだと愚痴《ぐち》りたくなる。

更に進むと人通りは完全に絶えた。念のために振り返ってみたが、後方にも人影は見当たらない。

「この辺でいいです」

雑居ビルとビルの五十センチほどの隙間。小日向と永沢は死体からパーカーを剝《は》ぎ取り、そのまま上半身を隙間に押し込んだ。暗がりでは突き出た足も闇に紛れる。酔っぱらって寝入ってしまったように見えないこともない。ただし明るくなれば、生気が失せているのが打撲傷とともに分かってしまうだろうが、別に構わない。

　忘れるところだった。

　小日向は慌てて死体から靴を脱がせる。元々輝美の履《は》いていたスニーカーだが、神田駅に出る前に靴底を徹底的に洗っておいた。パターンの溝に残存した土から、萬世橋駅を手繰《たぐ》られるのを防ぎたかったからだ。

　いったん脱がせたスニーカーの裏に周囲の土を馴染ませてから履かせ直す。これでパターンからは周辺の土しか採取できないはずだった。

　せめて合掌《がっしょう》だけでもしてやりたかったが、こんな場面を目撃されたら終わりだ。心を鬼にして踵《きびす》を返す。永沢も無言で小日向に続いた。

　逃げ出してはいけない。

　何事もなかったかのように平然と、ゆっくりと元来た道を引き返す。中央通りまでたったの百メートル足らず。

　その、たった百メートルが果てしなく遠く感じられる。ようやく定食屋の看板が見えた時には、安堵で腰が砕けそうになった。

　しかし中央通りに辿《たど》り着いた途端、小日向の身体に変化が生じた。

　膝から下が猛烈な勢いで笑い始めた。手で押さえたが、まるで他人の足のように言うことをきかない。

「あんたもか」

永沢の声に振り向けば、彼は自分の両肩を抱いている。

「震えが止まらん」

二人は顔を見合わせる。どんな表情をしていいのか分からず、結局取ってつけたような笑顔になる。

打ち合わせでは永沢が地下に戻り、小日向は自分のアパートに戻る予定だ。

「じゃあ」

永沢が背を向けた時、反射的に声が出た。

「あ、あのっ」

「何だよ」

「みんな、知ってるんですよね」

「だから何が」

「輝美さんをあんな風にしたのは、〈エクスプローラー〉の誰かだって」

永沢はじろりとこちらを睨《にら》み、吐息混じりにこう答えた。

「そういうこと、考えるような余裕ないんだよ、今は」

3

結局、その日はまんじりともせずに朝を迎えた。

永沢と別れてから自宅に戻り、見慣れた部屋にいても落ち着くことができない。着ていた服の一切合財《いっさいがっさい》を洗濯槽に放り込み、強めのシャワーを全身に浴びても爽快《そうかい》感《かん》などひと欠片もない。膝から下の震えは収まったものの、輝美の死顔を思い出す度に嘔吐感《おうとかん》が押し寄せてくる。

あの死体を二人で担いだのだ——自分の両手に鼻を近づけて臭いを嗅《か》いでみる。シャワーですっかり洗い流したはずなのに、何度も嗅ぎ直してしまう。気になって気になって、また洗面所に直行し、手の皮が擦り切れてしまうほど洗う。

死体についての知識はないが、運んでいる最中に薄々気がついた。輝美の口や鼻《び》腔《くう》、そして耳から洩れてくる異臭。汗の臭いでも血の臭いでもなく、こちらの胃の中を攪拌《かくはん》するような刺激臭。

永沢も気がつかないはずがない。それでも二人とも敢《あ》えて異臭に言及しなかったのは、輝美に対するせめてもの敬意だったと思う。

だがこうして一人きりになると、死者への敬意よりも生理的な嫌悪感と罪悪感が優先する。

罪悪感。そうだ、さっきから背中に纏《まと》わりついて離れない粘りの正体は罪悪感だった。いくら〈エクスプローラー〉の存在を隠蔽するためとはいえ、本人の意思を無視して遺体を移動したことは輝美を侮辱《ぶじょく》することになりかねない。

いや、それよりも地下空間の中にいるかもしれない犯人を消極的に庇《かば》うことになるから、二重の意味で輝美を裏切っている。輝美の冥福《めいふく》を祈ってやりたいところだが、やはり猜疑心が先に立つ。

自分はいったいどこまで〈エクスプローラー〉に加担すればいいのか、それとももう引き返せないところまで来ているのか。

そこまで考えてぞっとした。何が引き返すだ。既に死体遺棄の片棒を担いでいるではないか。

たちまち恐怖が罪悪感にとって代わる。人通りに防犯カメラの有無。熟慮に熟慮を重ねたつもりだったが、本当に大丈夫だったのだろうか。自分の知らないうちにカメラの一台くらいはどこかに設置されていないだろうか。死体が発見されたら、すぐにでも小日向の部屋に警察がやってくるのではないか――。

こうしてつらつら考えているうち間に夜が明けてしまったのだ。

目が冴《さ》えて神経も昂《たかぶ》っているので眠たくはない。しかし決して快適なはずもなく、小日向は顔を洗ってワイシャツに着替えても昨夜からの気分を振り払えずにいる。

普段通りにしようと心掛けたが、いつもより早く部屋を出たのは現場を確認したかったからだ。放っておけともう一人の自分がしきりに警告するものの、確かめずにはいられなかった。

輝美の死体は無事に発見されたのだろうか、それともまさか消えてしまったのではないだろうか——少し考えてみれば一笑《いっしょう》に付《ふ》してしまうようなことまで気になり疑心暗鬼《ぎしんあんき》になる。

相変わらず、行くなという警告が頭の中で鳴り響いているが、足は遺体を遺棄した場所へと向かう。そう言えば、犯人は必ず犯行現場に戻ってくるなどという話があるが、満更嘘ではないと思った。自分の仕出かしたことを誇りたいのではなく、唯々《ただただ》不安なのだ。

通勤の経路と別方向の神田多町へ向かう。中央通りの歩道は神田駅を目指す通勤客でいっぱいになっていた。小日向は彼らに紛れて歩調も合わせる。

例の定食屋の角を曲がり、現場へと足を向ける。置き去りにした死体そのものを見るつもりは毛頭《もうとう》ない。発見されたかどうかを確認したいだけだ。

やがて小日向は視線の彼方に望んでいた光景を目撃した。死体を置いたと思《おぼ》しき場所がブルーシートのテントで覆《おお》われ、その周辺を制服警官たちが取り巻いている。濃紺の作業着を着ている男たちは鑑識《かんしき》の人間だろうか、這《は》いつくばるようにしてやはり現場周辺に集まっている。

無事に死体が発見された安堵と、自分に疑いが掛からないかという不安が同時に訪れる。現場に来ても来なくても不安なら、いっそ来なければよかったと思ったが後の祭りだ。とにかく確かめたのだからと踵を返したその時だった。

「ちょっと」

背中に声を浴びせられ、思わず声を上げそうになった。ゆっくり振り返ると、そこに警官が立っていた。

「通勤途中ですか」

口調そのものは穏便《おんびん》だが、有無《うむ》を言わさぬ雰囲気は権力を持つ職業ならではのものだろう。小日向は自然体を心掛けようとするが、どうしても身構えてしまう。

「ええ、まあ」

「この先に行かれるんじゃないですか。どうして回れ右したんですか?」

方向転換したところを見られたのなら否定はできない。ここはいったん認めた方が得策だろう。

「お巡りさんが大勢いたら、やっぱりビビっちゃいますよ」

「別に交通規制している訳じゃありません。野次馬みたいに騒がないのなら、どうぞお通りいただいて構いませんよ」

警官は促すように手をブルーシートのテントへと向ける。

「いや、ここを通るつもりはなくて。中央通りを歩いていたら人だかりが目についたので、何だろうと思っただけなんです」

「じゃあ寄り道ですか。朝の通勤時に、よくそんな余裕がありますね」

「いや、今日は早めに家を出たものですから」

「早めに家を出たのはどうしてですか」

まずい。

質問に答えれば答えるほど警官のペースに乗せられていくようだ。

「あの、そろそろ行かないと遅刻しそうなんですが」

「余裕をもって家を出たんじゃないんですか」

「思った以上に時間を食っちゃって」

すると警官は矢庭《やにわ》に右手を差し出した。

「身分を証明するようなものをお持ちですか」

状況はどんどん悪化していく。

「あの、これって職務質問なんでしょうか」

「そんな大層《たいそう》なものではありませんよ」

警官は表情を変えることなく淡々と話すが、質問される側の小日向は心臓が早鐘《はやがね》を打っている。ここで身柄を確保されでもしたら、緊張と恐怖に耐えきれず何もかも喋ってしまう不安があった。

何としてもこの場をやり過ごさなければ。

「あの、ホントに時間がないんで勘弁してもらえませんか」

「三十分ほどいただければいいんですけどね。すぐに終わりますよ」

「あのですね。三十分も遅れたら会社に連絡しなきゃいけなくなりますよ」

「じゃあ、お勤めが終わってからでも結構です」

終業後に交番まで来てほしい――そう言われると思ったが、警官はすうっと右手を差し出してきた。

「何か身分を証明するものをお持ちですか」

「いえ、あの」

「これから出社しようとする人が身分証を所持していないはずはないですよね」

しまった。

この場で職務質問を受けるのと同等の仕打ちではないか。身分を知られたが最後、好きな時に呼び出され、好きなように扱われる。絶対に渡しては駄目だ。

だが差し出された手が身分証の提出を催促する。

「早く。時間がないんでしょ」

余裕さえ見せる警官が憎たらしくなる。それでも一般市民の小日向には抗《あらが》う術《すべ》がない。

「さあ」

再三の請求に抵抗できず、小日向は渋々《しぶしぶ》身分証を差し出した。

「ほお、区役所にお勤めですか」

警官は慣れた手つきで身分証の内容を手帳に書き写していく。実際には数十秒の時間が、まるで三十分ほどに感じられる。

「はい。ご協力、感謝します」

警官から身分証を戻された時、同時に敗北感と疲労も受け取ったような気がした。

警官はまだこちらを見ている。小日向を疑っているのか、それともただのルーチンとして身分を書き留めたのかも判然としなかった。

「どうしました。区役所に遅れますよ」

「あ、はい」

我ながら間の抜けたような返事をして元来た道に戻る。地面からは陽炎《かげろう》が立っているというのに、肌が粟立《あわだ》っていた。

警察に不審な人物として特定されてしまった。遅かれ早かれ事情聴取に呼び出されるだろう。

背筋にぞわぞわとした悪寒が走る。

振り向くと、警官はまだ小日向を見ていた。普段の通勤で銀座線は利用しないが、人の波に逆らったのでは疑惑を膨《ふく》らませるばかりだ。遠回りの経路になるが、人波に従った方が利口だろう。自分が神田駅に向かうのを見れば、警官も小日向がただの野次馬だと思い直すかもしれないではないか。

小日向は人波に呑まれるようにして神田駅に辿り着く。すっかり通い慣れた1番出口から地下鉄構内に下りる。地下空間への入口でもある証明写真ボックスを横切る際、久ジイや永沢、そして香澄たちが頭を過《よぎ》ったが、連絡を取ることも憚《はばか》られたのでスマートフォンは開かなかった。

何とか始業時間に間に合い、午前中は申請者を捌《さば》く作業に忙殺《ぼうさつ》された。今日ほど忙しいのを有難いと思ったことはない。頭と口を動かしている間は不安も恐怖も忘れていられる。

集中力が途切れたのは午前の部が終了した直後だった。節電で庁舎内の冷房は抑えられており、気がつけば額《ひたい》はじっとりと汗ばんでいる。休憩室に入ってネットを検索すると、案《あん》の定《じょう》、輝美の件がニュースで報じられていた。

〈神田で女性の死体発見〉

ネットニュースの常で見出しはそれほど大きくない。これが新聞であれば、どれくらいの扱いになるのだろうか。

〈本日早朝、神田多町で女性の死体が発見された。年齢は三十代から四十代、頭部に殴打《おうだ》された痕跡《こんせき》が残っていた。現在、被害者の身元は不明であり、警視庁は広く情報を求めている〉

小日向は我が目を疑った。

身元不明だと。

身分も氏名も不明だと。

久ジイとの打ち合わせでも特に輝美の身元を隠すという意見は出なかった。だから死体を移動した時、ちゃんと警察手帳は服のポケットに忍ばせておいたのだ。死体の着衣を探れば、たちどころに輝美の氏名も身分も判明するはずだった。

それが身元不明とはどういうことだ。

頭が混乱して、しばらくは思考が纏《まと》まらなかった。自分と永沢が手を汚した仕事のはずなのに、まるで記憶を塗り替えられたような違和感が付き纏う。

自販機で買った冷たい缶コーヒーを一気に飲み干してみる。暑さとニュースの内容で沸騰気味だった思考がいったん冷却される。

深く嘆息すると、ようやく落ち着きを取り戻した。

改めて考えてみると、現段階で思いつく可能性は次の二つだった。

1　小日向たちが死体を置き去りにした後、何者かが着衣から警察手帳を奪い去った。

2　死体にはちゃんと警察手帳があったのに、警察が発表しなかった。

二つの可能性を比較すると後者の確率の方が高いように思える。警察にしてみれば身内の殺された事件であり、しかも公安部の刑事だ。公安部の刑事が何を探っている最中に殺害されたのか、あれこれ邪推《じゃすい》されるのを嫌がったのではないか。そもそも、何故〈エクスプローラー〉の中に公安部の刑事が紛れ込んでいたのか、久ジイたちですら分からないのだ。

警視庁公安部が意図的に輝美の素性《すじょう》を隠したのだとしたら、その目的は何なのか。憶測《おくそく》の域は出ないものの、やはり〈エクスプローラー〉の捜査に絡んでと考えられる。いったい公安部は〈エクスプローラー〉をどんな集団だと捉《とら》えているのだろうか。まさか久ジイたちが憤慨《ふんがい》していたように彼らを極左集団の一つと照準を定めているのか。それこそ冤罪《えんざい》というものだ。彼らは高速増殖炉の事故で故郷を追われ、それればかりか事故の後遺症で太陽の光を浴びることさえ叶《かな》わなくなってしまった、言ってみれば流浪《るろう》の民だ。しかも、彼らをそうさせたのは他ならぬ国の方策ではないか。

つらつら考えていると恐怖心を押し退けて憤《いきどお》りが胸に満ちてきた。輝美の素性を隠したと思しき警察にも腹が立ってきた。

「どうしたい。えらく深刻そうな顔してるじゃないか」

いきなり話し掛けられて思考が中断した。振り向くと、声の主は見知った先輩だった。

「瀬尾さん」

「邪魔か」

小日向が返事をするのも待たず、瀬尾は隣に腰を掛ける。強引さが瀬尾の身上《しんじょう》だが、この時ばかりは勘弁してほしいと思った。

「ミスったか」

申請受理のことだと分かっていても、どきりとした。

「ミスはなかったと思います」

「元気がないように見えたもんでな」

「僕って普段からテンション低めですよ」

「そうか？　ここ最近は逆に調子よさげだったじゃないか」

「でしたか」

「どんな曰《いわ》くつきの申請者を目の前にしても、嫌な顔一つしなかった。それどころか、何とか申請を受理させようと課長に捻じ込んでいた。お前があんなに熱血だったとは知らなかった」

瀬尾も自分の業務をこなすのに忙しいだろうに、よく観察している。小日向は内心で舌を巻いた。

「熱血とかそういうんじゃなくて、ただその日の気分だったと思いますよ。ムラっ気あるんですよ」

「お前さ、自分で思ってるほどいい加減な人間じゃないからな」

瀬尾は話し続ける。

「テンション低いとか言う割には仕事にも人にも真面目だ。距離を置いているようで、気がつくとメチャクチャくっついている」

「褒《ほ》めてくれたって何も出ませんよ」

「心配するな、ここから貶《けな》してやる。見掛けによらず熱血なのはいいが、自分の熱にのぼせて回りが見えなくなる。俺や課長の顔が見えなくなる。ついでに自分の行き先も見えなくなる」

「行き先くらいは……」

「いいや、見えていない。見えていたらちゃんと危険水域の手前で止まるはずだが、お前は止まらない。方向転換しようにも、勢いがつき過ぎているから曲がらない。それで玉砕《ぎょくさい》する」

「玉砕なんてしたことないですよ」

「今まではな。きっとそういう機会がなかったんだろう。機会がなかったから教訓もないし、他人の警告も役に立たない」

「悲観的なことばかり並べ立てないでください」

「そう思うんなら、せめてブレーキくらいは整備しておけ。止まるべき時にブレーキが効《き》かなけりゃ谷底に真っ逆さまだ」

警告を発してくれているのは有難かったが、どうせなら死体を運ぶ前に聞きたかったというのが本音だ。

「よく分かりませんけど、肝《きも》に銘《めい》じておきます」

言い残して、小日向は先に席を立つ。瀬尾も見掛けによらずお節介なところがある。このまま隣に座っていたら、無理やり秘密を打ち明けさせられるかもしれなかった。

休憩室を出る際、不意にちりちりと首の後ろがざわついた。その正体は小日向本人にも分からなかった。

判明したのは午後の部が始まって間もなくの頃だった。申請者の相談に乗っていた時、山形《やまがた》課長がまるで担任に呼び出しを食らった中学生のような顔で駆け寄ってきた。

「小日向くん。いったい何を仕出かした」

「はい？」

「今、警察の方が見えてだね、君に会いたいと言っている」

途端に、己《おのれ》の顔が強張《こわば》ったのを自覚した。山形どころではない。きっと悪戯《いたずら》を見咎《とが》められた小学生の顔をしているに違いない。

喉元《のどもと》を締めつけられたような錯覚《さっかく》に陥《おちい》る。呼吸が浅くなり、次第に視野《み》が狭くなっていく。

「応接室に待たせてある。とにかく来てくれ」

「まだ相談中で……」

「そんなもの、誰かに代行させる。すぐに行ってくれ」

申請受付の業務を「そんなもの」と言ってのける神経に引っ掛かりを覚えたが、今はそれどころではない。小日向は息苦しさを堪《こら》えながら席を立った。

「後できちんと報告し」

背中に山形の指示を浴びたが、最後の方はよく聞き取れなかった。

応接室へ向かう途中で逃げ出そうかとも考えたが、同じフロアの廊下一本で繋《つな》がった部屋だから逃げ道はない。第一、逃げたとしてもすぐに追いつかれてしまうだろう。

応接室の前では二人組の男たちが待ち構えていた。背丈《せたけ》や体格は違えど、油断なさそうな面構《つらがま》えはそっくりだ。

「小日向巧《たくみ》さんですね」

背の低い方の男が尋ねてきたので、慌てて頷いた。

「お仕事中のところを申し訳ありません。少々お伺《うかが》いしたいことがありまして」

二人は応接室に入れという仕草をする。途轍《とてつ》もない威圧感を覚えたものの、この期《ご》に及んで逆らう術もなく、小日向は指示される通り部屋に入る。中央のソファに座るとドアが閉められ、緊張が最大となる。二人の男は小日向の対面に腰を下ろした。

まず背の低い男が警察手帳の提示とともに口を開いた。

「柳瀬《やなせ》といいます。こちらは椚矢《くぬぎや》」

紹介されても椚矢は頭一つ下げようともしない。無言でこちらを睨むだけなので、威圧感に加えて不気味さまで漂う。

「課長さんには詳しく申し上げませんでしたが、我々は警視庁公安第一課の者です」

胃の中身が逆流するかと思った。

今の今まで所轄《しょかつ》の神田署か、さもなければ警視庁でも刑事部の捜査員だとばかり思い込んでいたのだ。しかも公安第一課といえば、輝美と同じ部署ではないか。

「今朝、メトロの神田駅付近で女性の死体が発見されました。ご存じですか」

ネットニュースで取り上げられた時点で秘密ではなくなっている。ここは惚《とぼ》けない方が却って安全だろう。

「さっき、ネットのニュースで知ったばかりです」

「さっき？」

いきなり柳瀬は片方の眉《まゆ》を吊《つ》り上げた。

「妙ですね。小日向さんは今朝の通勤途中、まさにその死体発見現場で警官から職務質問されたのではなかったですか」

しまった。

「いや、あれはお巡りさんたちが集まっていたから傍《そば》に近づいていっただけで、死体があったなんて全然知りませんでした」

「現場はブルーシートで覆われていました。それでも死体があるとは考えなかったと？」

「知っていたら近づきませんよ。死体なんて気味が悪いじゃないですか」

「それにしたって妙ですね。あなたの住んでいるアパートから役所までは都営新宿線で一本でしょう。どうして違う路線の神田駅に向かっていたんですか」

一瞬、言葉に詰まったが、すんでのところで言い訳を思いついた。

「月に何度かは早めに家を出て、色んな駅を見て回るんですよ。今朝は神田駅とその周辺を観察した後で、いつもの路線に戻りました」

「何だってそんなことを」

「趣味です。僕は鉄道オタクなんですよ」

訝《いぶか》しげな顔をした二人に対し、小日向は畳み掛けるように言う。

「子供の頃からの、年季の入ったオタクです。嘘だと思ったら部屋を見てください。鉄道関連のグッズでごった返してますから」

「鉄道オタクというのは車両に乗ったり撮ったりじゃないんですか」

「そんなことはありません。撮り鉄・乗り鉄・音響鉄・車両鉄・模型鉄・収集鉄・駅鉄・線路鉄など、鉄オタの種類は三十を優に超えます。僕はそのうちの廃駅鉄で、多少駅鉄も兼ねています。この駅鉄というのは駅の周辺なんかを散策して、その佇《たたず》まいを愉《たの》しむというもので、朝の通勤風景を眺めるのが僕は大好きなんですよ」

趣味の話を抗弁に利用するのは、我ながらいいアイデアだと思った。知り抜いた知識だから澱《よど》みなく話せるし、鉄道オタクなのは本当だから小細工《こざいく》もしなくて済む。

予想通り、柳瀬と椚矢は困惑顔を見合わせていた。まさかこんな返しがあるとは想像もしなかったに違いない。

「神田駅周辺の通勤風景を眺めに行った途中で警官たちの姿を見て、ふらふらと現場に近づいた。そういう説明ですか」

「ええ、何か野次馬根性を発揮しちゃって」

「殺害されたのは我々の同僚でした」

柳瀬の顔つきが変わる。元々抜け目のない目に昏《くら》い光が宿ったように見える。

「名前は黒沢輝美。いや、あなたなら既にご存じのはずだ」

否定しようとしたが、すんでのところで思い留《とど》まった。輝美が公安の刑事であったのなら、地下で知り得た情報は細大漏《さいだいも》らさず公安部に報告していたとみて間違いない。当然その情報の中には〈エクスプローラー〉たちの個人情報も含まれているはずで、侵入現場を捕獲された小日向の身分など真っ先に知られているだろう。とすれば、今の小日向にできる抗弁は現場にあった死体が輝美だったとは知らなかった——そう言い張るくらいだった。

「死んでいたのは輝美さんだったんですか」

今度は我ながら白々しい惚け方だと思った。柳瀬たちの目にどう映るかはともかく、小日向としては苦しい限りだ。

苦しいのは白々しいからだけではない。こちらの本心が見透《みす》かされはしまいかという不安で、心臓が高鳴っている。相手に聞こえそうなほどの鼓動《こどう》で、口から溢れるのではないかと気が気ではない。

それでも平静を装って対応し続けなくてはならない。容疑者というのは大変なのだと、妙なところで実感する。

束《つか》の間《ま》、二人の刑事は小日向を正面から見据える。虚実《きょじつ》を見極めようとしているのか、四つの目はまるで猛禽類《もうきんるい》のそれだ。小日向は腋《わき》の下から、つつと嫌な汗が流れるのを感じた。

「知りませんでした。知っていたら、お巡りさんの手を振り払ってでもお悔《く》やみの言葉を掛けていました」

「黒沢とは顔馴染みだった。つまり小日向さんは地下住人の一人であることを認めるんですね」

「ええ。彼女とは地下で知り合いましたから」

「偶然、萬世橋駅に下りたところを住人たちに発見された。そうでしたね」

「輝美さんから、そういう報告がされたんですね」

「鉄道オタクが昂《こう》じての違法行為という説明だったが、どうもわたしたちには納得がいきません」

柳瀬の目が槍《やり》のように小日向を射抜く。視線が実体化すれば間違いなく自分は串刺しになっているように思えた。

「本当のところはどうなんですか。どんな目的で〈エクスプローラー〉の住処《すみか》を調べようとしたんですか」

「どんな目的でって……あの廃駅に人が住んでいるなんて想像もしませんでしたよ。知っていたら、そんな物騒《ぶっそう》な場所に立ち入るものですか。いくらオタクだからって、命を危険に晒すようなことはしません」

正確を期《き》するなら、そういう無鉄砲なオタクも存在しないではないが、これは言わないほうが無難だ。

「地下空間に下りた理由はそれでよしとしましょう。では、黒沢の死にあなたは関係していませんか」

「あの、輝美さんは殺されたんですか」

またも白々しい質問だったが、これは小日向から訊《たず》ねた方が無難だろう。柳瀬は無念さを滲《にじ》ませて浅く頷いた。

「殺されて、現場に棄て置かれた。まだ若い女に酷《ひど》いことをする」

棄て置いたというのはあんまりな表現だったが、言い方の相違だけで行為自体は変わりない。柳瀬たちの怒りは正当なものだ。

「もう一度お訊きします。黒沢の死に、あなたは関係していませんか」

「していません」

「では、黒沢を最後に見たのはいつですか」

ここからだ——小日向の緊張は最高潮に達する。

「ちょっと記憶が曖昧《あいまい》ですけど、昨日は会っていません。それよりも前です」

「記憶にないんですか」

「あそこに行くと昼夜の感覚が麻痺《まひ》してしまうんです。だけど昨日ということはないです」

「小日向さんは〈エクスプローラー〉をどう捉えていますか」

意外な方向からの質問だった。柳瀬の真意を計りかね、小日向は自然に身構える。

「どんなって……特別な病気に罹《かか》ってしまった不運な人たちだと説明されました」

「それはわたしたちも同じ報告を受けています。色素性乾皮症でしたか。数年前、八ケ部町の高速増殖炉の事故に端《たん》を発しての特定疾患だとか」

「ええ、それで太陽の下では生活できなくなったそうです」

「どこまで信用できますかね」

「え。でもちゃんと専属のお医者さんが」

「その医者がぐるになっている可能性は捨て切れない」

柳瀬の言葉は猜疑に満ちていた。だが、その意味するところが小日向には充分理解できない。

「彼らが医者と結託して僕を騙《だま》したっていうんですか。どうしてそんな回りくどい嘘を吐く必要があるんですか」

「後ろ暗い目的を持った集団は常に何かを隠し、常に何か別の衣を装《よそお》うとする」

柳瀬の目はますます昏さを深めていく。

「我々警察が一番憎む犯罪は何だか知っていますか」

「殺人、ですか」

「一部、当たりです。しかし我々警察官が一番憎むのは警官殺しです」

その途端、無言でいた梢矢もかっと目を見開いた。こちらも相当に執念深そうな憎悪に凝《こ》り固まっている目だった。

「仲間を殺《や》った犯人を我々は決して許さない。一課のみならず公安部の総力を挙げて、彼女の仇《かたき》を取る」

お前が殺したのだろうと言わんばかりの目が四つ。小日向は反射的に視線を逸《そ》らしてしまった。

「お気持ちは理解しますけど、僕も輝美さんとは深く話したことはないんです。だから協力できることはあまりありません」

「いや、ある」

柳瀬は言下《げんか》に否定した。

「小日向さんは〈特別市民〉だそうじゃないですか。それなら彼らの内情にも通じているはずだ。〈エクスプローラー〉の中で、誰か黒沢をつけ狙《ねら》っていた者に心当たりはありませんか」

「いや、それはっ」

小日向は慌てて手を振る。

「僕だって住人全員を知っている訳じゃありません。ホント、ごく一部の人と話しただけで」

「話した相手の中に、不審な人物は」

「いや、不審も何も、素人《しろうと》の僕には何も判断できませんよ。ただの不運な人たちとしか認識していませんし」

「生活保護申請の窓口に座っていると、そういう目で人を見てしまいがちになるんでしょうな。だが我々の見方はずいぶん違う」

「どう違うんですか」

「闇は大概《たいがい》のものを覆い隠す。地下空間に広がる広大な闇。人はもちろん物騒なものも大量に持ち込める」

「……彼らがテロを企《くわだ》てているとでも言うんですか」

「彼らには政府に対する恨みもある。百人程度とは言え、強い結束力もある。別の言い方をすれば、強い信念を持った百人は容易に軍隊を構成できる。誰か専門知識を有する者が一人でもいれば、容易にテロを起こせる」

初めて柳瀬の言説に逆らいたくなった。

太陽の下をまともに歩けない病人揃い、高齢者揃いの百人を軍隊と呼ばわるのか。生活保護の申請書さえまともに書けない者の集団をテロリストと呼ばわるのか。

一瞬、笑いが込み上げたが、眼前の二人が今にも小日向を絞め殺しかねないような顔をしていたので思い留まった。

笑いを嚙《か》み殺した顔を深刻さと勘違いしたらしく、柳瀬はこちらを下から覗き込むように睨《ね》めつける。

「あなたが黒沢殺しに加担していないというのなら証明してほしいものですね」

「証明って、どうすればいいんですか」

「簡単です。情報提供なり何なり、我々に協力していただければいいのですよ」

柳瀬はやっと笑ってみせた。口角《こうかく》を片方だけ上げて頰《ほお》を緩める。しかし目だけは全く笑っていないので、逆効果だった。

「要するにスパイをしろ、ということですか」

「もちろん、あくまでも協力要請ですから無理強《むりじ》いはしません。ただし」

ただし、に強いアクセントが置かれた時は大抵碌《ろく》な話ではない。山形との報告・連絡・相談で嫌というほど思い知らされている。

この場合も例外ではなかった。

「あなたがいくら身の潔白《けっぱく》を声高《こわだか》に主張されても、わたしたちの抱く心証は改善されないでしょうな」

まるでお役所言葉みたいな脅《おど》し文句だと思ったが、相手も自分も同じ公務員だという皮肉に気がつく。

ようやく落ち着きを取り戻しつつある頭が計算を始める。臆病者のする計算。だが臆病者だから生存率は高い。

「分かりました。捜査に協力します」

おそらくこちらの反応を予想していたのだろう。小日向の返事を聞くと、二人の刑事はにこりともせず頷いた。

「ただ、今はちょっと頭が混乱していて整理ができそうにありません。明日以降まで待ってもらってもいいですか」

「それは構いません」

柳瀬は鷹揚《おうよう》に言った。

「こちらも情報は正確な方が有難いですから」

「僕からも質問していいですか」

「答えられることなら」

「ネットニュースでは輝美さんの名前も身分も伏せられていました。これはそちらの意向なんですか」

「そう考えていただいて結構です」

警察官が何らかの事故や事件で落命した時には素性が公表される。今回それがないのは、やはり公安部という部署の特殊性なのだろうと小日向は想像する。

「でもですね。警察は〈エクスプローラー〉の誰かを疑っているようですけど、当然容疑者はそれ以外にも考えられるでしょう」

「ほう。たとえば誰ですか」

柳瀬は小日向を試すような口調で訊き返してきた。

「たとえば刑事さんだったら悪いヤツらから逆恨みされることもあるでしょう。それに仕事とは無関係で、輝美さんのプライベートに関わるアクシデントだったかもしれないじゃないですか」

「もちろん、その線でも捜査はしますよ。先ほども言いましたが、我々は仲間に弓を引いた者を決して許さない。必ず挙げて、法廷で相応の裁きを受けさせる。もっともその前に、頭と胸に溜め込んだ一切合財を吐き出させてからになりますが」

いささか尊大な物言いだったが、少なくとも柳瀬個人が〈エクスプローラー〉以上に怪しい容疑者を考えていないのは明らかだった。加えて、柳瀬の尊大さにも理由があるように思えてならなかった。

「今朝、死体が発見されたばかりですよね。警察は何か有力な手掛かりを持っているんですか」

「捜査情報を洩らすことはできません。第一、まだあなたの容疑が完全に晴れた訳でもない」

「輝美さんの死亡した時刻が分かれば、僕もアリバイを主張できます」

「司法解剖の結果はまだ聞いていません」

ようやく小日向は思い至る。

殺人事件なら、同じ警視庁でも刑事部捜査一課の仕事ではなかったか。こうして公安部の刑事に乗り込まれているが、柳瀬たちは事件の捜査に直接関わっていないものと思われる。おそらく捜査情報は彼らなりのルートで入手しているのだろう。

「これは直《すぐ》に公表される情報なので言っても構わんでしょう。死体が発見されたのは神田多町で、黒沢の靴底には付近の土がたっぷり付着していた。傍目《はため》にはそこが殺害現場と映る。しかし、それは明白な偽装工作に過ぎない」

「どうして、偽装と言い切れるんですか」

「多町に限らず、神田駅周辺は今もそこかしこで工事をしています。水道管の交換に光ファイバーの工事、道路拡張工事。そのため中央通りから多町に入ると、どうしても掘り返された土を踏む羽目になる。ところが黒沢の靴底に付着していたのは現場周辺の土だけだった」

危うく小日向は声を上げそうになった。

「お分かりですね。普通に歩いていたら彼女の靴底には掘り返された土も付着していなければならない。それがなかったのは犯人と思しき者が、いったん靴底を洗い流した上で現場周辺の土を馴染ませたからです。言い換えれば、黒沢は死体発見現場とは別の場所から運ばれたことを意味する。全く杜撰《ずさん》な偽装工作ですよ」

柳瀬は含むところでもあるのか、顔をこちらに近づけて言葉を続ける。

「警察を舐《な》めちゃいけない。犯人が予想もしない残留物は必ず存在する。科学捜査は日進月歩で髪の毛一本から着衣の隅々まで調べれば黒沢がいた場所も判明する。解剖すれば、どこで何を飲み食いしていたのかも特定できる。死体を運んだ犯人はしてやったりと思っているだろうが、縄は着実にそいつの首に掛かっているんですよ」

小日向の腋からは、また嫌な汗が噴き出していた。

4

事情聴取から解放されて自席に戻ると、山形が待ち構えていた。

「終わったんですか。いったい、何がどうなっているんですか。あなたは何を仕出かして、警察は何を調べているんですか」

山形はこちらの口が開くのを待ちきれないというように、矢継ぎ早に質問を浴びせかける。ただし、この男が心配しているのは小日向の身だとは思えない。小日向の行為によって生活支援課、延《ひ》いては自分自身にどんな影響が及ぶかを危惧《きぐ》しているに違いない。

廊下を歩いている時、既に弁明は考えていた。

「申し訳ありません、課長」

他の職員や一般市民が注視する中、山形に向かって九十度の姿勢で頭を下げる。

「僕の軽率《けいそつ》な行動のためにご迷惑をおかけしてしまいました」

「ちょ、ちょっと小日向くん」

周囲の視線を意識したのか、俄に山形は慌て出す。この男が機先を制されると防戦一方になりやすいのは学習済みだった。

「実は出勤途中、事件現場に遭遇して……」

小日向は澱みなく説明を始める。野次馬よろしく現場をうろついていたら、警官に呼び止められて身分証を提示させられたこと。訪ねてきたのは警視庁の刑事たちで同僚殺しを捜査していること――。

しかし死体の主である輝美と自分が知己《ちき》の仲であることと〈エクスプローラー〉の存在については言及を避けた。あくまでもとばっちりで疑われたのだと言い張った。生真面目《きまじめ》な姿勢を見せたのは、その弁明に信憑性《しんぴょうせい》を持たせるためだった。

「以上そういう経緯で、事情聴取を受ける羽目になってしまいました。捜査が進めば疑いも晴れるはずですが、それまでは聴取が続くかもしれません」

山形は短く呻《うめ》いた。

「事情聴取というよりも捜査協力と言った方が適切なケースという訳ですね」

ろす。

「仕方ありませんね。捜査に協力するのは市民の義務ですから」

取ってつけたような言い方は、まさしく山形らしい。小日向はほっと胸を撫《な》で下
「わたしも捜査が進展するのを期待しましょう」

「それと課長。事情聴取でひどく緊張しました。小休止をいただいていいですか」

「なるべく手短にお願いします」

「僕もそう思います」


許可をもらうや否や、小日向はフロア端にある喫煙エリアへと急いだ。今日び全館禁煙が標準になりつつあるが、まだこの職場では徹底されていない。そして生活支援課でも喫煙者は山形と瀬尾くらいなので、今の時間は無人のはずだった。

受動喫煙を防ぐため、喫煙エリアはフロアから隔離《かくり》され、その上アクリル板で四方を遮断されている。ここでなら多少の密談も可能なので、非喫煙者も時々利用している場所だった。

アクリル板に染《し》みついたヤニ臭さに辟易《へきえき》しながら中に入る。辺りに人影がないのを確認する。既に柳瀬たちは帰った後だ。盗聴器を仕掛けるような時間はなかったはずだが、一応エリア内に視線を走らせる。

大丈夫だ。そう判断すると、早速スマートフォンで香澄を呼び出した。

「香澄ちゃんか」

『小日向さん、昨夜はお疲れ様』

「永沢さんは」

『とても気疲れしたからって、今寝てる……はず』

「ネットニュース、見たか」

『見た。何よ、あれ。輝美さんの素性どころか名前まで隠してたじゃない』

「名前どころか本当は全部バレている。死体を移動させたのも、〈エクスプローラー〉の存在もだ」

電話の向こう側で、香澄が息を呑んだのが分かった。

『どういうこと』

「殺される前、輝美さんはそっちの情報の一切合財を公安第一課に連絡していた。しかもタチの悪いことに、公安は君らを極左集団の一種と捉えているフシがある」

『極左集団て何よ。あたしがミサイル担いで首相官邸に突撃でもするって言うの。バッカみたい』

香澄は半《なか》ば憤慨し、半ば呆《あき》れているようだった。彼女の気持ちは手に取るように理解できる。〈エクスプローラー〉を知る小日向も同じ気持ちだった。

「馬鹿らしいと思うのは僕も同じだ。だけど公安はそう思ってないらしい。死体を移動させたことも地下に居住空間があるのも知っているから、そこに立ち入るのは時間の問題だと思う。僕もその、萬世橋駅に下りて君たちと遭遇したのは話しちまったし」

『あんたねえっ』

「怒るなよ。僕が白状する前に、どうせ輝美さんが報告しちまっている」

『あれ。でも待ってよ。そんなに前から輝美さんが地下のことを報告してたのなら、どうして公安は今まであたしたちを放っておいたのよ。輝美さんの死体の件がなくても、あたしたちを極左だとか疑ってたんでしょ』

「あくまでも警察だから明確な証拠もなしに、立ち入ることはしないさ。それに君たちが極左集団である証拠を摑むために、輝美さんが潜入していたんだろう」

『……ホント、警察って馬鹿よね』

「それと、これは僕の推測だけど、神田駅からの出入口は君たちの方からでないとドアが開けられない。しかも一度に大勢は無理だ。公安にしてみれば、輝美さん一人を送り込むのが精一杯だったのかもしれない」

『それはあるかもね』

「分からないのは、輝美さんが潜入した過程だ。彼女が公安の刑事なら、八ケ部町の住民だったのは虚偽だったことになる。いったい誰をどう騙して潜入したのか」

自分で喋っておきながらどきりとした。自分を知る者が誰もいない中、元の住民だと言い張るには相応の根拠か、あるいは何者かの証言が必要になる。

ひょっとしたら〈エクスプローラー〉の中に、輝美が八ケ部町の住民だったと偽証する者がいたのではないか。

不意に思いついた疑念が水面に落ちた墨汁のように広がっていく。お蔭で小日向の胸は真っ黒だ。

「香澄ちゃん、みんなと一緒に逃げろ。そこは危ない」

相手を必要以上に煽《あお》らないよう口調を抑えたつもりだったが、香澄には効果がなかった。

『地上に出たら、あたしたちの皮膚は長時間保たない。そんなこと知ってるでしょ』

「でも逃げろ。今まで様子見に徹していた警察も、今度のことで地下に立ち入る大義名分を手に入れた。君たちが極左集団であろうがなかろうが、強制捜査に踏み切る」

『そんな無茶な』

「君たちには無茶でも警察には道理がある。僕の言ったことを今すぐ久ジイに伝えてくれ」

『待ってよ。いったいどこに逃げればいいのよおっ』

切羽詰まった香澄の声に、こちらも追い立てられた。

「僕が知るかっ。君たちほど事情に精通してないんだ」

香澄に当たっても詮《せん》ないことと分かっていたが、一度口をついて出た言葉は引っ込められなかった。

「間宮先生みたいに君たちの病気を知っている訳でもない。他の住人たちみたいに地下の生活を熟知している訳じゃない。僕は……」

所詮《しょせん》、部外者だ——という言葉は慌てて喉の奥に呑み込んだ。

これは絶縁宣言だ。吐いてしまったが最後、香澄たちとの縁は途切れてしまう。

『僕は、何よ』

「僕は……ただの廃駅鉄だ」

自嘲《じちょう》気味に呟《つぶや》いたその時、脳裏に閃光《せんこう》が走った。

そうだ、自分は廃駅マニアだ。

廃駅については久ジイたちよりも、柳瀬たちよりも詳しい。詳しくなければマニアを名乗る資格はない。

『どうしたのよ、急に黙り込んで』

「ただの廃駅鉄だけど、役に立つかもしれない」

『今度は急に息を吹き返したみたい』

「少し時間をくれ。とにかく香澄ちゃんは、一刻も早く久ジイに相談してくれ」

『了解』

電話を切ってから、小日向はヤニ臭い喫煙エリアの中で頭を巡らせる。

まだ東京が帝都と名乗っていた時代。

黎明期《れいめいき》の地下鉄が敷設と廃線を繰り返していたセピア色の時代。

小日向の脳裏には帝都在《あ》りし日の地下が広がり始めていた。

第四章　汽車をたよりに思い立つ

1

予想されていたことだが、警察の事情聴取は公安部だけに留《とど》まらず、わずかに遅れて刑事部の捜査員も小日向《こひなた》の職場にやってきた。

「まるでウチに強制捜査が入ったような物々しさだな」

山形《やまがた》は半ば怒り、半ば呆《あき》れていた。

「ただ事件に巻き込まれただけという話は、いったいどこまで信用したらいいのかね」

山形が懐疑的になるのも無理のない話だった。何しろ一日のうちにふた組も刑事が小日向を訪ねてきたのだから普通ではない。

物々しさというのも決して誇張《こちょう》ではない。見慣れない二人組が代わる代わる現れては職員の一人を別室に連れていくのだ。これで雰囲気がおかしくならないはずがない。

「警視庁刑事部捜査一課の春日井《かすがい》です。横にいるのは香田《こうだ》といいます」

小日向はまたもや応接室に連れ込まれた。シチュエーションは先刻と同様、違いがあるとすれば刑事の顔ぶれくらいのものだ。

それにしてもと思う。柳瀬《やなせ》と椚矢《くぬぎや》の公安コンビは二人とも猛禽類《もうきんるい》のように油断ならなかったが、刑事部のコンビは平凡なサラリーマンにしか見えない。腕貫《うでぬき》さえすればこのフロアで働いていても全く違和感がない。同じ警視庁の刑事でも、公安部と刑事部ではこれほど違うものなのだろうか。

「こうしてお伺《うかが》いしたのは、小日向さんが現場に通りかかったから、という理由だけではありません」

春日井は穏やかに切り出した。

「まだ報道では伏せられていますが、殺された黒沢輝美《くろさわてるみ》という女性は我々の同僚です」

「伏せられているのに、名前とか身分を僕に言ってもいいんですか」

「わたしたちの前に公安部の刑事がここを訪れたのは知っています。今更、下手《へた》な芝居はやめた方がいいですよ」

春日井は微笑を浮かべながらこちらの顔色を窺《うかが》っている。前言撤回。やはり刑事部の人間も油断がならない。

「公安部がただの通りすがりの人間を事情聴取するはずもない。あなたは黒沢とどんな関係があったんですか」

小日向は奇異な感じを受ける。神経を針のようにして質問を聞いていても、春日井に小日向を陥《おとしい》れるような素振りは見えない。

まさか公安部は〈エクスプローラー〉について刑事部に情報を流していないのか。それなら自分からは、絶対にその名を口にしてはならない。

「あの、僕が公安部の刑事さんから事情聴取されたのはご存じなんですよね。だったら、聴取された内容もそちらで共有されているんじゃないんですか」

するとと春日井も香田も途端に不機嫌そうな顔になった。

「ここ、区役所ですよね」

「ええ、ご覧の通り」

「それじゃあフロアの違う部署、たとえば税務課と小日向さんのいる生活支援課では、どれだけ情報共有が為《な》されていますか。その場で生活保護の申請に来た市民の納税状況が分かり、生活保護費受給の可否が判断できるくらいに」

「いや、それはちょっと」

「それと一緒ですよ。同じ建物の中にあっても、ツーカーという訳じゃありません」

「同じ警察で、しかも同じ事件を追っているんでしょう」

「同じ事件を追っていても、目的が違います」

「え。だって警察って犯罪を暴いて犯人を検挙するのが仕事なんですよね」

「我々刑事部は犯人を逮捕するのが目的ですが、公安部の目的は思想集団の情報収集が主目的です。従って犯罪捜査よりも諜報《ちょうほう》が優先します」

これは柳瀬が口走ったことにも合致《がっち》する。彼らは輝美殺しの犯人が誰かよりも、〈エクスプローラー〉の情報を欲していたではないか。

「思想集団って……まるで僕がカルト教団の信者か極左の構成員だと疑っているんですか。平凡な区役所職員ですよ」

「テロを起こしかけた例のカルト教団は、警察や自衛隊の内部にも信者を忍び込ませていました。区役所職員が実はテロリストだったとしても、あの事件の後では何ら違和感がありません」

「やっぱり疑ってるんじゃないですか」

「身内褒《ほ》めじゃありませんけど、公安部も完全に潔白な人間をつけ狙《ねら》うような真似《まね》はしませんよ」

では、小日向は潔白な身の上ではないと言っているようなものだ。

「我々は必ずしも死体発見現場イコール犯行現場とは考えていません。犯行後に死体が移動させせられるのは珍しいことではありませんから」

あんまりな言い方だったので、少し二人をからかってみたくなった。

「知ってますよ。被害者の靴の底には周辺の工事で掘り返された土が付着していなかったんでしょう」

何の気なしに放ったひと言だったが、俄《にわか》に二人の顔色が一変する。

「どうしてそれを。小日向さん、それは秘密の暴露《ばくろ》と言って」

「まさか。死体が運び出されたらしいのは遅かれ早かれ公表されることなんでしょ。秘密も何も、土のことは公安の人から教えてもらったんですよ。鑑識の結果がそうだって」

「……他にはどんなことを聞いたんですか」

「現代の科学捜査は日進月歩で、被害者の髪の毛一本から、着衣の隅々まで調べれば彼女のいた場所が判明する。解剖すればどこで何を飲み食いしていたかも特定できる、と」

「まさか、その結果まで聞いたんですか」

「いえ、そこまでは」

春日井と香田は顔を見合わせてかすかに安堵《あんど》の吐息を洩《も》らす。まだ公安部の二人が退席してから間《ま》がない。まだ鑑識から追加の報告が上がっていないか、上がっていたとしても公安部までは洩れていないのだろう。

「それじゃあ小日向さん。あなたが公安部案件の集団に関係ないとして、黒沢輝美とはどういう関係なんですか」

問い詰められた時、小日向の中で計算が働いた。春日井と香田のやり取りを見ている限り、刑事部と公安部は情報共有もないまま別個に動いているようだ。従って公安部に知られている事実であっても、この二人に教えなければならない謂《いわ》れはない。わざわざ自分で立場を悪くする謂れもない。

「あの、僕はその黒沢輝美という人を本当に知らないんです。それは公安部の刑事さんにもお伝えしました」

「しかしあなたは今朝、死体発見現場で職務質問を受けている。あなたの通勤経路からは大きく外れているのに、どうして現場に立ち寄る必要があったんですか」

これは先刻と同じ弁明をするしかないだろう。小日向はまたもや自分が廃駅鉄という特殊な趣味の持主であることを告白する。

「廃駅が趣味、ですか」

春日井は呆気《あつけ》に取られ、香田に至っては馬鹿にされているとでも思ったのか明らかに気分を害している。理解され難い趣味を理解してもらう試みは、これが初めてではない。根気よく廃駅の魅力や、今まで自分がどこの廃駅をどれだけ苦労して訪れたのかを熱弁した。何度も同じ内容を喋《しゃべ》っていれば言葉も流暢《りゅうちょう》になるし、話の勘所《かんどころ》も分かってくる。現に二人の刑事はそれなりに納得した様子だった。

「小日向さんの趣味については概《おおむ》ね理解しました。それだけ廃駅の知識を披露《ひろう》されたら信用しない訳にはいきませんからね」

春日井はうんざりだという表情で言う。これで事情聴取を切り上げてくれるのなら、自分の趣味も満更《まんざら》捨てたものではない。

「では、あくまでも黒沢輝美とは面識も何もないと言うんですね」

「はい」

よくもこれだけ白々しい嘘が吐《つ》けるものだと我ながら感心する。おそらく先の公安部の事情聴取で変に度胸がついたせいだろう。

春日井は束《つか》の間《ま》こちらを睨《にら》んでいたが、やがて鼻を鳴らすと人差し指を立てた。

「これ以上続けても成果がないようなので失礼します」

二人が立ち上がった時、ほっと溜息《ためいき》を吐きそうになったが慌てて堪《こら》えた。

堪えて正解だった。退室する際、春日井は一度だけこちらに振り返ったのだ。

「被害者と一面識もないと断言された以上、今後の捜査でそうではない事実が判明した時、あなたへの心証は相当に悪くなる。それは理解していますよね」

「……重々、理解しています」

「それなら結構です」

くるりと向けられた背中に威圧感があった。やはり春日井たちも刑事には違いないのだと再認識させられた。

一人になった途端、どっと肩が重くなった。同時に膝から下の震えが一向に止まらなくなる。今まで緊張で麻痺《まひ》していた感覚が甦《よみがえ》ったのかもしれないが、とても立ってはいられず、小日向はソファに座ったまま天井を仰いでいた。

ドアをノックする音が聞こえたのは、その直後だった。

また春日井たちが戻ってきたのだろうか。急いで背筋を伸ばして返事をすると、入ってきたのは瀬尾《せお》だった。

「おーい、生きてるかー……って、そんな風じゃなさそうだな」

瀬尾は勧められもしないのに、小日向の真横に腰を下ろした。

「警察の用事は済んだのか」

「まあ、ひと通りは」

「その口ぶりだと、まだ続きがありそうな雰囲気だな」

「そんなことも言ってましたね、先方は。それよりどうしたんですか。僕を呼びにでも来たんですか」

「逆だよ、逆。まだしばらくはフロアに戻ってこない方がいい。二度に亘《わた》るお巡りさんの訪問で、ちょっと微妙な空気が漂ってる」

仕方がないだろうと思った。刑事二人の訪問だけでも大した異常事態なのに、それが続けざまにふた組ともなれば未曾有《みぞう》の出来事になる。

「他の職員が浮足立っている。今、お前が出ていったら微妙な空気に火が点《つ》きかねん。下手したら集中砲火を浴びるぞ」

「何で僕がみんなから攻撃されなきゃいけないんですか」

「近寄りたくないから。でも自分の動ける範囲が限られている場合は、原因になったヤツを追い出そうとするだろ」

「そんな子供みたいな理屈で」

「あのな。政治思想だろうが民族差別だろうが他宗教だろうが、排斥《はいせき》行動の原理なんてそんなものなんだぜ。理屈とか理論の前に感情があって、そいつが人を攻撃的にするんだ」

「でも、みんな礼儀正しい公務員ですよ」

「礼儀と悪意には何の関係もない。人間ってのはな、燕尾服《えんびふく》を着ていても平気で残酷なことができる動物だぞ。ついでに言うと、公務員ってのは何よりも異色と異例と失敗を嫌う。だから警察がよってたかって疑うような人間を怖がる」

黙って聞いていると、瀬尾の言説が何故《なぜ》か耳に心地よくなる。元々、歯に衣着《きぬき》せぬ物言いが身上《しんじょう》の男だが、職場や上司の悪口を言わせると殊更《ことさら》歯切れがいい。

「瀬尾さんだって立派な公務員じゃないですか」

「だから分かるんだよ。それに身内だったら庇《かば》う、自分の職場の論理なら正当化するってのがそもそも性《しょう》に合わないいんだ。お前は違うだろ。身内どころか、少しでも縁ができるとそいつを護ろうとする」

突っ込まれても反論できない。小日向が輝美の死体を運んだのも、元はと言えば司直《しちょく》の手が〈エクスプローラー〉に伸びないように行ったことだ。場の雰囲気に流されたとはいえ、できてしまった縁を断ち切れなかった小日向に非がある。

「神田多町《かんだたちょう》で女の死体が発見されたのは、俺《おれ》もネットニュースで見た。警察のヤツらが来たのはその事件絡みなんだってな」

「みたいです」

「みたいですって、そういうのを他人事みたいに言うな」

瀬尾は背中から手を回して、小日向を逃がすまいとするかのように肩を摑《つか》む。

「正直に言え。お前、殺された女と関わりがあるのか」

「どうして刑事でもない瀬尾さんに、そんなことを話さなきゃいけないいんですか。関わりがあろうがなかろうが僕のプライバシーじゃないですか」

プライバシーさえ盾《たて》に取れば、さしもの瀬尾も諦めると思った。いささか卑怯《ひきょう》な手段だが、最も効果的に思えた。

だが瀬尾は予想外の言葉を口にした。

「ちょっとした縁も断ち切ろうとしない男との縁を断ち切ろうとは思わんからさ」

無愛想で、婉曲的《えんきょくてき》な物言い。

それでも胸の深いところまで届いた。

「……瀬尾さんてJポップの人だと思ってましたけど、実は浪花節《なにわぶし》だったんですね」

「洒落《しゃれ》で済ませて逃げようって魂胆か」

「逃げるも何も本当に関係ないんですったら」

「ほう。何も関係のない通りすがりの人間に、警察がわざわざ二組も事情聴取にやって来た、とそう言い張るんだな」

「ええ。そう言い張ります」

良心がちくりと痛んだが、他の選択肢はなかった。事情を説明すれば、瀬尾も騒ぎに巻き込んでしまう可能性がある。

瀬尾は少しの間、観察するように小日向を見ていた。

「分かった。信じるよ」

肩にかかっていた力が、ふっと抜ける。

「でも、まだ戻るな。申請者の途切れる五時くらいまでは、ここでじっとしていろ。それくらいの休憩なら課長も文句は言わんだろ」

「山形課長、時間厳守がモットーじゃないですか」

「時間より大切なものがあれば優先する。それくらいは心得てるさ。伊達《だて》に管理職やってる人じゃないよ」

瀬尾はさばさばと切り上げ、応接室のドアを開ける。ただし春日井と同様に最後に言い残すのを忘れなかった。

「信じるけどよ。前言撤回ってのもアリだからな」

「え」

「不測の事態が生じたんなら、すぐ手を挙げろよ。手遅れは論外だが、多少のタイムラグだったら間に合う」

「何だか遭難救助の心得みたいですね」

「似たようなもんだろ」

そして小日向一人が残された。瀬尾が出ていくと、部屋の温度が急に下がったような気がした。

瀬尾が手を差し伸べてくれようとしたことは意外だったが、同時に胸に明かりを灯《とも》してくれた。たとえ社交辞令であったとしても嬉しい。

だからこそ、差し伸べてくれた手を振り払い、親身になってくれた者に去られた瞬間、不意に寒さを感じたのだ。

誰にも迷惑を掛けたくない――殊勝《しゅしょう》に心掛けたつもりだったが、いざ孤立してみれば途轍《とてつ》もなく心細い。その証拠に、またしても膝が笑い出した。つくづく自分ほど小市民と呼ばれるに相応《ふさわ》しい者はいないと思う。

だが、世の中には小市民でいることさえ許されない者たちがいる。陽射しに灼《や》かれ、地下に追い立てられた人々がいる。徒手空拳《としゅくうけん》の身の上だが、彼らを見捨てる気にはどうしてもなれなかった。

とにかく瀬尾の忠告通り、申請時間の締め切りになる午後五時まではこの部屋に立て籠《こ》もっていよう――そう肚《はら》を決めた時、胸のスマートフォンがメールの着信を告げた。

発信者は香澄《かすみ》だった。

『久《きゅう》ジイがなかなかウンと言ってくれない』

あれほど逃げるようにと伝言を依頼していたのに、どうやら説得に失敗したらしい。メールで返信しても埒《らち》が明かないので、直接呼び出した。

『えっ、小日向さん。今、仕事中じゃなかったの』

小日向は内心で香澄を叱りつける。自分たちの身に危険が迫っている時に、他人の就業状態を気にしている場合か。

「ひょっとしたら、まだ萬世橋《まんせいばし》駅にいるのか」

『ひょっとしたらも何も他のどこに行けばいいって言うのよ』

香澄の声は今にも泣き出しそうに聞こえる。彼女の性格では簡単に泣き出すとも思えないが、久ジイ以下地下住人の説得に失敗したのがよほど口惜《くや》しいのか、それとも怯《おび》えを必死に押し隠しているのか。

『小日向さんが警告しているって言っても、逃げ場所はここしかないって言うし、そんなに早く警察がやってくるとも思えないしとか』

「警視庁の公安部がどんな部署だか知っているのか」

『小日向さんはどれだけ知っているのよ』

「あれは、君ら〈エクスプローラー〉が極左集団だと最初から疑っている。誰が輝美さんを殺したかなんて興味は二の次三の次だ」

『だから、何でそういう話になるのよっ。あたしたち被害者の立場なのに、どうして警察からマークされなきゃいけないのよっ』

「キレるな、香澄ちゃん」

対面していても手に余るのに、電話越しではどうすることもできない。しかし香澄に動いてもらわなければ、他の住人たちを避難させることも叶《かな》わない。

「今、そっちに間宮《まみや》先生はいるか」

『自分の診療所に急患が担《かつ》ぎ込まれたって。だから今日はまだ来てないよ』

こんな時に限って急患かよ。勘弁してくれ。

「じゃあ永沢《ながさわ》さんはいるか」

『さっき見掛けた』

「香澄ちゃん一人で説得できないなら、永沢さんにも口添えしてもらった方がいい」

『それ、駄目だから』

「何が駄目なんだよ」

『永沢さん自身があまり危機感ないっていうか、イマイチ焦《あせ》ってないっていうか』

「今から永沢さんと一緒に出られるか」

こうなったら永沢も強引に動かすしかない。

「警察の監視がついているかもしれないから、僕が地下に行かない方がいい。永沢を連れて、こっちまで出てきてくれ。くれぐれも慎重にだ」

警察沙汰《ざた》になった職員に残業を命じるような度胸はないらしく、小日向が定時に退社しても山形は何も言わなかった。職場全体にも小日向を忌避《きひ》している雰囲気が漂っており、早く帰ってくれという無言の圧力が却《かえ》って背中を押してくれた格好だった。

庁舎を出た瞬間、小日向は周囲に注意を払う。香澄にも言ったが、公安部や刑事部の捜査員たちがこのまま自分を放置してくれるとは考え難い。少なくない確率で小日向を尾行しているはずだった。

既に帰宅ラッシュが始まっており、往来はサラリーマンやOLで人の波ができている。お誂《あつら》え向きだ。これだけ通行人でごった返していれば、その分尾行も困難になる。

小日向は地下鉄で早速中野《なかの》に移動する。満員電車の中でちらちらと辺りを窺う。相手は尾行に長《た》けた警察官たちだ。易々《やすやす》と小日向に見つかるようなヘマはしないだろうが、それでも尾行の対象が警戒している素振りを見たら、何らかの牽制《けんせい》になるかもしれない。

JR中野駅の北口を出る。目の前には中野ブロードウェイのビルが聳《そび》え立っているが、小日向の目的地はここではない。ビルの前を横切り、しばらく歩いてから脇道に入る。ちらと背後を振り返るが、自分を追っているような人影は認められない。

それでも油断は禁物だ。小刻みに角を曲がり、仮に尾行があったとしても攪乱《かくらん》できるように歩き続ける。

　普通の速度で歩いてから、急に走り出す。傍目《はため》には奇妙に映るだろうが、これも尾行を撒《ま》くために思いついた対策だ。何度も繰り返していると、額《ひたい》から汗が滴《したた》り落ちてきた。

　もう、この辺でいいだろう。

　小日向は尚《なお》も周囲に気を配りながら、馴染《なじ》みの看板に近づいていく。

　喫茶店〈中野レールウェイ〉。

　看板は駅名標に似せたもので、店先のディスプレイには所狭しとNゲージの鉄道模型が陳列《ちんれつ》されている。

　ドアを開けるとすっかり顔馴染みとなったマスターがすぐに笑顔を向けてきた。

「いらっしゃい。お連れがお待ちですよ」

「ども。マスター、変な客とか来なかった？」

「店の中を見回したら一目瞭然《いちもくりようぜん》でしょう」

　カウンター以外はテーブル七卓のこぢんまりとした店内だが、実際の敷地面積は五十坪ほどあるはずだ。それが狭小《きようしよう》に見えるのは、店先のディスプレイに陳列しきれない鉄道グッズがフロア内を占領しているからだ。

　ＪＲ・私鉄・メトロ各線の駅名標は言うに及ばず、車両の写真や鉄道各社の制服がずらりと壁を飾っている。窓の近くには遮断機の二分の一スケールのミニチュア、テーブル二卓分を丸々使用した鉄道ジオラマ、本棚に収まっているのは全て時刻表という凝《こ》りようだ。〈中野レールウェイ〉は、その名の通り鉄道マニア専用の喫茶店だった。

こういう店なので、テーブルに着いている客は全員が顔見知りだ。撮り鉄・乗り鉄・車両鉄・模型鉄の違いはあれど趣味に一生を捧げると誓った同志たちだった。全員が顔見知りだから一人でも異物が紛《まぎ》れ込んでいたらすぐに分かる。小日向がここを会合の場所に選んだ理由がそれだった。

香澄と永沢は店の奥、天井から各種吊《つ》り革の下がったテーブルで居心地悪そうにコーヒーを飲んでいた。親愛なる友人でも、ここでは異物に違いなく、二人とも周囲から完全に浮いている。

「お待たせしました。この店、すぐに見つかりましたか。結構入り組んだ場所にあるんで心配したんですが」

「いや、店の位置とかはスマホの検索で問題なかったんだけどよ」

永沢は頭上に垂れている吊り革を眺めながら言う。

「えらくマニアックな店だな。色んな喫茶店に行ったけど、こういうのは初めてだ。って言うかこれ、コーヒー飲みに来るんじゃなくて、模型とかのグッズ眺める片手間にコーヒー啜《すす》る店だよな」

　隣に座っている香澄は胡散臭《うさんくさ》そうな態度を隠そうともしない。

「小日向さん、ここの常連なんでしょ」

「週一で来る」

「何が楽しいの」

「店内にある全てが」

「安らぐ?」

「この上なく」

「今も永沢さんと話してたんだけどさ。廃駅鉄って趣味、いくら小日向さんから説明されてもイメージしにくかったんだけど、この店に来てやっとイメージできた」

「それはどうも」

「小日向さんがヤンバルクイナよりは珍獣じゃないのは確認できた。でも引くのは相変わらず」

　なかなかに辛辣《しんらつ》な評価だが、香澄のような女子にとって鉄道マニア全般が特殊なのだろうと想像する。

「最近は女子の鉄オタも珍しくないんだけどね」

「前より増えたってだけで、全体からみたらどれだけのパイなのよ」

「だよなあ。中野って結構地代も高いんだろ。よく喫茶店経営が継続できるよなあ」

「聞けば聞くほど凹《へこ》むんだけど、そういう趣味が成立しているから、この喫茶店みたいな隠れ家ができる。この店には鉄道マニアしか来ない。警察関係者がいたら一発で分かる」

「なるほどな。一般人は侵入不可ってこった」

「その言い方もちょっと傷つくんですけど……まあ、鉄オタの話はもういいです。本題に入りましょう」

小日向は、公安部に続いて刑事部の刑事からも事情聴取を受けた旨を伝える。同じ警察でも公安部と刑事部では最終目的が相違すること、特に公安部は〈エクスプローラー〉に特段の興味と疑念を抱いていることを強調する。

電話口での反応もそうだったが、香澄は小日向と同等の危機意識を持っているようだ。ところが永沢ときたら、輝美の死体運搬に関与しておきながらさほど切羽詰まったようには見えない。

「いや、公安部にマークされるのがヤバいってのは俺でも分かるよ。ただささ、俺たちに極左集団の疑いが掛けられているってのがそもそも絵空事《えそらごと》にしか思えないんだよな」

「でも永沢さん。現に公安部の捜査員だった輝美さんが住人の中に紛れ込んでいたんですよ」

「それにしたって何かの間違いじゃないのか。輝美がいる時に、俺たちの誰かがテロの計画をしたなんて話もない。いや実際、俺たち八ケ部町《やつかべちょう》の住人は放射能事故の被害者なんだからさ」

永沢の弁明じみた言葉に、香澄も浅く頷《うなず》いている。

ああ、これだと思った。

元八ケ部町の住人たちが極左集団の疑いを掛けられてもどこかのほほんとしているのは、この被害者意識があるせいなのだ。自分たちは国の政策と町の振興策に従っただけで、しかも放射能漏れ事故で健康な身体と平穏な生活を奪われた。どこをどう取っても自分たちは被害者であり、だからこそ手の平を返したように加害者扱いされることに感覚がついていかないのだろう。

「ご存じの通り、僕は生活保護申請の窓口業務をしています」

「ああ。だから〈エクスプローラー〉の何人かの役に立ったよな」

「公務員の仕事をしていると分かります。被害者が護られて、加害者が糾弾《きゅうだん》されない時がある。司法も行政も完璧に機能していないる。そういう当たり前が通用しない時があるんです」

話している最中、紅林典江《くればやしのりえ》の件を思い出す。小日向が反逆しなければ生活保護の申請を却下《きゃっか》されていた案件だったが、彼女も政策の被害者になりかけていた。典江だけではない。今まで政策の名の下にどれだけの社会的弱者が虐《しいた》げられたことか。

「ひどい話だけど、そんなことが大手を振ってまかり通っています。省内であからさまな不正をした役人が、優雅な天下《あまくだ》りで余生を保証されています。勧善懲悪《かんぜんちょうあく》なんて、それこそ絵空事なんです」

「小日向さん、声大きい」

香澄の囁《ささや》きで我に返った。

慌てて周囲を見回すが、他の常連客は各々《おのおの》の世界に没入しているように見える。ただしマスターがちらとこちらを一瞥《いちべつ》したので、声が大きかったのは確かだ。

永沢は居心地悪そうに、尻の辺りをもぞもぞとさせている。

「あー、お前の言うのも分かる。地下暮らしが非合法だから、警察に踏み込まれたら全員捕《つか》まるってのも分かる。けどよ、久ジイも同じことを言ってたんだけど、仮に公安部から逃げるとしても、いったいどこに逃げればいいんだよ。〈エクスプローラー〉は誰もが大なり小なり乾皮症《かんぴしょう》を患《わずら》っている。地下を出るのなら、俺たちは二十四時間皮膚がんの恐怖に怯えなきゃならない」

「逃げ場所ならあります」

　永沢と香澄の表情に変化が生じた。

「本当かよ。そりゃあどこだ」

「地下鉄の廃駅は萬世橋駅だけじゃないってことです。銀座線だけでも他に旧新橋駅、それから表参道駅には使われなくなったホームが存在します」

　ここからが廃駅鉄の本領の見せどころだ。小日向は東京が帝都であった時代に建設された駅の歴史についてひとくさり講義する。様々な理由で使用されなくなったものの、地下に広大な空間を秘めながら口を閉ざした廃駅たち。もちろん堂々と入れる場所ではないが、百人程度の人間が隠れ住むには充分な広さを持っている。

「まさか、地下から地下への移動かよ。俺たちは百人いるんだぞ」

「一遍に移動するんじゃないんです。十人単位で動けばリスクも軽減されるし、地下から地下の移動なら太陽光線に怯えなくて済みます」

「年寄りや病人も少なくないんだぞ」

「どっかの施設に強制収容されるのと、どっちが楽か、ですよね」

「……割とエグい選択肢、用意するんだな」

「今更？　この人さ、見掛けよりずっとエグいし犯罪傾向強いよ。あたし、ひと目で分かった」

「あの、香澄ちゃん。それはちょっと言い過ぎ」

「非合法に非合法を重ねるって話でしょ。それのどこが犯罪じゃないって言うのよ。まあ、あたしたちのために考えてくれてるんだから大目には見るけどさ」

「犯罪的とかはこの際どうでもいいけどよ。お前自身は成功率をどれくらいで考えてるんだ」

「正直、考えてません」

「何だと」

「逆に訊《き》きますけど、成功率が低かったら、そのままあそこで警察が踏み込んで来るのを待ち続けるつもりなんですか。何も手を打たず、自分たちが不利な状況に追い込まれるのを、指を咥《くわ》えて見ているだけですか」

「……口説き方もエグいな」

「豹変《ひょうへん》しやすいタイプだよねー」

口調は軽いが、二人とも深刻な顔をしている。少なくとも小日向の提案が検討に値《あたい》するものであると考えてくれたようだ。

「お前さ、今した説得、久ジイ相手でもできるか」

永沢の声が一段落ちる。

「俺や香澄ちゃんを説得できても、久ジイを動かせなきゃ事態は変わらん。ところでどういう訳か、久ジイはお前を信用しているみたいだ。俺なんかが口伝《くちづて》で喋るより、お前が直接久ジイを説得した方が手っ取り早い。どうだ」

「……やってみます」

よし、と言って永沢は席を立つ。

「じゃあ善は急げだ。これから久ジイに会いに行くぞ」

永沢たちについていけば、ますます深みに嵌《は》まる——そう考えるとすぐには身体が動かなかったが、矢庭《やにわ》に顔を寄せてきた香澄の耳打ちが怖気《おじけ》を払拭《ふっしょく》した。

「ここまできたら一蓮托生《いちれんたくしょう》だから」

「そんな言葉、どこで習った」

「少なくとも学校じゃないよね」

二人に先導されるかたちでレジに向かう。マスターは何事もなかったかのように、平然と釣りを渡してきた。

「あの、マスター。僕たちがここに寄ったことは秘密にしておいてくれますか」

「秘密にしておくのに吝《やぶさ》かではないんだけどね。小日向さん、声大き過ぎ」

「え」

「カウンターまで丸聞こえだったから」

「全部？」

「小日向さんの台詞《せりふ》は全部」

「話の内容も」

「概ねは」

横にいた永沢と香澄は途端に警戒の色を強めた。

「あのっ、行きつけのお店に迷惑はかけたくないんですけど」

「人助けなんでしょ」

「……はい」

「だったら邪魔する理由はないよね」

レシートを差し出す際、マスターは紙片の最後尾を指差した。

「見逃していると思うけど、ここにウチの電話番号が入っているから」

何かあれば連絡しろという意味か。

「同好の士が身体を張って人助けしようとしているんだ。共謀はできなくても協力はできるよ」

涙が出るほど有難い言葉だったが、途中で嫌なことに気づいた。

「マスターに丸聞こえだったんですよね」

「うん」

「それなら店内の皆さんにも丸聞こえだったということですよね」

「だよね」

「それなら皆さんの口も封じておかないと」

慌てて店内を見回し、小日向は思わずにやけてしまった。

模型に時刻表にディスプレイ。客は各々の楽しみに没頭しながら、全員が親指を立てていた。

2

銀座線神田駅周辺は、未《いま》だ帰宅ラッシュが続いていた。ホームには乗降客が溢《あふ》れ、証明写真ボックスに出入りしても目立つ状況ではない。一人ずつボックスに入り、周囲に監視の目がないことを確認して地下空間に辿《たど》り着いた。

今日は運に恵まれているだけだ、と自戒《じかい》する。公安部と刑事部から本気で尾行されたら身動きできなくなるのは必至だ。

先に香澄が連絡してくれていたので、久ジイは小日向の到着を待っていた。

「聞いた話では災難だったそうだね」

久ジイはまるで他人事のように言った。

「ええ、ええ。ひどい災難でした。でも、皆さんにはもっとひどい災難が待ち構えているんですよ。一刻も早く逃げてください」

「小日向くんの警告は香澄から聞いたが、どうにも現実味がのうてな」

説得するにしても直接言わなければ駄目だ。永沢の言葉を思い出し、二度手間だが二人に話したのと同じ言葉で説得する。久ジイが己《おのれ》を信用してくれているらしいのが、唯一のアドバンテージだった。

以前に聞いたことがあるが、久ジイは八ケ部町の町長でもなければ名士でもなかった。ただ被害を受けた住人たちの長老だったというだけの理由で、何となく責任者に祭り上げられたのが実状らしい。考えるだに面倒臭い話なのだが、それでも文句も言わずに引き受けるところが久ジイの人徳だろう。

地下の住人を廃駅から廃駅に移動させるという計画を聞くと、それまで無表情だった久ジイが小首を傾《かし》げた。

「東京の地下にもう使われない空地があるのは、わしも聞いておるよ。分散すれば移動できるという理屈も、まあいいとしよう。しかしな、小日向くんよ。仮に萬世橋駅から移動したとして、警察はすんなり諦めるものだろうか」

「と言いますと」

「通常の犯罪捜査だけならまだしも、公安部が絡んでいるとなれば捜査網も倍ということになる。前から把握《はあく》していた場所がもぬけの殻になっていたからといって、警察は追跡をやめるだろうかね」

「多分、やめないと思います。輝美さんから皆さんの顔なりプロフィールなり情報が洩れているはずだから、警察は一人一人を探し続けるでしょう」

「わしらが陽《ひ》の光を嫌っているのも承知しているだろう」

「地下暮らしとワンセットの情報ですから」

「失礼な言い方になるが、小日向くんが考えることなら、警察も思いつくんじゃないのか」

「当然、思いつくと思います。萬世橋駅に踏み込んで、人っ子一人いないとなったら同様の地下空間を怪しむと思います」

「それだとわしらは、警察の追手から逃れるために何度も移動を繰り返す羽目《はめ》になるな」

　予想された言葉だった。小日向は無責任な立場で移動を提案したが、要するに夜逃げのようなものだ。夜逃げは住人の生活を根こそぎ奪う。起床に就寝、食事に入浴、ありとあらゆる生活のリズムを奪い、住人に不便と忍耐を強要する。〈エクスプローラー〉の責任を負う久ジイとしては、軽々《けいけい》に判断を下せないのも道理だった。

「リスク分散で、皆さんが別々の廃駅に移動する選択肢もあります」

「リスク分散か。賢《さか》しらに聞こえる文言だがな、そのリスクというのは、そのまま住人一人一人を指している。言い換えるなら十人の住人を隠すために、別の十人を警察に差し出すのと同じ理屈だ」

「でも、全員が捕まるよりはマシじゃないですか」

「多数の幸福のためなら、少数の不幸は致し方ない……それはな、小日向くん。わしら八ケ部町の人間が痛いほど味わった理屈だ」

胸が締めつけられた。

目先の可能性に気を取られ、そんな単純なことにも気づかなかった。

「少数を切り捨てれば多数を生かせる。そんなもの、手前《てめえ》を安全圏に置いた者の身勝手な理屈だ。手前がその少数派になることなぞ想像もせん人間の空論だと、わしは思うが」

反論の余地はなかった。いちいちもっともで、まるで己の不人情さを指弾《しだん》されているような気分だった。

「小日向くんがわしらの身を案じてくれるのは嬉しいよ。わしの人を見る目に狂いはなかったと誇らしくもある。だが、分散方式にはどうしても肯《うけが》い難い。それにリスク分散と言っても、それぞれを統率するリーダーを用意できるかも心許《こころもと》ない」

「移動するなら全員でが最低条件という訳ですか」

「最低条件とまでは言わんよ。それを叩き台にしてほしいと言っている」

久ジイの声が俄に懇願《こんがん》口調になる。

「小日向くんの厚意《こうい》には感謝する。死体の運搬など一番嫌われる仕事まで押しつけて申し訳ないとも思っておる。申し訳ないついでに、もう少し付き合ってくれんか」

目の前の頭が下げられる。制止しようとしたが遅かった。

「あんたが廃駅に詳しいのは、よおっく分かった。それならば、その知識と知恵を生かして更に最善の策を考えてくれんか」

助けを求めようと香澄と永沢に視線を移すが、二人とも切なげにこちらを見返すだけだ。

自分の優柔不断をこれほど呪《のろ》ったことはない。

ただ、同時に妙な爽快感《そうかいかん》もあった。自己分析すれば自殺衝動に近いものかもしれなかったが、どのみち久ジイに直談判《じかだんぱん》しようと決心した時点で香澄の言葉を受け容れるしかなかったのだ。

「ここまできたら一蓮托生、か」

「そう思ってくれると、尚有難いな」

「分かりました。分散以外で計画を詰めてみます」

「あまり時間に余裕はないのだろうが」

「昼の仕事も余裕がありませんから。慣れっこですよ」

香澄と永沢は、ほっと安堵の顔を見せるが、こちらは安堵どころではない。今から効率的な退避計画を練らなければならないのだ。精々《せいぜい》二人にも骨を折ってもらうとしよう。

早速取り掛かろうとした時、予《かね》てからの疑問を思い出した。ちょうど目の前には久ジイがいる。訊くには絶好の機会だった。

「久ジイ。質問していいですか」

「この際だ。わしが知っていることなら何でも答えるよ」

「輝美さんの件です。彼女は公安部の刑事でした。元々、八ケ部町の住人ではなかったんですよね」

「ああ、わしもここに来てから初めて顔を拝んだ」

「長老の久ジイさえ知らなかった輝美さんが、どうしてすぐ八ケ部町の住人と認定されたんですか」

「ここに移転する際、自己紹介された。自分は田丸《たまる》家……田丸というのは、わしと同じ集落に住んでいた住人だったが、事故後はさっぱり連絡が取れなくなっていた。輝美さんは田丸の奥さんの親戚で、当時逗留《とうりゆう》していた矢先事故に遭《あ》ったという触れ込みだった」

「自己申告だけで信用しちゃったんですね」

警戒心のなさが招いたことなら責める気にもなれない。だが、続く言葉が小日向を疑心暗鬼《ぎしんあんき》に陥《おちい》らせた。

「いや、その前段階で紹介されたんだよ。彼女も事故の被害者だから一緒に連れていってくれと」

「誰がそんなことを頼んだんですか」

「わしらに萬世橋駅への移住を提案した者たちさ。具体的には高速増殖炉を管掌《かんしょう》していた文科省の一部だな」

3

久ジイの告白は予想の範囲内だったものの、それでも本人の口から語られると相応に衝撃を受けた。

「文科省の口利《くちき》きで地下の生活を勧められたんですか」

「ああ。それが今度《ご》は警察から追い出される羽目になるとはな」

久ジイはこの期に及んでも、まだ国の態度の豹変ぶりを信じられない様子だった。

「その時の窓口になった職員を憶えていますか」

「直接の窓口になってくれたのは間宮先生だったが、珍しい名前だったからわしも憶《おぼ》えとるよ。宇賀神《うがじん》という男で元々、警察庁から出向していたと聞いておる」

普通、キャリア組と呼ばれる国家公務員が入庁した省庁から転属されることは少ない。ただし、一年から二年の間に出向というかたちで異動するのはよくある話だ。

「久ジイ。それってすごく怪しいですよ」

「どこがだい」

「八ケ部町で放射能漏れ事故が発生した頃、福島第一原発事故の後ということもあって、さすがに政府は原子力行政の見直しを図りました。例の、二〇三〇年には原子力による電力供給を二十パーセントに抑えるという政治方針です」

「憶えておるよ。わしらも被害者だったから、原子力に頼らない電力供給というのには諸手《もろて》を挙げて賛成した」

ところがその直後に政権交代が起こり、新政権は原子力発電への依存度を抑制するという決定はそのままに、しかし実際は停止していた原発を再稼働させたり新たな原発の建設を画策したりと、一つ前の国策に回帰する素振りを見せているのが現状だった。

「その宇賀神という役人は、元々警察庁からの出向組なんですよね。出向していても元の官庁に戻ることが決定しているのなら、いずれ〈エクスプローラー〉を警察庁の監視下に置くことを念頭に置いていたんじゃないんですか」

「そうは思いたくない」

久ジイは小日向の視線を避けるように顔を逸《そ》らした。

「地下での生活を勧めてくれた宇賀神さんは、そりゃあ優しい人だった。国策の犠牲にするようで申し訳ないと、何度も頭を下げてくれた」

「それで久ジイたちが納得してくれるのなら、頭なんていくらだって下げますよ。頭下げるのはタダですからね」

小日向は日頃の自分を顧《かえり》みながら言う。抗議やクレームが来た時、まずは直接の担当者が頭を下げる。それで相手の溜飲《りゅういん》が下がるのなら、これほど安上がりなことはない。

「それほど中央官庁に詳しい訳じゃありませんけど、今回警視庁公安部が動いているのは宇賀神さんの意向が働いているような気がします」

「つまり、宇賀神さんは輝美さんの素性《すじょう》を承知した上で、わしたちと行動をともにさせたという推論かい」

「僕は妥当な推論だと思います。そうでなかったら、輝美さんがあっさり八ケ部町の住人扱いされた経緯が納得できませんよ。久ジイだって、その宇賀神さんの紹介だったからこそ、偽の素性を信じてしまったんでしょう」

萬世橋駅からの移動を説得するためには、久ジイに危機感を持ってもらう必要がある。

「久ジイ。国の厚意には裏があったと認識してもらう必要がある。

「久ジイ。公務員の僕がこんなことを言うのも変ですけど、国のすることには優先順位があります。もし住民の生活の保障と国策が衝突した場合には、当たり前に国策が優先します」

「わしたちを追い立てるのが国策というんかね」

「追い立てるというより、危険視していると言った方が正確でしょう。公安部の刑事が潜入していたのは何よりの証拠です」

「危険視とはな。いったいわしらのどこが危険なんだ。病人と年寄りがほとんどだぞ」

小日向は胸が詰まる。社会的弱者は時として強者に成り得る場合がある。社会的弱者というハンデが、相手には見えない圧力として作用するからだ。

「病人と年寄りの集団を脅威《きょうい》と考える者もいるんです。まだまだ世の中には、弱い立場の人間を応援しようとする人が多いですから」

「君もなのかね」

久ジイの目がこちらを覗《のぞ》き込む。

「小日向くんよ。あんたの職場にも刑事がわんさか詰めかけて迷惑だっただろう」

「……日常業務に支障が出ました」

「そして今また、わしたちに居住区の移転を進言している。進言するからにはある程度の候補地も念頭にあるだろうし、小日向くんの性格では、目的地だけを告げてわしたちを放り出すつもりではないだろう」

「もちろんです。廃駅マニアだから、管理が手薄になっている箇所も知っています。皆さんを先導したいと」

「そんなことをしていたら、あんたはますます警察から疑われる。職場からもますます疎《うと》んじられる。現状わしらは萬世橋駅に不法侵入し不当に占拠しておるから、犯罪者と言っても過言じゃない。公務員が犯罪者に加担したとなれば、小日向くんもお咎《とが》めなしという訳にはいかんぞ」

「そう、でしょうね」

「今日び公務員になるのも大変だ。あんただってそれなりの勉強や苦労の末に、今の職場に採用されたんじゃろ。わしらに加担したら、その苦労も将来も棒に振りかねんのだぞ」

久ジイの言葉はこちらの覚悟を確かめるものではない。最後の最後に逃げるきっかけを作ってくれているのだ。それなら、こちらも改めて決意を示すのがスジというものだろう。

「さっき一蓮托生と言ったはずです」

「本当に、それでいいのかい。あんたには自分以外に護るものがあるんじゃないのかい」

「僕はあなたたちを護りたいんです」

我ながら気障《きざ》な台詞だと思ったが、不思議に気恥ずかしさはなかった。むしろ今まで胸に溜《た》めていたものをやっと吐き出したような爽快感がある。

「そうか」

久ジイはそう言って、小日向を直視した。

「そうか」

繰り返した後、合点《がてん》するように一度だけ頷いてみせた。

「それならわしはあんたに従おう」

胸を撫《な》で下ろしたところで、線路の向こう側からスーツケースを引きながら駆けてくる人影を認めた。

「すまない。遅くなった」

久ジイの許《もと》にやってきた間宮はすっかり息が上がっていた。

「やっと、急患が片づいて」

「ご苦労さんだったねえ、間宮先生」

「ここを移動すると聞いた」

「そのことなんだがね」

久ジイは小日向の勤め先に公安部と刑事部の刑事がそれぞれ訪ねてきた経緯を説明する。

「わしとしては小日向くんの意見に従うつもりだが、間宮先生の意見はどうかね」

小日向は複雑な思いで久ジイの言葉を聞く。〈エクスプローラー〉は共産制のような形態を採っており、長老である久ジイの意見も絶対ではない。全員を動かすとなれば間宮の賛同も必要という次第だ。

間宮は地下住人の中に大勢の患者を抱えている。中には単独で動けない者もいる。そうした状況下で、住人を一斉に移動させることには難色を示す可能性が高い。そうなれば移住計画はこの場で頓挫《とんざ》してしまう。

だが、間宮の返事は意外だった。

「分かった。住人全員を集めて、できるだけ早く移住させよう」

「いいんですか」

小日向は思わず訊いてみる。

「住人の中には一人で身動きの取れない人もいるし」

「一人で動けないのなら、他の動ける人間が介助してやればいい。とにかく早く、ここから移るべきだ」

「思いきりがいいですね」

「危険を感じているのは君だけじゃない」

間宮の表情には、はっきり焦燥《しょうそう》が現れている。

「先生の方にも何かあったんですね」

「警察が動き始めたから、わたしの方でも様子を探ろうとしたんだ。八ケ部町の住人をここに移転させる際、わたしが窓口になったことは聞いているか」

「さっき、久ジイから教えてもらいました。当時、警察庁から出向していた宇賀神という人ですよね」

「現在、彼は警察庁に戻り、政策評価審議官を務めている」

政策評価審議官といえば長官官房付きのポストで、将来は警察庁長官を狙える位置だ。まさかそんな役職の人間とは思っていなかったので、少し身構えてしまった。

「彼個人のアドレスを教えられていたから、何度か連絡を試みたんだが、未だに応答がない。無視を決め込んでいるとしか思えない。危険だ。この上なく危険だ」

「宇賀神さんが公安部を動かしているってことですか」

「それはわたしにも分からない。分かっているのは、国が原子力行政について一層悪い方向に舵《かじ》を切り始めていることだ。小日向くんも知っているだろう。近々与党の総裁選が行われる」

「ええ。確か秋口に予定されていますよね」

「次期総裁候補の曾根《そね》内閣官房長官は、以前から原子力行政の拡大を主張してきた人物だ。福島第一原発の事故以降は慎重に口を閉ざしてきた。だが、元々産業界との関わりが深かった曾根官房長官のことだ。次期総裁に当選したら、必ず原発再稼働を一層推進させるに違いない」

　これは小日向にも分かる道理だ。首長選挙では至極当たり前だが、選挙民のみならず地元経済界の支持を取りつけた者が俄然《がぜん》有利となる。総裁選挙も後々の支持率を考慮すれば、産業界の思惑と期待を無視する訳にはいかない。

「そして官房長官は警察庁の出身で、当時の部下が宇賀神さんだった。これが何を意味するか、もう分かるよな」

「口封じ……」

「分かりやす過ぎて馬鹿らしいくらいなんだが、〈エクスプローラー〉は原発事故の生き証人だ。放射能漏れの影響で八ケ部町町住民のDNA修復機能が異常を起こしたことは、まだ報告されていない。診断結果を公表しないことが、全員を地下に住まわせる条件だったからね」

横にいた久ジイがこくりと頷く。久ジイの心情を事細かに暴くつもりはないが、地下に移った頃はそうした条件を吞《の》むことに逡巡《しゅんじゅん》なり憤《いきどお》りがあったに違いない。放射能被害で一番過酷な現実を隠蔽《いんぺい》するのと引き換えに住民の生活を保障する。交換条件と言えば聞こえはいいが、実態は十分な保障を受けられず、住民の生活権を人質に取られ、政府の失策隠しに協力しただけの話だ。

「被害住民の大半は高齢者だ。乾皮症を患ったまま地下に暮らしていれば、早晩人数は減っていく。緩慢《かんまん》に口封じを実行しているのと同じだ。だが原発推進派の曾根官房長官が総理総裁になった瞬間、国策に邪魔な要素は排除される」

「その先兵が公安部だというんですか」

「刑事部は犯人を逮捕するのが仕事だが、公安部は国の掲げる思想と方針を妨げる者を取り締まるのが目的だ。原発事故が発生した直後、各地で大小の反対運動が起きたが、厄介《やっかい》なことにこの時新左翼の連中が紛れていたのが仇《あだ》になっている。つまりは反原発に名を借りた左翼運動なんだが、これが公安部の取り締まり対象になっている。同じ文脈で原発事故の被害者も対象になっている」

「〈エクスプローラー〉の中に極左の運動家が紛れ込んでいるという可能性ですね」

「可能性だけで取り締まり対象にはなるからな。しかし、それはあくまで大義名分だ。原発推進派にとって、原発被害者はいてはいけない存在だ。公式に存在が認められていない被害者なら、このまま闇に葬《ほうむ》っても誰にも気づかれない」

「でも、百人いるんですよ。いくら何でも」

「忘れたのか小日向くん。ここにいる全員は住民票の住所地があるにも拘《かか》わらず、ほとんど家を空けている。そういう人間がある日消息を絶ったとして、何人の隣人が警察に届け出ると思うかね」

小日向は返事に窮する。自分にしても隣に誰が住み、何をしているのかなど気にかけたこともない。

「公安部の刑事、黒沢輝美が死体で発見されたのは、彼らにとっては逆に僥倖《ぎょうこう》だったのかもしれない。犯罪捜査の名を借りて原発事故の被害者たちを狩れる訳だからな」

間宮の言説は小日向の危惧《きぐ》をより克明にしたものだったので、反論するつもりは全くなかった。
二、三日前だったら一笑《いっしょう》に付《ふ》していた推論だ。しかし実際に公安部の柳瀬と栂矢から事情聴取を受けた後は絵空事で済まなくなった。平穏な生活を送っていた無《む》辜《こ》の人々が、ある日を境に危険人物と指定される。お手軽な謀略小説のようだが、我が身に起こってしまえば現実と認めざるを得ない。

「わたしにも公安部の真意なんて分からない。だが諸々の状況を考えれば考えるほど、ここに留まるのが危険なのは明らかだ。だから、今すぐ移動させたい」

間宮は抱えていた大型のスーツケースを見下ろす。

「何人かの患者のため、薬剤と器具を詰め込んでおいた。移動中に具合が悪くなっても応急処置だけはできる。久ジイ、今すぐ住人を集めてくれ」

「永沢さんと香澄ちゃんよ。頼めるかい」

「任せろ」

「すぐに集めてくるから」

ひと言ずつ残して永沢と香澄は住人の住まう場所へと走り去っていく。

「さあ、わたしたちは計画を詰めていこうじゃないか」

間宮はこちらの方にぐいと顔を寄せてくる。

「先生の方はいいんですか」

「何が」

「公安部が〈エクスプローラー〉狩りをするというのなら、宇賀神さんとの折衝《せっしょう》役《やく》だった間宮先生も当然マークされています。僕たちと行動をともにしたら危険じゃないですか」

他の〈エクスプローラー〉たちと違い、間宮には医師としての地位もあり、財産もある。診療所では自分の患者も抱えている。決して身軽な立場ではないはずだ。

「いくら開業医でも、逮捕されてしまったら……」

「それは小日向くんだって同じだろう」

間宮は疲れたように笑ってみせる。

「わたしは元々八ケ部町民だし、彼らの主治医でもあるから同行する義務がある。しかし君なんか趣味が昂《こう》じて巻き込まれたようなものだ。それでも行き場を失《な》くした彼らのために、公務員としての立場を捨てようとしている」

そして小日向の肩に手を置く。

「ちょっと利口なヤツだったら、そんなことはしない。〈特別市民〉なんて内々の取り決めも一方的に破棄できる。それでも八ケ部町民たちに肩入れして公安部から護ろうというんだから大したヒーローじゃないか」

正面切って言われると、急に顔が熱くなった。

「さて、君の移動計画を聞きたい」

「二段構えでいこうと思うんです」

小日向は久ジイと間宮を前に説明を始める。

「隣の神田駅から銀座線で表参道駅に向かいます。現在使用されている表参道駅ホームの奥に昭和時代の旧駅が残っているんです」

小日向は自分のスマートフォンを取り出し、画像を検索する。以前廃駅巡りをしていた時に撮影した旧表参道駅の画像だった。

昭和十三年に青山六丁目駅として開業された駅は、翌年神宮前《じんぐうまえ》駅に名称が変更された。当時は乗り換える毎《ごと》にいったん地上に出なければならなかった。それが昭和四十七年に千代田線の霞ケ関《かすみがせき》と代々木公園《よよぎこうえん》間が開通し、表参道駅ができた際、乗り換えが円滑《えんかつ》にできるように現在のホームが新設された。ただし工事の都合上、旧駅のホームはそのまま残存しているのだ。

「三十四年間の長きに亘って使用されていたホームなので、広さは充分にあります。今は資材置き場になっていて関係者以外は立ち入りできないようになっていますけど」

「確かに広いな」

画像に見入っていた久ジイが呟《つぶや》く。

「しかし現行のホームと地続きになっているじゃあないか。これでは電車の中から丸見えだ」

「資材置き場だから、ブルーシートや段ボールで囲ってしまえば違和感はなくなります」

「ふむ。わしらはブルーシートのテントの中で暮らす訳か。しかし、そんなに大きなブルーシートでいつまでも隠れ果《おお》せるとは思えん。駅員にも不審に思われるんじゃないのか」

「だから二段構えなんですよ」

小日向は次の画像を映し出す。液晶画面に現れたのはほとんど明かりのない、薄暗いホームだった。

「これは博物館動物園駅です。京成《けいせい》電鉄の駅だったんですけど老朽化と利用者の減少で、平成九年に営業を停止しています」

久ジイが感心したように覗き込む。

「ほう。さっきの表参道駅よりも広いな」

「そうです。ただ、百人全員の生活拠点にするには相当の時間が必要になると思うんです」

「そうか。いったん表参道駅に移動して警察の監視から逃れ、その隙《すき》を突いて博物館動物園駅に再度移動しようというのか」

「はい。二度手間になっちゃいますけど、今から移動することを考えれば銀座線で動いた方が皆さんにとっても楽なはずです」

「どう思うかね、間宮先生」

「萬世橋駅の存在は公安部に洩れていますからね。神田駅から突入されるのも時間の問題でしょう。病人や老人のことを考えれば、一時的な退避場所として表参道駅に向かうのは悪い選択じゃない。幸い、ブルーシートならここに山ほどありますしね」

「それなら決まりだ。じゃあ小日向くん、先導役をお願いしていいか」

お願いされるまでもなく、元よりそのつもりだ。小日向は大きく頷いてみせる。

久ジイは薄暗い構内の天井を見上げた。

「終《つい》の棲家《すみか》にするには寂しいところだと思っていたが、去るとなるとまた寂しいものだな」

それからの三十分間はちょっとした騒ぎだった。何しろ不平不満がありながらも数年間を過ごした場所だったので、急な移動を命じられて面食らう住人が続出したのだ。

「折角《せっかく》、ここの暮らしにも慣れたのに、どうして今更」

「今から表参道駅に移れって。冗談はやめてくれ」

「いきなり過ぎるよ」

「どうして被害者のあたしらが、国の都合であちこち移転しなきゃいけないんだよ。原発のせいでこうなったんだから、国がちゃんとした住まいを用意するのがスジじゃないのかい」

「一昨日《おととい》から身体がしんどいんだよ。わたしだけ皆から遅れて出発してもいいかね」

二十人ほどが移転に異議を唱え、永沢と香澄だけでは説得できなかったので、間宮や久ジイも渋る連中の許に赴くことになった。

たかが百人、されど百人。住人全員の意思を統一させるのがこれほど大変だとは思いもしなかった。結局、住人全員の準備が整ったのは日付も変わった午前四時過ぎのことだった。

「こんな時間になったので、もうメトロの始発までは一時間とちょっとです」

一堂に会した〈エクスプローラー〉たちを前に、小日向は大声で注意事項を話す。薄暗がりの中でも、半数以上の者が不安げな表情を浮かべているのが分かる。

「皆さん全員を一度に移動させると迅速《じんそく》に動けなくなります。ですから全体を四つの班に分けます。それぞれ間宮先生、永沢さん、香澄ちゃん、そして僕が先導を務めるので、どうかついてきてください」

小日向の若さが災いしてか、居並ぶ住人たちからは安心の色が見えない。さすがに長老の久ジイが雰囲気を察して説明役を交代してくれた。

「病人あり、わしのように老いた者あり、それぞれに身軽でないのは承知している。しかし皆も承知している通り、国はわしたちを歓迎してはくれん。腹立たしく、また口惜しいが、国というのは自らの過ちを認めようとしない。認めれば国としての体面を保てないと本気で考えているからだ。体面を保つためなら、国は平気で道義を踏みにじる。弱者の口を塞《ふさ》ごうとする」

やはり久ジイの人望は大したもので、住人たちはひと言も発せずに耳を傾けている。

「怒りたくなるのも遣《や》る瀬《せ》なくなるのも当然だろう。かく言うわしも腹が立ってしょうがない。しかし腹が立ったからといってここに留まったのでは皆の身の安全を保証できん。命には代えられん。ここは耐えがたきを耐え、忍びがたきを忍んで、従ってくれい」

説明を終えると、久ジイは深々と頭を下げた。白髪の頂《いただき》はみっともなく地肌が見えている。

しかし、その頭頂部はこの上なく尊く見えた。

4

移動の第一陣は小日向のグループだった。銀座線渋谷行の始発は午前五時十二分。住人は身の回りの家財道具やブルーシートを抱えているため、ずいぶんな荷物を背負っての移動となる。

通勤客に目撃されたくないので、四時台から神田駅の証明写真ボックスから一人ずつ出てくる。久ジイをはじめとして老人も交じっているので、なかなか思い通りには動けない。それでも始発の五分前には二十三人全員をホームまで誘導することができた。

始発とはいえ、早朝出勤のサラリーマンがホームに並んでいる。小日向たちは目立たないよう、一車両四人程度に分乗するつもりだった。そして小日向自身は、初めて萬世橋駅の構内に降り立った時と同じく作業着とヘルメットに身を包んでいる。

本来なら、他の乗降客や駅員の目がない深夜帯に移動したかった。しかし陸路にしても地下にしても神田から表参道までは十一駅、距離にして約八キロある。小日向や香澄ならともかく老人や病人が移動するには相当な距離だ。彼らの健康状態を考えれば始発電車を利用して移動するのが最善の策だった。

やがて始発電車がホームに滑り込んできた。小日向たちは何気ない素振りで電車に乗り込み、間隔を空《あ》けて座る。ただし久ジイは高齢で何があるとも知れないので、小日向が横に立っている。

始点の浅草から六駅目、神田駅で客を乗せても、まだ車内はまばらだった。早くも舟を漕《こ》いでいる者、ノートに目を通している会社員、携帯オーディオに集中している若い女。お蔭で荷物を抱えた〈エクスプローラー〉たちはさほど目立つ様子はない。無論、作業着姿の小日向はメトロの関係者だと思われているだろう。

だが小日向はホームに立った時からずっと緊張していた。

周囲に視線を配り、警察官らしい人影はないか注意を払う。自分たちの振る舞いが不自然でないかどうか、絶えず確認する。

皆の前では自信満々を装《よそお》っていたものの、やはり二十数人もの地下住人たちを先導するのは荷が重い。小日向巧としての生活も公務員としての立場も放り出したが、小心な性格が変わった訳ではない。公安部から逃げている事情を忘れたとしても、二十数人全員が無賃乗車している事実にも良心が悲鳴を上げている。

不安を感じ取ったらしく、久ジイが話し掛けてきた。

「そんなに怯えておっては却って怪しまれるぞ」

「でも」

「あんたがその恰好《かっこう》で萬世橋駅に侵入してきた時を思い出せ。あの時は大した度胸を発揮したんだろうが」

「それはまあ……」

「電車に乗るのは何年ぶりかな」

逃避行が始まったばかりだというのに何と平和な呟きか。小日向だけに聞こえるような小声だったので、少しだけ緊張が解《ほぐ》れた。

「萬世橋駅に住みついてからというもの、遠くの音を聞くだけで、電車とは縁のない生活をしておったからな。小日向くんは電車通勤だったかい」

「はい。短い距離なので自転車通勤もできたんですけど、公共の交通機関を使わないと、途中で事故に巻き込まれても労災が下りないんです。それで」

「決まった時間に起きて、決まった電車に乗り、決まった時刻に出社して、決まった仕事をする。そういうことを繰り返していると、大抵の不安や心配事はどこかに消えていく。まっこと日常というのは大したものだと思わんかね」

「それって一時的に忘れているだけのような気が」

「一時的にせよ、忘れられるから大したものなんだよ。酒の力も妙なクスリも要《い》らん。人から苦痛を取り除くというのは、それだけで偉いんさ」

「アパートと区役所を往復している時は、そんなこと欠片《かけら》も考えませんでしたよ」

「考える必要もないほど安らかだったからだよ」

久ジイの声は静かだが重い。小日向が、地下での暮らしぶりを知っているから尚《なお》更《さら》だった。

　国策と迫られ補助金と地域振興で頬《ほお》を叩かれ、安全神話で塗り固められた高速増殖炉が事故を起こす。これだけでも大した悲劇なのに、久ジイたちは陽光と人目を避ける生活を余儀《よぎ》なくされた。恨《うら》み辛《つら》みを言う相手は霞が関の城に閉じ籠もり、国は八ケ部町民とその身に降りかかった悲しみを決して顧みようとしない。

　いったい何が政治なのかと思う。いったい何が行政なのかと憤る。

　小日向が〈エクスプローラー〉にある種の責任感を抱いているのは、おそらく自分が公務員だからなのだろう。本来、国や行政が護らなければならない人々が、逆に国によって迫害されている。そんな境遇に落とされた彼らを見て、何もできない自分が嫌だったのだ。

　手助けをしようと決めた時、損得勘定《かんじょう》はなかった。若さゆえの無思慮と嗤《わら》いたければ嗤うがいい。決めた時には義務感と倫理観が背中を押してくれた。損得勘定で流されるよりは、よほど心地いい感触だった。

　仕事でも生活でも、自分の良心と倫理を問われる局面は多くない。だからこそ組織や上司の命令にすんなりと従えるし、よほど繊細な神経の持ち主でない限り三度三度の飯が自己嫌悪で不味《まず》くなることもない。

　だが小日向にとって久ジイたちの存在は、己の良心の価値を問い直すものだった。普段の業務で生活保護申請の窓口に座っているから尚更だった。

自分は救うべき人間を見逃していたのではないか。

自分が救えたはずの人間を見捨てていたのではないか。

原子力行政の被害者である久ジイたちを見ていると、そうした自責に駆《か》られるようになった。申請者の一人だった紅林典江に思わず肩入れしてしまったのは、その反動に相違なかった。

「小日向くんよ」

物思いに耽《ふけ》っていると、また久ジイが話し掛けてきた。

「わしは八ケ部町の町長でもなければ、前職が議員や弁護士という訳でもない。ただの百姓だ。それでも長老とかで皆が一目《いちもく》、いや半目くらいは置いてくれる。それは何故かというとな。齢《とし》だけは食っているから、そいつの人となりくらいは分かるからさ。初対面の人間であってもふた言み言話せば、大体分かる」

最初に久ジイの面接を受けた際、こちらの内面まで見透《みす》かされるような怯えを感じたのは確かだ。今では自分の勘が正しかったと思える。

「それにな。若いうちは本音を隠す手段が拙《つたな》いから、どうしても考えていることが顔に出やすい。今、あんたが考えていることもうっすらと見える。小日向くんよ。あんたは今、自分の行いが本当に正しいのかどうか悩んでいるんじゃないのか」

決意はした。

柵《しがらみ》も忘れようとした。

しかし未練があるのも、その通りだった。

「……元々、趣味以外では優柔不断なところがありました」

「優柔不断は悪いこっちゃない。色んな立場、色んな人間に目を配っていれば決断が鈍るのは当たり前さ。即断即決、独断専行、剛毅果断《ごうきかだん》なんてのは英雄視されがちだが、そういう英雄は往々にして悲劇を呼び起こす。今回の移住について小日向くんの意見に従おうと思ったのは、その優柔不断を信じたからだ。優柔不断な人間が最後の最後に決めたことなら信用する価値があると思ったからだ。だから小日向くんは悩まんでもいい。それで失敗したとしても、あんたを信じたわしの失敗だ。決してあんたのせいじゃない」

不意に目の前が熱くなった。だがメトロの作業員が車内で泣いていたら人目につくので、必死に堪えた。

二十分後、電車は表参道駅に到着した。小日向は電車を降りてから地下住人の数に間違いがないことを確認する。

よし、全員揃っている。

小日向は何気なくホームを見回す。始発であるせいか駅員の姿は見当たらない。

もちろん監視カメラは作動しているだろうが、作業着にヘルメット姿でいれば保守点検作業中にしか映らないだろう。

とにかく不審な動きは厳禁だ。小日向はさも手慣れた風を装いながらホームの端に歩いていく。

端は扉のついた壁で行き止まりになっている。この壁の向こう側が、臨時の隠れ場所と定めた旧表参道駅のホームだ。無論、関係者以外は立ち入り禁止なので入口は鍵が掛かっている。

小日向は何の躊躇《ためら》いも見せず、線路に下りる。一般乗降客が線路に下りれば大騒ぎになるだろうが、作業員なら見咎められる惧《おそ》れはほとんどない。

線路上から眺めると新ホームと旧ホームは完全に地続きで、二つを隔《へだ》てているのはたった一枚の壁であることがはっきりする。旧ホームを資材置き場にしているのだから、行き来が簡便でなければ用をなさないからだ。

だからこそ付け入る隙がある。

小日向は事もなげに旧ホームへと上る。こちら側の照明はないが、新ホームからこぼれる明かりで充分に見通せる。

二つのホームを隔てる壁に近づき、ドアのノブを回す。新ホーム側で鍵が掛かっていても、旧ホーム側からはノブを回すだけで開錠できる仕組みだった。

開錠すると、早速久ジイが入ってきた。

「呆気ないほど簡単だな」

旧ホームに入るなり、おどけた口調で言う。

「神田駅の証明写真ボックスもそうだったが、地下鉄というのはどこもこんな風に出入りが簡単なのかね」

「保守作業との兼ね合いがあるので、関係者に限っては出入りしやすくなっています。もっとも僕たちは完全に違法行為なんですけど」

「小日向くんがこちら側の人間で助かったよ」

「それ、褒め言葉じゃないですよね」

久ジイに続いて他の地下住人たちも次々と新ホーム側からこちらに入ってくる。

「思ったより広いな」

「資材が邪魔だが、まあ動かしゃいいか」

「案外、片づいとるな」

頻繁《ひんぱん》ではないにしろ、資材の運搬で行き来があるせいか閉口《へいこう》するような散らかり方ではない。埃《ほこり》っぽいのを我慢すれば数日は寝泊まりも可能と思える。

全員が移動し終わったのを確認すると、再びドアを施錠する。ゆっくりしてはいられない。これから急を要する作業が待っているのだ。

「次の電車が来るまで十三分しかありません。皆さん、急いでください」

小日向の声を合図に、地下住人たちはそれぞれ持ち寄ったブルーシートや段ボールを広げ始めた。これから即席のハウスを作り、その中に身を隠そうというのだ。通過する電車からは丸見えになるが、元々資材の並んでいる場所にブルーシートが並んでいてもさほど違和感はない。長期間は無理でも二、三日程度ならやり過ごせるというのが小日向の読みだった。

久ジイのような老人も交じっているが、全員ハウス作りは堂《どう》に入《い》ったもので、ものの十分も経《た》っていないのにブルーシートの連なりが出来上がっていく。

いや、感心してばかりはいられない。

第二陣の到着時間がすぐそこに迫っている。

「あと一分で次の電車です」

完成したもの未完成のものに拘わらず、小日向以外の全員がハウスの中に身を隠す。新ホームの方から電車の音が近づいてきた。

小日向は無意識のうちに息を潜《ひそ》める。新ホーム側からこちら側を見ることはできないから、乗降客の目を気にする必要はない。問題は先頭車両にいるはずの運転手だ。彼が旧ホーム側の異変を察したら、すぐに撤収しなければならない。

呼吸を浅くしたまま、電車の発車を見守る。ゆっくりと動き出す車両。すれ違いざま、一瞬だけ先頭にいた運転手と目が合った。

咄嗟《とっさ》に片手を挙げると、運転手も軽く手を挙げた。彼の表情を見るに、疑われはしなかったようだ。

電車はスピードを上げ、やがて小日向の視界から消えた。通過音が遠ざかるのを見計らってハウスの中から久ジイが顔を出した。

「どうだったね」

「どうやら怪しまれずに済みました」

その時、ホームの壁のドアを開けて香澄が姿を現した。

「第二陣、到着う」

香澄はおどけた口調だったが、虚勢なのが丸分かりだった。

「次の電車の到着まで時間がない。早くハウス作りを急がせてくれ」

「了解」

第二陣の地下住人を旧ホーム側に招き入れ、彼らも作業に参加させる。人数も増え協力し合うから作業効率も上がる。急ごしらえながらハウスの連なりが更に伸びていく。

九分後、第三陣が到着した。今度の先導役は間宮だった。

「老人と病人に異状はないか」

開口一番の言葉がそれだった。今のところ具合の悪い者は出ていないことを聞くと、間宮は脇目も振らずにハウスの中に入っていく。

これで全住人の七割は到着した。残すは永沢の先導する最終組だけだ。ハウスは着々と出来上がり、無駄のない動きはまるで統率された軍隊を彷彿《ほうふつ》とさせる。どうなることかと危惧していたが、この調子なら計画通り事が進みそうだった。

「もう脱いだら？　それ」

いつの間にか横にいた香澄が話し掛けてくる。

「作業着もヘルメットも寸法合ってないんじゃない」

「仕方ないよ。ネットオークションで一着きり出品されてたのを入手したものだから、サイズまでは贅沢《ぜいたく》言えない」

「じゃあ、それって本物だったんだ。偽物にしてはよく出来てると思った。でも、やっぱりブカブカ」

「似合おうが似合うまいが、まだ永沢さんたちが到着するまで変装は解けない。何があるか分からないし」

次の到着予定は八分後だ。小日向はスマートフォンの時刻表示を見ながら、永沢たちの到着を待つ。

「この分なら、全員無事に到着しそうだね」

やはり不安だったのだろう。香澄の声は心なしか弾んでいた。

「正直言って、百人の移動なんて無理だと思ってた」

「僕も正直言って……」

「小日向さんは言っちゃ駄目」

「どうして」

「あなたが本音を言ったら、皆が不安がるじゃないの。あたしも含めて」

ああ、そういうことかと合点する。

いつの間にか頼られているのだ。久ジイからも、香澄からも。

こんな頼りない男をよくも信頼してくれるものだと思う。久ジイの励ましと香澄の叱咤《しった》が己を奮い立たせてくれる。

あと五分。

全員が揃ったら、取りあえずここを拠点に待機してもらう。そして夜を待ち、深夜過ぎになったら今度は博物館動物園駅を目指す。その地こそが、〈エクスプローラー〉の新天地になる予定だ。

あと四分を切ったところで、突然スマートフォンが着信を告げた。驚いて表示を見ると、相手は永沢だった。

慌てて通話ボタンを押す。

『すまん。そっちに行けなくなった』

「どうしたんですか、いったい」

『警察に踏み込まれた』

向こう側の声が反響している。まだ永沢たちは萬世橋駅の構内にいるのか。

『神田駅に行く途中で両側から挟まれた。公安部かどうかは分からないが、かなりの数だ』

「逃げてくださいっ」

『挟まれているから逃げようがない。もう駄目だ。俺たちのことは諦めろ。そっちに残った者だけでも何とかしてくれ』

「そんなこと言っても」

『頼むぞ。お前だけが頼りなんだ』

その言葉を最後に通話が切れた。

第五章　千里の林　万里の野

1

永沢《ながさわ》からの知らせを伝えると、久《きゅう》ジイは驚愕《きょうがく》の後にがくりと肩を落とした。

「永沢くんを含めた二十五人……そうか。捕《つか》まってしまったか」

もちろん動揺したのは久ジイだけではなく、香澄《かすみ》と間宮《まみや》、そして他の〈エクスプローラー〉たちも不安の色を隠しきれないでいる。

「永沢くんのケータイには、もう繋《つな》がらんのかい」

久ジイは未練がましく訊《き》いてくるが、あの後何度も交信を試みた小日向《こひなた》は首を横に振るしかない。

「捕まって、どうされるっちゅうんだ。わしら何も悪いことはしておらんのに」

「地上には住むところがないから地下に住め。そう言われて光の射さないところに住んでいたのに、どうして今頃」

「元はと言えば、原因を作ったのは全部国じゃねえか。どうして俺《おれ》たちが逮捕されなきゃいけないんだよ。逮捕されるんだったら、高速増殖炉の開発に携《たずさ》わったヤツらだろ」

地下住人たちの間からは次々と不安と抗議の声が上がる。今更だとは思ったが、住民たちの気持ちも痛いほど分かる。

だがさすがに長老だった。住民の声が大きくなる寸前、久ジイが皆を鎮《しず》めた。

「騒いでも、何も解決せんぞ」

「でも、久ジイ」

「騒いで何とかなるんなら、事故が起きた時に何とかなったはずだろう。あの時だって日本中が大騒ぎしたが、結局は誰も救われなかったし、誰も責任を取らなんだ。所詮《しょせん》、わしらの声は届かん。届いたとしても、あやつらは聞く耳を持たん」

憤《いきどお》っているものの、どこか投げやりな口調が〈エクスプローラー〉たちの心情を代弁していた。突きつけられた現実に憤怒《ふんぬ》を感じても、テロ行為に走るような短絡さもエネルギーも彼らにはない。

だが不安を昂《こう》じさせると理性が駆逐《くちく》される。その先に待っているのは暴走だ。久ジイともあろう者がそれを知らないはずがない。

案《あん》の定《じょう》、久ジイは間宮を手招きした。

「間宮先生よ、知っているんなら、あるいは推測できるんなら教えておくれ。逮捕された連中は、どんな扱いを受けると思う？」

　間宮は〈エクスプローラー〉専属の医師だが、それ以外に久ジイを補佐する存在でもある。補佐の言葉が住民たちに与える影響は大きく、また間宮自身も自覚しているはずだった。

「逮捕されたからといって、正式な容疑は不法侵入です。こういう言い方が適切かどうかは分かりませんが、対外的には公園からホームレスを追い出すのと同じ理屈です。原発事故の被害者の存在を隠蔽《いんぺい》するために、逮捕者を公開することはないでしょうけど」

「表沙汰《おもてざた》にはせんということか」

「全員が乾皮症《かんぴしょう》を患《わずら》っているので、警察病院なり指定の医療機関に入院はさせるでしょう。死刑確定囚だって病気に罹《かか》れば治療させる国ですからね。しかし、死刑囚並みに自由はなくなると思います」

　そもそも陽《ひ》の光の下ではまともに生活できない時点で自由が剝奪《はくだつ》されていると思うのだが、間宮が話しているのは法的な制限についてだった。

「外部はおろか仲間同士との通信も、監視や検閲をされる惧《おそ》れがあります。元より色素性乾皮症《しきそせいかんぴしょう》は、未《いま》だに完治法が見つかっていません。〈エクスプローラー〉の存在を外部に洩《も》らすまいとしているのなら、警察や医療機関も敢《あ》えて治療法を探す努力はしないでしょう」

「飼い殺しという意味かね」

「捕獲した害獣にエサをやる積極的な理由はありません」

害獣、という言葉に何人かが顔を顰《しか》めたが声には出さない。発した間宮本人が苦々しい顔をしているからだろう。

「個人的な意見ですが、これは選択の問題だと思います」

「選択肢というのを挙げてくれんかね」

「まず投降して警察に身柄を確保されるというチョイスです。この場合、今言ったように空調のある病室と清潔で安眠できるベッドが約束されますが、二度と病院の外に出られる機会はないでしょう」

「籠《かご》の鳥、か」

「一方、逃避行を続けていれば公安部はますます我々を確保しようと躍起《やっき》になるでしょう。こちらの人間は七十人以上で、しかもその多くが高齢者です。疲労も蓄積されるし、途中で脱落する者が出てくるかもしれない」

「ふふん、そっちは野に放たれた手負いの老鳥か」

「いい喩《たと》えですね。エサを求めるにも塒《ねぐら》を探すにも苦労するでしょう。しかし天敵から逃げ果《おお》せることができたとしたら、少なくとも行動する自由と、己《おのれ》の……」

不意に間宮が口を噤《つぐ》む。

「どうした、間宮先生。続けてくれ」

「……己の生殺与奪《せいさつよだつ》の権利を手中にできます」

「それが野垂《のた》れ死《じ》にになってもかい」

「医者の立場から言わせてもらえれば、死に場所を選べる自由は決して小さくありません」

小さくないと言いながら、最後の声は消え入るようだった。医者の目線で喋《しゃべ》っていても、不治の病に冒《おか》された患者の気持ちを知っているからだろう。

「みんな、今の間宮先生の話を聞いてくれたか」

久ジイが呼び掛けると地下住人のほとんどが頷《うなず》くが、中には俯《うつむ》いたままの者もいる。統率は取れているが、軍隊式ではないところが〈エクスプローラー〉たる所以《ゆえん》と思えた。

「間宮先生が示した選択肢、わしも同感だ。捕まって警察の管理下に置かれるか、それとも逃げて逃げて逃げ抜いて野鳥の誇りを守るか」

隣のホームではそろそろ通勤ラッシュが始まっている。電車もひっきりなしに滑り込んでくる。多少の大声を上げてもかき消されるという安心感からか、久ジイはしわがれた声を張り上げる。

「長老なんぞと煽《おだ》てられておるが、わしは皆を統率しておるつもりもなければ、そんな器量も持ち合わせておらん。だから皆が二択のうち、どちらを選ぶかはそれぞれの自由だ。投降したい者は投降すればよし。一緒に逃げたい者はわしや小日向くんと行動をともにすりゃええ。どっちを選んでも怒りもせんし恨《うら》みもせん。抜けたい者は今すぐ手を挙げておくれ」

不意に、隣のホームの喧騒《けんそう》が遠くなったような気がした。

久ジイの問い掛けは優しく、しかし苛烈《かれつ》だった。己の安全を確保して仲間と絶縁するのか、それとも危険の淵《ふち》に身を投じて同じ境遇の人間と暮らしていくのか――改めて考えてみれば究極の選択ではないか。

久ジイが皆の反応を待っていると、そのうちぽつぽつと手が挙がり始めた。周囲を見回し、趨勢《すうせい》を確かめてから手を上げ下げする者もいる。

「ありがとう。手を挙げた人は、悪いが横に退《ど》いてくれんか」

ぞろぞろと一団の中から出ていく者たちがいる。およそ三分の一程度。小日向が数えてみるとその数二十七人。これで残りは五十人を切った計算になる。

群れを離れた二十七人は例外なく申し訳なさそうな顔をしていた。

「そんな顔しなさんな。人には人の事情がある。わしらはこれからも逃亡を続けるが、無事を願っていてくれ」

抜けた二十七人のうち数人が、「久ジイ」と切ない声を洩らす。

抜けた俺たちは、どこに行けばいいんだ」

「と、いうことだが、間宮先生からは何か要望があるかね」

話を振られた間宮は助けを求めるように小日向を見る。逃走の立案者であるお前が喋れと目が語っている。気後《きおく》れはしたが、ここは自分の役割と覚悟して手を挙げた。

「あの、僕からのお願いなのですが」

声が上擦《うわず》ってしまうのは愛嬌《あいきょう》だ。

「投降のタイミングは皆さんにお任せします。この旧表参道駅に残っていただいても結構ですし、元の萬世橋《まんせいばし》駅に戻ってもらっても構いません。最寄りの交番に駆け込んだり、いっそ警視庁公安部に出頭するのもいいでしょう。要は分散して欲しいんです。自分一人の身柄を確保させるために、できるだけ多くの警察官を引き付けてください。そうしてくれると、追手の数を減らすことができます」

「どうかな、みんな。小日向くんの提案を聞き入れてくれるかな」

投降を決めた二十七人はただ頷き、一人ずつ離れていく。

「済まないな、久ジイ」

「みんなを頼むよ、間宮先生」

「香澄ちゃん、くれぐれも気ィつけろよおっ」

中には声を詰まらせる者もいて、愁嘆場《しゅうたんば》が苦手な小日向は少しの間顔を背《そむ》けた。見送る側の者たちも未練たっぷりの様子だったが、図らずも作戦参謀にされてしまった小日向としては寸暇《すんか》も惜しまなくてはならない。

小日向は久ジイに向けて声を潜《ひそ》める。

「萬世橋駅で捕まった人たちや、今から抜けていく人たちの間から情報が洩れる心配はありませんか」

「参謀としては気になるところだろうが、安心して構わんよ。わしは住民の一人一人を知っとるが、一人として国を好いている者はおらん。拷問されたって仲間は売らん」

「さすがに今の時代、拷問はないと思いますけど、公安部の尋問は執拗《しつよう》だと聞いたことがあります」

「どうせ長生きできそうな人間は少ない。そういう者が護ろうとするのは自分よりは絆と義理人情だよ」

二十七人が現表参道駅ホームの方向に姿を消すと、小日向はなけなしのリーダー・シップを発揮して残り五十人足らずに向き合った。

「不測の事態が生じました。本来の予定だと、この旧表参道駅ホームでしばらく警察の動静を窺《うかが》うつもりだったんですが、悠長《ゆうちょう》なことは言ってられなくなりました」

またぞろ何人かが不安げな素振りを見せる。

駄目だ、やっぱり自分はリーダーに向いていないのだと後悔する。彼らを鼓舞《こぶ》し導かなければならないのに、言葉の選択を間違えて逆効果になってしまう。

「お疲れの方もいらっしゃるでしょうが、公安部は予想以上の動きを見せています。我々もうかうかしていられません。すぐここを発《た》って博物館動物園駅に向かおうと思います」

せいぜい勇ましく宣言したつもりだったが、聞いている側の反応は思わしくない。

「朝飯も食べてないんだが」

「久しぶりに長距離を移動して疲れとる」

「せめて二、三時間は休憩できんかね」

「本当に、もう一刻の猶予《ゆうよ》もならないんです」

小日向に対する信頼度はまだまだのようで、住民たちの危機感を刺激するには不充分らしい。久ジイに目配《めくば》せをすると察してくれた。

「みんな。二十七人は己の都合だけで抜けたんじゃない。自分がいたらわしらの足手まといになると考えたからだ。その気持ちを無駄にしてはいかん」

皆を統率しているわけではないと言いながら、久ジイの言葉には力と重みがある。これが年の功というものか。あれだけ噴出していた不満がぴたりと止《や》んだ時には思わず苦笑しそうになった。

「さ、小日向くんよ。ここからの行程を説明してやってくれ」

今更説明もへったくれもない。通勤客に紛《まぎ》れて博物館動物園駅を目指すだけだ。

「まず銀座線で上野駅に向かいます。上野駅からは徒歩で京成《けいせい》上野駅まで。博物館動物園駅はその隣になります。問題は始発と違い、多くの通勤客と同じ車両に乗らなければいけないことです」

案の定、説明を聞いている住民たちはそわそわし始めた。

「身なりはもちろん、ブルーシートを抱えていたら目立つこと請け合いです。ここに残っているのは四十七人。誰一人として目立ってもらっては困ります。従って、ここからの行動は着の身着のままということになります」

「着替えはどうする」

「塒作るのにも色々材料が要《い》るんだぞ」

「日用品やら段ボールやらは現地調達してください。今は皆さんの安全を確保するのが最優先なんです」

不満はあるものの、彼らなりに納得したのだろう。住民たちはぶつくさ言いながら、手にしていたブルーシートや食器類を地べたに置き始めた。

残り四十七人を一遍に移動させるのは困難なので、やはり二組に分ける。第一班は小日向と香澄、第二班は久ジイと間宮が先導を務めることになった。

「一日のうちでこれだけ電車を乗り継ぐのも久しぶりだな」

出発の支度をしながら香澄が呟《つぶや》く。逃避行なのに悲愴《ひそう》さが微塵《みじん》も感じられないのは若さゆえのものか、それとも性格か。おそらく両方だろうと小日向は思った。

「さっき、久ジイも似たようなことを言ってたな」

「あたしら地下住人てだけで、別に日がな一日駅から駅に移動している訳じゃないからね。他の人はともかく、あたしはちょっと新鮮」

「それは何より」

「でも、まさか小日向さんとペア組んで〈エクスプローラー〉の脱出作戦、実行する羽目《はめ》になるとはねー」

香澄はこちらを見てにやにや笑う。

「あの不審な鉄オタが今やあたしたちの作戦参謀なんだから、世の中分かんないよねー」

「不審な鉄オタはひどい」

「メトロの作業服着込んでまで廃駅に忍び込むようなオタクが不審者じゃなきゃ何

だってのよ。でもまあ、今回はそのオタクっぷりが役に立っているから」

　憎まれ口のようだが、感謝の念は伝わってくるので悪い気はしない。

「あたし、博物館動物園駅て知らないんだけどさ。いったいどんなところなの」

　小日向のオタク心に火が点《つ》いた。危急存亡《ききゅうそんぼう》の秋《とき》にも拘《かか》わらず、己の知識を披露《ひろう》するとなると、途端に舌が滑らかになるのは仕様だ。

「元々は上野公園にあった京成電鉄の駅だよ。戦前は東京帝室博物館や東京科學博物館、東京音樂學校・東京美術學校の最寄り駅だったんだけど、老朽化《ろうきゅうか》と利用者数の減少が理由で営業廃止になった」

「へえ。由緒正しい駅なんだ」

「東京帝室博物館は皇室用地だったから余計にね。しかも完成時期は国会議事堂よりも古いときている。しかしいくら由緒正しくても採算が合わなけりゃ用無しだ。とにかく利益優先だからね」

　蘊蓄《うんちく》を語る頭の隅で、ちらりと過《よぎ》るものがある。その昔、帝都と呼ばれた時代は、現代とは比較にならないほど国家権力が強大だった。国家権力が強大になればなるほど、臣民は虐《しいた》げられる構造になっている。

　八ケ部《やっかべ》町民もまた国策に翻弄《ほんろう》され、今もなお国家権力に自由を奪われようとしている人々だ。彼らの逃げ回る先、落ち着く場所が全て帝都の時代に建設された迷宮というのは、ひどく因縁《いんねん》めいたものを感じさせる。何のことはない。昔も今も国から虐げられる者は存在するという真実がここにある。

「もう一つの理由はホームの有効長が短かったからだ。当時でも一番短い四両編成の電車の先頭部分がホームからはみ出していた。昭和五十六年以降には普通電車の一部が六両編成になったものだから、この駅を通過する電車が増えて、乗客の多くが隣の京成上野駅を利用するようになって……」

「あのさ。気持ちよさそうに喋っているところ悪いんだけどさ。だったらそのホームって極端に狭いってことだよね」

「ああ、狭い。だから本音を言うと、〈エクスプローラー〉全員を収容するのにスペースの点で不安があった」

「あった？」

「図らずも人数が半分以下に減ったから、問題は自己解決した」

「あ……」

「狭いといってもホームは上下線ともあるから、五十人程度ならしばらくは生活できると思う」

現状を再認識した体《てい》の香澄は、言葉を失う。

「今はとにかく彼らを安全な場所に移動させなきゃならない。でも悲しいかな、僕はみんなからまだ全幅《ぜんぷく》の信頼を置かれていない。だから香澄ちゃんとコンビを組ませたんだと思う。みんな、香澄ちゃんの言うことなら聞いてくれるからね」

「あー、あたし頼りなんだ」

「そうだよ」

いささか挑発気味の香澄に、小日向は逆らいもしない。

「できないことを悔《くや》しがってもしょうがないし、できるヤツに任せた方がスムーズにいくならそうする。みんなを危険から護ろうとする場合なら尚更《なおさら》だ」

香澄は少し頬《ほお》を紅潮させ、すぐに顔を背けた。

「じゃあ出発します」

作業着姿の小日向が現ホームに繋がるドアを開ける。乗客の乗り降りでごった返している隙《すき》を窺いながら、一人また一人と現ホームへと出ていく。浅草行きの電車がやってくるとラッシュの客に紛れて乗り込む。もちろん既に席は埋まっていて、二人とも立つことになる。

香澄はそれとなく見回して第一班の全員がいるかどうかを確認する。満席どころか立錐《りっすい》の余地もなく、乗車率は百五十パーセントといったところか。老いた地下住人には気の毒だが、この混み具合なら多少立ち居振る舞いや風体《ふうてい》が怪しくても気づく者も少ない。そもそも身動きが取れないので、怪しい行動もできない。まさに怪《け》我の功名だった。

上野まで十四駅、およそ三十分。この区間を何事もなくやり過ごす。小日向と香澄は彼らの監視役でもある。

「一つ聞いていていい？」

香澄が窮屈そうに、こちらへ顔を向ける。

「小日向さん、いつもこういう状態で通勤してたの」

「僕に限らず、大半の勤め人がこうじゃないかな。まだ銀座線はマシな方で、この時間帯の東西線は乗車率二百パーセントだよ」

「二百パーセント。何それ。毎日そんな電車に乗ってんの？　変でしょ。そんなの、会社に着く前にへろへろになっちゃうじゃない」

「押しくら饅頭《まんじゅう》みたいなものだから、ウォーミング・アップにはちょうどいいって意見もある」

「うわ。通勤の段階で既にブラック」

「みんな、毎日何かと闘っているんだよ。君たちほどじゃないけどさ」

小日向も香澄と同様、他の地下住人の様子を見守る。第二班に間宮がいてくれるお蔭で、病人はそちらで担当してくれることになっているが、第一班にも老人は多い。三十分間も立ちっ放しで倒れはしまいかと気を揉《も》む。

「誰か具合が悪くなったらどうするのよ。病人だからってメトロの職員さんに預ける訳にはいかないでしょ」

「その時は乗客に席を譲ってもらう」

「そんな都合のいい……」

「東京ってさ、冷たい人は冷たいけど、それ以上に親切な人も多いよ」

住民たちの体調もそうだが、それより何より公安部の動きも気になる。この車両の中に紛れ込んでいる可能性は決して無視できない。

小日向は己が周囲から怪しまれないように、不審な動きを見せる乗客がいないかを探る。地下住人に半分、公安部刑事に半分といった具合に注意を払っていると、次第に疲労を覚えてきた。

考えてみれば徹夜が続いている。今の今まで気が張っていたから持ち堪《こた》えていたが、元々無理の利《き》くような強靱《きょうじん》な身体ではない。疲れているし、寝ていないと自覚すると同時に、一気にツケが押し寄せてきた。

がくり、と膝が曲がる。

「ちょっ。どしたのよ、小日向さん」

「今更、体力の限界がやってきた」

「やめてよ！　選《よ》りに選《よ》ってこんな時に。まだずっと乗ってなきゃいけないのに」

途中下車は無理だ。住民たちを香澄一人に任せるのも心配だし、十分や二十分休憩して回復できるような疲れではない。

せめて追手がいないと確信できれば、もう少し気楽なのだが――そこまで考えて、小日向は嫌な事実に思い至った。

公安部に顔を知られているのは小日向一人だけだ。

いや、死んだ輝美《てるみ》から様々な情報が洩れているかもしれないが、正式に取り調べを受けて顔も身分も明らかになっているのは他ならぬ自分だ。もし自分が追う立場であれば、顔も知らない住民よりは小日向を尾行するだろう。

しまった。

尾行《つけ》られているのは自分だ。

朦朧《もうろう》とし始めた意識に活を入れ、小日向は自分に注がれている視線を探索する。

「香澄ちゃん。誰か僕を監視していないか注意して」

「言われなくても、さっきからしてる」

「え」

「顔が割れてるの、小日向さんだけだもの」

香澄の方は、最初から織り込み済みだったということか。

「それで早速なんだけどさ。後ろのドアの前に立っている男の目線が怪しい」

「何だって」

「顔動かしたら駄目だって」

危うく振り返るところを香澄に制される。

「小日向さんのスマホ、ミラー機能ついてる？」

「ああ」

「何気なくよ。ヘアスタイル気にするふりして、何気なく後ろを見てみてよ」

言われるまま、取り出したスマートフォンの画面を鏡に変えて、そっと背後を写し出す。

いた。ドアの前に立ったサラリーマン風の男が二人。くたびれたスーツを着ているものの、目は少しも疲れていない。鏡の中から、じっとこちらを睨《にら》んでいる。

「どう思う？」

「自分が同性から熱い視線で見られるタイプだと思う？」

「だよな」

もし自分を監視しているのなら、こちらの行動に合わせてくるはずだ。

「次の赤坂見附《あかさかみつけ》で降りる」

「その後、どうするのよ」

「黙って見ていてよ」

やがて電車が赤坂見附駅のホームに滑り込む。

『赤坂見附、赤坂見附』

アナウンスと同時に扉が開き、どっと降車する客が殺到する。

今だ。

小日向は降車客の流れに乗り、ホームに出る。スマートフォンを覗《のぞ》くと、件《くだん》の二人組は先にホームに降りている。

入り口付近は降車客と乗車客で、まるで身動きが取れない。人の流れに身を任せるようにして移動するのが精一杯だ。改札へ向かう人の波に紛れると、背後にいる二人組も、小日向との距離を保ちながら後ろをついてくる。

『ドアが閉まります。ご注意ください』

横目でドア付近を見る。駆け込み乗車の客も呑《の》み込んで、左右のドアが閉まり始めた。

次の瞬間、小日向は踵《きびす》を返して駆《か》け出した。改札に向かう客たちを掻《か》き分けてドアに突撃する。

「ちょっと！」

「押すなよ、おい」

苦情に耳を傾ける暇などない。残り五十センチほど開いた隙間に身を滑り込ませると同時にドアが閉まった。

間一髪。

窓の外を見ると、二人組が目を見開いていた。まさか、こんな古典的な手に引っ掛かるとは思ってもみなかったに違いない。何しろ、仕掛けた小日向自身が驚いているくらいだ。

人ごみを掻き分けて元の場所に戻ってくると、香澄が呆《あき》れたような顔をしていた。

「本っ当、見掛けによらないことするのねえ。でもお見事」

「うん。上手《うま》くいくとは自分でも思ってなかった」

「でも、少しくらいは勝算あったんでしょ」

「赤坂見附駅は銀座線の中でも乗降者数が五番目に多い。因《ちな》みに上位は新橋駅、日本橋駅、渋谷駅、表参道駅。新橋駅まで行くと目的地に近くなるから、赤坂見附駅で降りたのはベターな選択だと思う」

「ひょっとして銀座線だけじゃなくて、全路線の乗降者数とかも把握してたりして」

「オタクだぜ。当然じゃないか」

小日向がそう答えると、香澄は一瞬だけ気味悪そうにこちらを見た。

表参道駅から二十数分、そろそろ地下住人たちの疲労が色濃くなった頃、ようやく電車は上野駅に到着した。

「ここからが正念場だから」

小日向が話し掛けると、香澄は表情を引き締めた。

まず小日向が降車して、周囲に刑事らしき人影がないかを確認する。香澄は乗り越してしまう住民がいないかを確認して最後に下りる。

上野駅は通勤・通学客もさることながら外国人観光客の利用も多い。彼らはおしなべて長身なので、小柄の者が多い〈エクスプローラー〉たちの遮蔽壁《しゃへいへき》になってくれる。

ここから五分も歩けば京成上野駅だ。

「もうひと息です」

振り返ると、香澄に後押しされる住民たちは一様に疲弊《ひへい》していた。

一団に固まっては怪しまれるので、それぞれの間隔を保ちながら歩く。最後尾を歩く香澄が脱落者がいないかチェックしてくれるので、誰かを置いてけぼりにする心配はない。

京成上野駅に到着すると、一人ずつホームに招き入れる。最後に香澄を迎えたところでひと息吐《つ》いた。

「脱落者、いなかったよね」

香澄は親指を立てて応《こた》える。

「で、これからどうするのよ、小日向さん」

「どのみち地上口は閉鎖されている。博物館動物園駅へ行くには現ホームから侵入するしかない。今は通勤ラッシュの時間帯なので、小休止してから向かう」

小日向はホームの端を指差す。その方向には〈避難口（旧博物館）〉の誘導表示があった。

「現在、博物館動物園駅のホームは非常用の避難路になっている。だから非常灯が点いていても、滅多に職員の出入りがない」

作業着姿の小日向は、そう言うとまた線路に飛び降りた。

2

香澄たちを招き入れる手順は旧表参道駅侵入の際と寸分変わらない。いったん線路に下り、内側から避難口の扉を開ければいいだけだ。

最後の一人が入ったのを確認し、二列になってトンネルの端を歩く。非常灯が足元を照らしてくれているので、少なくとも転倒する危険はない。

しばらく進むと、目指す廃駅のホームが見えてきた。

「あれだ」

実を言えば、博物館動物園駅を訪れたのは小日向も初めてだった。

長さは四両分で上下互い違いのホームは、現在ではまずお目に掛かれない。それだけでも廃駅マニアの心をくすぐるのだが、非常灯に浮かび上がった構内は更に魅惑的だった。

利用者減少と老朽化が理由の廃止だったので、施設のほとんどは当時の状態を保っている。地下道、地上へ続く階段、案内表示などはそのままだ。壁面には象とペンギンの絵画が掲げられており、その隙間を埋めるようにして数多《あまた》の落書きが施《ほどこ》されている。今も地上に残る出入口の一つは中川俊二《なかがわしゅんじ》設計による西洋様式で、地下の壁面には欧米の地下鉄にあるような落書きが、不思議に調和を見せている。廃駅独特のうらぶれた雰囲気とは趣《おもむき》を異《こと》にするが、これはこれで味わい深いものがある。

「あ。想像してたより、ずっと広い」

ホームを見た香澄が感嘆の声を上げる。

「それに明るい。非常灯と言っても馬鹿にできないよね」

「避難路だからね。いざとなった時に足元が暗かったら避難路の意味がない」

「これならしばらくは住めそう。放置してある資材を見繕《みつくろ》えば、簡単な住宅くらいは作れそうだし」

香澄は皆を安心させたいために気楽なことを言うが、元よりここも安住の地ではない。公安部の動向を横目で見ながらの生活で、しかも電車が通るのでいつ職員や乗客から目撃されるとも知れず、いずれにしても長居はできない。

到着したばかりで希望を摘《つ》み取るような話をしても仕方ないので、黙っていようと思った。自分などが口にしなくても、彼らは気付いているはずだ。

その時、小日向のスマートフォンが着信を告げた。表示された発信者を見て驚いた。何と瀬尾《せお》ではないか。

「はい、小日向です」

『おい、どうした。無断欠勤か』

挨拶《あいさつ》もなく藪《やぶ》から棒だったが、瀬尾の声を聞いて初めて登庁時間を過ぎていることに気づいた。

地下住人百人の逃避行を先導するなどという非現実的な行動をしているうちに、すっかり忘れてしまっていたのだ。

『いちいち電話するのもお節介かと思ったが、早速お巡りさんがやってきたもんだからな』

「今日も来たんですか」

『いつもなら始業三十分前に出勤しているヤツが、警察の事情聴取受けた翌日に遅刻しているんだ。刑事でなくてもおかしいと思うぞ』

瀬尾の口調は穏やかだが、話している内容は危険極まりない。

『ひょっとしてヤバい局面なのか』

先日も瀬尾には虚勢《きょせい》を張ったばかりだ。舌の根の乾かないうちに現在の危機を説明するなど、いい恥さらしではないか。

「あの、ですね」

『言ったよな。前言撤回はアリだって。タイムオーバーじゃなければ、いつだって何とかなるんだ』

小日向は束《つか》の間《ま》、言葉を失う。勤務先に刑事が乗り込んできても尚、瀬尾は小日向に手を差し伸べてくれている。好き好んで警察沙汰に首を突っ込む者はいない。ただのお節介で火中の栗を拾う者もいない。瀬尾の親切心はとても気紛《きまぐ》れと思えない。

不意に後ろ盾《だて》のなさに怯《おび》える。〈エクスプローラー〉に定住の場所を与えた官僚を頼ることはできない。原発推進派にとって邪魔者と化している彼らを護る者は一人もいない。頼りになるのは辛《かろ》うじて医師の間宮だけで、おまけに四分の一は公安部の手に落ちてしまった。

孤立無援に加えて徒手空拳《としゅくうけん》。そもそも、いち小市民、いち鉄道オタクの自分が難民を引き連れて地下空間を逃げ回っている現実が既に絵空事《えそらごと》ではないか。

職場の先輩に仕事以外で迷惑をかけるつもりはないはずだった。だが心細さが信条を曲げた。自分は強い人間ではないしヒーローでもない。それなら、一度くらいは弱音を吐いても許されるのではないか。一度くらいは助けを求めても責められないのではないか。

「瀬尾さん、今更だけど手を挙げてもいいですか」

小日向はそう伺《うかが》いを立ててから、大きく息を吸い込む。

「ちょっとややこしい話になります」

『お前みたいなヤツが巻き込まれるんだから、ややこしいに決まってる。いいぞ、話せよ』

水を向けられたら一気呵成《いっきかせい》だった。廃駅ファンが昂じて萬世橋駅に降り立ち、〈エクスプローラー〉の存在を知ったこと。〈特別市民〉の称号を与えられて彼らの相談に乗ったこと。輝美の死体遺棄に加担したこと。そして現在、公安部から逃げ回っていること――他人に打ち明けてみると、改めて濃密な日々だったと自覚した。波瀾万丈《はらんばんじょう》の人生を早送りで過ごしたような感覚がある。

話した当人が半《なか》ば呆れ気味なのだから、聞いている方は尚更だろう。予想通り、瀬尾は電話の向こうで嘆息《たんそく》した。

『どっちにしてもすごい話だな』

「何がどっちなんですか」

『ホラ話にしてもブッ飛んでる。リアルな話にしたらヤバ過ぎる。原発被害者を闇に葬《ほうむ》るために公安部が暗躍するなんてふざけた話だ』

「僕もそう思いますよ」

『しかし八ケ部町で高速増殖炉の事故があったのも、黒沢《くろさわ》輝美という女が殺されて死体を遺棄されたのも現実だ。お前に妄想癖《もうそうへき》があるとも作話症《さくわしょう》だとも思えない。だから、きっと本当なんだろうな』

「信じてもらえますか」

『信じるだけなら大した労力は必要ないしな。で、いったい俺はどうしたらいいんだ』

改めて問われると、ひと言も返せない。瀬尾たちを巻き込む訳にはいかないし、そもそも何をどうしたら巻き込んでしまうのかさえ分からない。

しばらく考えても結論らしきものは出なかった。

「あまり気にしないでください、瀬尾さん」

『あのな、そんな突拍子《とっぴょうし》もない話を聞かされて、気にすんなってのが無理だぞ』

「誰か知ってる人に愚痴《ぐち》をこぼしたかったんだと思います。それが瀬尾さんでよかった」

『おい、ちょっと待て』

「山形《やまがた》課長には、当分病欠になると伝えておいてください」

病欠の件は、つい自嘲的《じちょうてき》になる。警察に確保されるか、それとも〈エクスプローラー〉とともに逃避行を続けるか。いずれにしても、職場復帰はどこか遠い世界の出来事のように思えてくる。

『待てったら』

「それじゃあ」

通話ボタンを切ると、寂寥《せきりょう》が胸に迫った。通話を切った瞬間、己と日常を繋いでいた線も切れたような気がした。

「えっと」

後ろに立っていた香澄がおずおずと口を開く。

「今の話し相手、会社の人？」

「うん」

「本当に今更だけど、ひどいことに巻き込んじゃったね」

言われて思い出した。

よくよく考えれば、小日向自身がとばっちりを食った事件だったではないか。

「迷惑かけたと思ってる」

香澄は珍しく殊勝《しゅしょう》だった。小日向に対し、俯き加減で話すのもこれが初めてだった。

「あたしたちと知り合う前は普通の公務員だったものね。あたしたちと知り合わなけりゃ、今頃はさっきのサラリーマンさんたちと同じように出勤していたんだものね。結局、あたしたちは小日向さんから色んなものを奪っちゃったんだよね。ごめん」

「香澄ちゃんが謝る必要はないよ」

これも虚勢だったが、もう構わない。自己陶酔《とうすい》と嗤《わら》う者は嗤えばいい。まだティーンの女の子にここまで言わせて平気な人間にはなりたくない。

「そう言や、久ジイにも似たようなことを言われたなあ。確かに最初はアクシデントだったけど、途中からは僕の意思で首を突っ込んだんだ。いいカッコする訳じゃないけど、アパートと区役所を行き来するだけじゃ得られないものを手にしたと思っている。だから、これはせめてもの恩返しだ。巻き込まれる？　上等だよ。首どころか全身浸《つ》かってやるよ」

「……ありがと」

ところが感慨に耽《ふけ》る間もなく、またも着信があった。今度の相手は間宮だった。

「はい、小日向です」

『やられた』

間宮の声は掠《かす》れ気味だった。

『表参道駅も公安部に急襲された』

端末から洩れた声を聞き、香澄が顔色を変えた。

「まさか間宮先生」

『あっという間の出来事で、碌《ろく》に抵抗らしい抵抗もできなかった。電車に乗ろうと待機していた第二班のほとんどが連れていかれた』

ずん、と腹が重くなる。

地下鉄を乗り継いで、廃駅から廃駅を渡り歩く――廃駅マニアの自分だからこそ提案できた作戦と内心得意に思っていたが、とんでもない勘違いだった。公安部は猫がネズミを追い詰めるように、的確に間合いを詰めてくる。小日向たちの臭いを嗅《か》ぎ当て、足跡をたどりながら着実に迫ってきている。認めたくはないが、相手は追跡のプロでこちらは素人《しろうと》の集団だ。

考えの甘さを反省したいが、今はそれどころではない。

「久ジイは」

『わたしと久ジイ、そして数人は難を逃れた。今、銀座線に乗って、そちらに向かっている最中だ』

「何人、助かりましたか」

『わたしと久ジイを含めて七人』

七人。これで残りは小日向を加えても三十人程度まで減った計算になる。

「今、どの辺りですか」

『青山一丁目を過ぎたところだ』

小日向の脳裏に東京メトロの路線図が広がる。どこの駅でどの線と乗り換えできるかは全て暗記している。

「次の赤坂見附駅で降車してください」

『降車してどうするんだ』

「丸ノ内線に乗り換えて大手町《おおてまち》へ。大手町で半蔵門《はんぞうもん》線に乗り換えて今度は三越前《みつこしまえ》へ。三越前に辿《たど》り着いたら、また銀座線に戻ってこちらへ向かってください」

『……ずいぶんと迂回《うかい》するんだな』

「今の時間帯はまだぎりぎりでラッシュアワーです。今言った駅では通勤客でごった返しているはずだから、人ごみに紛れて逃げ回るには格好の場所です」

『分かった。やってみる』

畜生、と思わず毒づいた。

高齢の久ジイを連れているだけで間宮はハンデを背負うことになる。迂回すればするほど体力を消耗するだろうが、今はこうする以外に追手を撒《ま》く方法を思いつかない。

香澄は黙っているが、心穏やかでないのは握った拳《こぶし》が震えているので分かる。無事に辿り着いた者たちも不安の色を隠しきれない。

再考が必要だと思った。

公安部の目を盗むことさえできれば、当分〈エクスプローラー〉たちには博物館動物園駅で寝泊まりしてもらう予定だった。公安部とてこの一件にかかりきりになる訳にはいかないだろうから、いつかは追跡の手も緩くなってくる。頃合いを見計らって、全体を三分の一程度ずつに分け、それぞれ旧表参道駅と萬世橋駅に戻ってもらう計画だった。警察も一度捜索した場所を再び探そうとは思わないのではないか。

ただ一点気になるのは、輝美を殺害した犯人の件だ。

公安部から逃げ回ることに集中して気に留める間《ま》もなかったが、彼女が殺害された状況を考えれば、犯人は十中八九〈エクスプローラー〉の一人だ。それが誰なのか確認も推理もできないままになったが、依然として犯人は何食わぬ顔をして逃避行に紛れている。

彼または彼女は、確保された仲間に入っているのだろうか。それともまだ小日向たちと一緒なのだろうか。

いずれにしても輝美殺しの犯人が逮捕されない以上、公安部が諦めたとしても刑事部は我々を追い続ける。殺人の時効は撤廃されているから、それこそ未来永劫《えいごう》に亘《わた》って捜査を継続するだろう。

小日向は胸の裡《うち》でもう一度毒づいた。

内部には殺人犯を抱え、外からは公安部と刑事部に追い掛けられる。内憂外患《ないゆうがいかん》とはこのことだ。せめて早く間宮と久ジイが到着してほしいと願う。小日向と香澄だけではどうにもならない問題も、あの二人がいてくれれば何とかなる。


間宮から連絡があったのは、それから一時間後のことだった。

『今、京成上野駅に着いた』

連絡を受けた小日向が避難口のドアを開くと、向こう側から間宮と久ジイが顔を覗かせた。

「ひどい目に遭《あ》った」

久ジイは間宮の背の上で、そう愚痴った。

「間宮先生。ひょっとして、ずっと久ジイをおぶってきたんですか」

「ずっとじゃない。赤坂見附駅を降りて丸ノ内線に乗り換えるまでは、自力で歩いておったわ」

逆に言えば、そこから先は間宮が背負い続けたということだ。

「ここからは僕がおんぶしますよ」

「ああ、頼む」

額《ひたい》の汗と息遣いで間宮も相当疲労しているのが分かる。小日向が交代を申し出ると、あっさり応諾《おうだく》した。

「あれは奇襲みたいなもんだった」

小日向の背中で、久ジイは襲撃された際の模様を語り出した。間宮と他の住民五人もぞろぞろと後をついてくる。

「小日向くんたちがホームを出て、さあ次はわしたちの番だと待ち構えていたら、いきなりホームの両側から挟み撃ちされた」

「警官は何人くらいいたんですか」

「十人はいたかな。人混みに紛れてわしたちは地下鉄に乗ることができたが、後の者は警官から逃げることもできなかった。咄嗟《とっさ》に動けたのはこの七人だけでな」

「じゃあ病気がちの人とかは」

「置き去りにする以外になかった。無念だよ。無念極まりない」

久ジイは面目《めんぼく》なさそうに拳を固めていた。

「この上は表参道で離脱した者たちが、せいぜい警察を攪乱《かくらん》してくれるのを祈るばかりだ」

久ジイはそう言ったが、正直あまり当てにはならないと感じていた。日本の警察は有能だ。殊《こと》に公安部は独自の捜査網を持つとも聞いた。地下構内に設置された数多の防犯カメラを隈《くま》なく解析《かいせき》していけば、小日向たちの動きを察知できるのかもしれない。

そろそろこの作業着も用を為《な》さなくなった惧れもある。事によれば、博物館動物園駅にしばらく逗留《とうりゅう》するという計画も、早急に見直す必要がある。

だが博物館動物園駅を出て、次にどこへ移るというのか。残念ながらそこから先は考えていなかった。

自分以外で廃駅の知識が豊富な者はいただろうか——記憶をまさぐっていて、頭に浮かんだ面々がいた。

〈中野レールウェイ〉に集《つど》うオタク仲間。彼らなら知っているかもしれない。幸い店の電話番号は登録したばかりだった。

久ジイを背負いながらスマートフォンを取り出し、早速電話をかけてみた。

『はい、〈中野レールウェイ〉』

マスターの声がひどく懐かしく感じられた。

「小日向です。今、そこに常連さん揃ってますか」

『全員じゃないけど、主だったところはいるよ』

「お忙しいところ申し訳ないんですけど聞いてみてください。地下の廃駅で、滅多に人が出入りせず、電車も通過しない場所が何カ所あるのかを」

『廃駅は小日向さんの守備範囲でしょ』

「僕だけの知識じゃ足りないんです」

『今、どこから電話かけてるの』

「すいません、ちょっと言えないんです」

小日向の口調から事情を察してくれたのか、マスターはそれ以上追及しようとしなかった。

『ちょっと待っててよ』

電話の向こう側でマスターと常連たちの相談する声が聞こえる。少し前までは自分もその中にいたのだと思うと、寂しさと懐かしさが同時に湧《わ》いた。

『お待たせ。ここにいる連中の意見では旧初台《はつだい》駅しか思いつかないそうだ』

旧初台駅は京王《けいおう》線新宿駅の隣にある廃駅だ。六両編成の各駅停車だけが停まる駅だったが、十両編成の車両が停車できる京王新線初台駅が出来たために、その役目を全《まっと》うした。

『電車の通過する廃駅だから条件には合致《がっち》しない。連中、神奈川まで範囲を広げて検討してみると言ってる』

「おねがいします」

『第一、都内はヤバい』

「どうしてですか」

『知らないのかい。要人が来日している訳でもないのにさ、各地下鉄の出入り口に警官がうようよしているらしいんだよ』

3

地下鉄の出入り口が警官によって封鎖されている——マスターからもたらされた知らせは小日向たちを更に窮地に立たせるものだった。輝美が情報を流していたとすれば〈エクスプローラー〉たちは全員面が割れていると考えた方がいい。

出入り口を封鎖されれば、地下迷宮は巨大な密室と同じだ。博物館動物園駅から動けないとなれば袋のネズミではないか。

「どうするのよ、小日向さん」

地下住人の香澄は、現在置かれている状況の危うさを知っている。小日向の袖を引っ張り、子供のように怯えている。

「公安部はこの駅も知っておるのかな」

久ジイも不安そうにこぼす。小日向の知っていることなら当然公安部も知っている。自分は思い上がっていたというより他にない。

だが久ジイの発言が小日向のアイデアに水を差すものではないことも分かっている。久ジイは最悪の事態をあえて口にすることで皆の覚悟を促《うなが》すつもりなのだ。

「久ジイ。あなたがそんな悲観的なことを言ってどうするんですか」

「いやな、間宮先生。同じ捕まるにしても最後まで抵抗するのか、それともこちらに怪我人が出ないようにおとなしくした方がいいのか。ここは思案の為所《しどころ》でな」

久ジイは既に撤退戦を考えている。これが老練なる者と若輩者《じゃくはいもの》の違いなのだろうと思う。小日向は何とか打開策はないかと考えてみるが、三十余名の移動先は他に思いつかない。鉄オタ仲間は神奈川方面まで考えてみると言ってくれたが、地下鉄の出入り口を塞《ふさ》がれたのではどうしようもない。

万事休すか。

いや、まだ何か手段があるはずだ。

小日向はかつてないほど頭を捻《ひね》って考えるが、妙案が思いつかないまま時間だけが過ぎていく。

久ジイたちが飛び込んできてから一時間後、異変が起きた。京成上野駅の方角から大勢の人影とライトの輪が揺れながら迫ってくる。だがどれだけ近づいても足音が大きくならないのは、さすがに訓練された警察官といったところか。

ライトの一つが小日向の顔を捉《とら》えた。

「ご無沙汰していましたね、小日向さん」

ライトの主は柳瀬《やなせ》だった。隣には椚矢《くぬぎや》の顔も見える。

やがて警官隊の数は四十人程度と分かる。一対一で対応しても余る人数だ。

「あなたが彼らの水先案内人を務めていたとは。移動先のチョイスが絶妙なのは、地下住人の中で廃駅に詳しい者がいるからだと目星はつけてたんだが」

柳瀬はネズミをいたぶる猫のような顔をこちらに向ける。昔から警察官という人種があまり好きではなかったが、この瞬間から大嫌いになった。

「こちらは老人や病人ばかりの三十数名に対して、そちらは四十名。いくら何でも気合いが入り過ぎてやしませんか」

「テロリスト集団を検挙するんです。これだけの人数でも足りないくらいです」

いくら挑発だと分かっていても腹に据えかねた。

「柳瀬さん。彼らを見てください」

小日向は〈エクスプローラー〉の面々を指差す。

「ここにいる人たちのどこがテロリストですか。皆、皮膚病を患って碌すっぽ地上にも出られない。そんな人たちがどんなテロを引き起こすっていうんですか」

「ニュースを見ていないのか。妊婦だろうが子供だろうが、腹に爆弾を抱えたら立派なテロリストになる。しかも地下住人たちは日本政府に並々ならぬ敵意を持っている。そこにいる老人たちが明日、国会議事堂の中で自爆テロを起こしたとしても、わたしたちはこれっぽっちも驚かない」

無茶な理屈だと思った。

「仮にその老人たちが実力行使に出なくても、原発被害者の支援者を隠れ蓑《みの》にした左翼が早晩似たようなことを画策する」

「言っていて支離滅裂《しりめつれつ》だとは思わないんですか」

「それはな、小日向さん。あなたの思考が平和脳だからだ。世界の紛争地域やテロの現場では、その支離滅裂が日常になっている。さあ、皆と一緒に来てもらいましょうか」

柳瀬と椚矢、そして警官隊がじりじりと歩み寄ってくる。逃げ場はない。ここで儚《はかな》い抵抗をしたところで、全員逮捕は時間の問題だろう。

いっそ警察官相手に大立ち回りでもしてやろうか——普段であれば想像すらしないであろう考えに惑う。自分の中に棲《す》んでいた暴力性にも驚く。

少しでも抵抗すれば公務執行妨害罪に問われるのも承知している。これ以上罪を重ねるなという声と、何としても一矢報《いっしむく》いたい気持ちが渦《うず》を巻く。

その時だった。

「はい、そこまで」

いきなり警官隊の背後から声が聞こえた。見れば、これもライトを持った数人の人影だった。

「誰だ」

誰何《すいか》する柳瀬に対して、返ってきた言葉はこの場に不似合なほど平穏な響きだった。

「身内っちゃあ身内ですよ。公安第一課さん」

やがて光の輪の中に現れたのは刑事部の春日井《かすがい》だった。その後ろには香田《こうだ》の姿も見える。何と担当刑事の勢揃いではないか。

「捜査一課が何の用ですか。我々は現在、テロの可能性を持った集団を逮捕しようと」

「あくまでも可能性ですよね。令状はお持ちですか」

柳瀬は急に口籠《くちごも》る。つまりこの捕物が逮捕以前のものであったことの証《あかし》だった。

「総勢百人にも及ぶ人間の令状など一日やそこらで取れるものじゃない。実質は事情聴取のための任意出頭か、あるいはそれ以外の目的だったんじゃないんですか」

「そっちの目的は何だ。まさか我々の妨害をするために」

「捜一にそんな暇なんかありませんよ。我々の目的はいつでもどこでも犯人検挙です」

「答えになっていない」

「だから犯人逮捕と、証言集めのためにやってきたんです。少なくとも、そちらの理屈よりはずっとスジが通っている」

そう言いながら柳瀬の脇をすり抜け、間宮の前に立った。

「間宮六輔《ろくすけ》。黒沢輝美殺害の容疑で逮捕する」

一瞬、何を言っているのか理解できなかった。

間宮が輝美を殺しただと。

面食らったのは小日向だけではなく久ジイと香澄、その他の〈エクスプローラー〉も唖然《あぜん》としていた。

「被害者が死亡する直前まで萬世橋駅付近にいたのは分かっている。そこで現場を隈なく探してみると、凶器と思われるコンクリート片を発見したんです。そのコンクリート片には被害者の血痕《けっこん》とともに別のものも検出されました。それが何だか、間宮先生には身に覚えがありませんか」

問われた間宮の表情は凍り付いていた。

「百人から成る〈エクスプローラー〉とわたしを隔《へだ》てるものは医師という職業だ。大方コンクリート片に消毒薬か何かの薬剤でも付着していたのだろう」

「慧眼《けいがん》ですな。取り調べで要らぬ遠回りをしなくて済む」

香田が有無を言わせず、間宮に手錠を掛ける。かちりと音がすると、間宮はこちらに泣き笑いの顔を向けた。

「彼女が〈エクスプローラー〉の情報を送信しているのを偶然見咎《みとが》めた。宇賀神《うがじん》から同じ被災者として紹介された理由が遅まきながら理解できた。かっとなってしまってね。気づいた時には、彼女はもう倒れていた」

「ま、詳しい話は署の方でゆっくりと。ああ、他の方たちもわたしたちについてきてください。証言集めのためですから拘束するような真似《まね》はしません」

「ちょっと待て」

踵を返そうとする春日井に柳瀬が食ってかかる。

「いい気になるな。折角《せっかく》人が追い詰めた獲物を横から掻《か》っ攫《さら》うつもりか」

「獲物とか掻っ攫うとか、人聞きがよくないですな」

春日井は暖簾《のれん》に腕押しといった体《てい》で、柳瀬の抗議を受け流す。

「その様子ではご存じないらしいが、今ネットでは公安陰謀説なるものが、まことしやかに囁《ささや》かれているんですよ」

「何だと」

「地下に居住するしか手段のない皮膚病患者。ところが元々の原因を作った政府がその存在を消すために、公安部を地下に放った……トンデモな陰謀説だが、それを拡散させている主がちゃんとした公務員で、しかも瀬尾という実名を名乗っている。地下鉄の出入り口に警官を配置したことも信憑性《しんぴょうせい》が増した一因だ。一時的なものになるかどうかはさておき、公安部にもキツい風が吹きつけるでしょうな」

柳瀬はもうひと言も発しなかった。

やがて小日向たちは春日井に連れられて警視庁へと向かった。


警視庁で春日井から訊かれたことは大した内容ではない。事件当日、間宮がどこにいたか、そして輝美の死体を最初に発見したのは誰か。小日向については輝美の死体遺棄を引き受けた経緯をとことん聴取された。〈エクスプローラー〉に取り込まれたかたちの小日向に対する物腰は存外に柔らかで、取り調べ中の春日井ですらこんなことを言う。

「死体遺棄は三年以下の懲役《ちょうえき》なんですけどね。あなたの場合は地下住人から押しつけられたという事情もあり、世間の同情も厚いので腕のいい弁護士に依頼すれば執行猶予《ゆうよ》くらいは勝ち取れるかもしれませんね」

「そうでしょうか」

「逆説的な言い方になりますがね。これが殺人事件でなければ、我々刑事部だってこんなに強引には動けなかったかもしれない。ま、怪我の功名ですかな」

春日井はその他にも、今回の逮捕劇について色々と打ち明けてくれた。捜査情報でもあり全てではないにしろ、小日向には色々と考えさせられる内容だった。

同じ警察組織でありながら刑事部が公安部を出し抜けたのは、やはり政治的な背景があったのだという。つまり公安部を動かしたのが政策評価審議会の宇賀神なら、警視庁に圧力をかけて刑事部を動かしたのも同じ審議会に名を連ねる警察官僚の某氏だった。この某氏というのが与党第二派閥の領袖《りょうしゅう》の手駒《てごま》であり、早い話が曾根《そね》内閣官房長官の失脚を狙った妨害工作だったらしい。

小日向にとって何より驚いたのが某氏の素性《すじょう》だった。名前を教えられてもピンとこなかったのだが、写真を見せられて仰天《ぎょうてん》した。何と〈中野レールウェイ〉の常連で、いつも鉄道模型に熱心な愛情を注いでいた紳士ではないか。客同士で素性を明かすことはなかったが、同好の士にまさかこんな人物がいたとは意外だった。

小日向がマスターにＳＯＳを発信した時点で、某氏は事態の収拾に乗り出したのだろう。

公安部に身柄を拘束されていた者も含め、〈エクスプローラー〉は全員、都内の皮膚科に入院させられた。乾皮症の治療法は見つかっていないものの、その入院・治療費用は国が負担すべきという声も上がっている。総裁選を間近に控えた各候補者が世評に逆行するような方針を打ち出すはずもなく、気運は久ジイたちにとって吉と言えた。

いずれにしても〈エクスプローラー〉たちは自由と引き換えに安全と医療の保証を得た。それが幸せなのか不幸せなのか、小日向には判断ができなかった。

4

小日向が保釈されたのはそれから四日後のことだった。証拠隠滅の惧れがないこと、瀬尾をはじめとした有志が保釈金を募《つの》ってくれたお蔭だった。

本来であればお礼がてら瀬尾たちに挨拶するのが筋なのだが、先約がある。小日向は都内の病院に入院させられた香澄の病室を訪れた。

「久しぶりだな」

そう声を掛けても香澄は浮かない顔をしていた。

「どうした。皮膚科じゃ都内でも有名な病院らしいじゃないか」

「ここには久ジイも永沢さんもいない」

「しょうがないさ。〈エクスプローラー〉百人を全員収容できる病院なんてなかなかないからな。だけど仲間内でいつでも連絡取れるだろ」

「病院内はケータイ使えないところが多いのよ。それに一日の大部分はベッドの上だし」

「折角国が手の平を返したんだから、厚意に甘えておけよ。それとも柔らかいベッドの上より、あの暗い地下の方が住み心地がよかったとでも言うつもりか」

返事に窮するかと思っていた香澄の反応は意外だった。

「地下の方がずっとよかった」

「おいおい」

「不便で光の射さない生活だったけど、仲間がいたもの。自分と同じ痛みを持つ人が隣にいたもの」

贅沢《ぜいたく》、という言葉は喉《のど》の奥に押し込んだ。短い期間だったが〈エクスプローラー〉たちと同じ時間を過ごした小日向は、香澄の気持ちが分かるような気がする。

「これはまだ案の段階なんだけど、政府は原発被害と皮膚病を患った元八ケ部町の住人の受け皿を検討しているらしい。今のところは国民に向けたリップサービスだろうけど、マスコミが〈エクスプローラー〉の後追い記事を書き続けるなら、満更《まんざら》夢物語でもない。他力本願は性《しょう》に合わないだろうけど、希望を持つのは悪いことじゃない」

ベッドの上の香澄はそれでも不服らしく、くるりとそっぽを向く。

しかしそっぽを向いたのには別の理由があった。

「……どうして小日向さんを呼んだか分かる?」

「うーん、苦楽をともにした仲間に会いたかったから」

「違う」

「じゃあ、何故《なぜ》だよ」

「分からないのなら、いい」

それでいて本人は何か言いたそうにちらちらとこちらの様子を窺っている。

だから小日向も覚悟を決めた。

「ひょっとして犯人は間宮先生じゃないって言いたいんじゃないのかい」

図星を指されたというように、香澄は目を丸くした。

「間宮先生は賢明で、しかも慎重な人だ。咄嗟の出来事だったとしても自分が触れたコンクリート片をそのままにしておくのは考え難《にく》い。きっと落ちていたコンクリート片にわざと触れたんだ」

「どうして間宮先生がそんなことをするの」

「言うまでもなく、本当の犯人を庇《かば》うためだ」

「本当の犯人って」

「間宮先生が庇おうとするのは、僕には二人しか思いつかない。長老の久ジイか、さもなければ香澄ちゃんだ。しかし久ジイでは体力的に輝美さんを殺害するというのは無理がある。いくら女性だからって素性は鍛えられた警察官だからね。だから間宮先生が庇おうとしたのは香澄ちゃんじゃないかと思っていた」

いっとき二人の間に沈黙が落ちる。

破ったのは香澄だった。

「輝美さんを殺したのは、あたしよ」

やはり、そうだったか。

落胆と安堵《あんど》が同時にやってくる。

「輝美さんが〈エクスプローラー〉の情報を送信しているのを目撃したのは、あたしなの。開けっぴろげで、どんなことでも相談できるお姉さんみたいな存在だったから余計に腹が立った。すぐ口論になって、輝美さんが自分から刑事だと名乗った。きっと罪悪感があったんだと思う」

「あのコンクリート片で殴《なぐ》ったんだな」

「無我夢中だった。気がついた時には、もう倒れていた。それで神田駅の方に逃げたの。ちょうど買い出しを頼まれていたし」

そうか、と小日向は以前の記憶を引《ひ》き摺《ず》り出す。輝美の死体が発見されて皆が右往左往している時も香澄の姿はなかった。買い出しに行っているというのがアリバイのようになっていたが、犯行はその前に行われたのだ。

「その件で間宮先生と相談したのか。間宮先生は自分が殺したんだと自白までしている」

「あたしもびっくりした」

香澄の声は消え入りそうだった。

「買い出しから戻ってきてあたしが驚いたのは、輝美さんの死体が移動していたから。本当はもっと神田駅寄りにあったはずなんだけど、いつの間にか萬世橋駅寄りになっていた」

未だ靄《もや》の残る頭で考える。輝美の死体を移動させたのも間宮なら、凶器となったコンクリート片を持ち帰ったのも間宮だろう。落ちていたスマートフォンの発信記録と警察手帳で輝美の素性と潜入目的は一目瞭然《いちもくりょうぜん》だ。同時に輝美と香澄が争った理由も間宮には透《す》けて見えてくる。

「間宮先生、自分が犯人だと名乗り出るつもりまではなかったと思う。でもあの時、刑事部の人たちに主導権を渡すために、咄嗟に嘘を吐いたんじゃないかな」

「……香澄ちゃんの犯行を隠す、というのは本気だったろうね。そうでなきゃ、死体もろとも凶器まで移動させるはずがない」

「どうして間宮先生にそこまでする義務があるのよ」

「当時、宇賀神 某《なにがし》の誘いに乗って輝美さんを〈エクスプローラー〉に引き入れてしまったのは間宮先生だったからね。責任を取るというのとはちょっと違うけど、先生なりにけじめをつけるつもりだったんじゃないかな」

　人の心は悪魔でも分からない。間宮の気持ちをあれこれ類推するのは気が引けたが、今は香澄のために許される行為だと思った。

　しばらくすると、香澄の肩が小刻みに震え始めた。

　指を触れることも声を掛けることもできず、小日向はじっと待ち続ける。

　やがて肩の震えが治まった頃、ようやく話し掛けた。

「これで楽になったか」

「……少し」

「よかった」

「ねえ、小日向さん。あたし、どうしたらいいと思う？」

一番案じていた質問だった。十七歳の女の子の将来を決めるような回答は腰が引ける。

それでも相手が真摯《しんし》に訊いているのなら、真摯に答えるのが義務というものだ。

「日本の警察は有能だ。場当たりみたいな偽装工作でいつまでも騙《だま》されるもんじゃない。僕と永沢さんの偽装だって、あっという間にバレたしね。だから輝美さん殺しの真犯人にも早晩気づくと思う。もっとも間宮先生がどこまで頑張るかという話でもあるんだけど」

「どうしたらいいのかって訊いてるのっ」

「真実を話さないのは逃げることと一緒だ。もう逃げ回るのには飽きただろ」

香澄はそっぽを向いたまま、こちらを見ようとしない。表情は分からない。だが逡巡しているのは分かった。

「折角、薄暗い世界から抜け出せたんだ。これからは光の当たる場所で生き続けるようにしようよ。本当は香澄ちゃんもそう思っているんだろ」

香澄はまだ顔を背けている。

「じゃあ、そろそろおいとまする。また、どこかで会おう」

病室を出る際にちらりと振り返ると、片手が別れを告げるように上がっていた。


〈了〉

解説

友清《ともきよ》　哲《さとし》

ひょっとすると僕は死体愛好家なのかもしれない——。そんな不穏な一文から幕を開ける本作につき、あらぬ誤解をした読者も少なくないのではないでしょうか。かくいう私もその一人。なるほどなるほど、世の中には死体に性的興奮をおぼえる異常性欲者が一定数存在すると聞きますし、かのトリックスター・中山七里がこれを題材にアブノーマルな世界観を深掘りしていくとなれば、これはまさしく新境地だ！

……などと勝手に妄想を膨《ふく》らませたものの、然《さ》にあらず。すでに本作を読了済みの方、あるいは帯の惹句《じゃっく》にしっかり目を通した方であれば、これが首都の地下空間を舞台に展開するミステリーであることはご承知でしょう。

本作『帝都地下迷宮』は、二〇一七年秋から「WEB文蔵」にて連載され、二〇二〇年に中山七里氏の作家生活十周年記念キャンペーンとして実現した、〝十二カ月連続刊行〟の第二作目として単行本化された作品です。それからさらに時を経て、文庫版として今、本書は皆様のお手元に存在しています。

ここでいう「地下迷宮」とは、地底人が跋扈《ばっこ》する異世界でも戦時中の地下壕でもなく、リアルに実在している地下鉄の廃駅のこと。

東京二十三区の地下にいくつかの〝幻の駅〟、あるいは〝幻のホーム〟が残されているのは、知る人ぞ知る事実です。それらはいずれも、何らかの事情によって任務を終えた廃墟であり、たとえば本作にも登場する幻の新橋《しんばし》駅は旧東京高速鉄道が用いたもので、現在の地下鉄銀座線新橋駅からやや虎ノ門寄りに位置する廃駅です。

なぜこんな遺構が存在するのかというと、かつて銀座線の浅草～新橋間は東京地下鉄道株式会社が、新橋～渋谷間は東京高速鉄道株式会社がそれぞれ運営していて、昭和十四年（一九三九）に直通運転が実現したのを機に、東京高速鉄道側のホームはお役御免となったから。結局、このホームはわずか八カ月しか使われなかったそうですから、なんとも無計画な話です。ともあれ、そんな実在の地下空間が本作の舞台なわけです。

主人公の小日向巧《こひなたたくみ》は、普段は区役所の生活支援課に勤務する公務員でありながら、重度の廃駅オタクとして余暇とリソースを趣味に費やす、地味めの二十六歳。しかし、地味ではあっても困っている人を見過ごせない性分のようで、生活保護を求めて日々窓口にやってくる人たちを、できるだけ国の制度で救ってやりたいと頑張る心優しい青年でもあります。

誰しも趣味のひとつやふたつはあるでしょうし、そこにディープに踏み込むオタクは決して珍しい存在ではありません。それでも彼が「僕は死体愛好家なのかもしれない」などと物騒《ぶっそう》な比喩で自分を評価するのは、地下に埋もれた廃線の静寂に死者の静けさを重ねているからで、他人からすればそれが決して聞き心地のよい趣味ではないことを承知してもいます。

だから酒席で職場の先輩から「小日向の趣味って何だっけ」と聞かれても、「特にないです」と口を閉ざしてしまうのが常。ただでさえ地味めの青年が、いっそう陰キャ（※陰気なキャラクター）扱いされてしまう所以《ゆえん》です。

そんな小日向くんですが、趣味に関しては驚くほど大胆な一面を覗《のぞ》かせます。彼はある日、公式の見学ツアーでは決して公開されることのない、より深部の廃駅への不法侵入を試みます。

その手口はこうです。深夜の秋葉原へ出向き、まず物陰で作業着に着替えます。

次に路面の通風孔の周りにネットで購入したカラーコーンを並べ、工事中を装います。そしてグレーチング（格子状の蓋）をはずし、そこから縄梯子《なわばしご》をつたって降りていく、というもの。

これはもちろん、公務員にあるまじき立派な違法行為です。昨今、リアルでも鉄オタの迷惑行為がよくニュースで取り上げられますが、ジャンルを問わず自身の欲求を満たすためなら時に正気を失ってしまうのがオタクの恐ろしいところ。その点に関しては、小日向くんも同じ穴の狢《むじな》というわけですね。これがすべての始まりでした。

最初のうちこそ、静まり返った地下空間のムードに陶酔し、「我こそは地下帝国の王」、「我こそは闇の支配者」などと、らしくもない全能感に浸っていた小日向くんですが、歩を進めた先で、香澄《かすみ》と名乗る女の子と遭遇《そうぐう》します。なぜこんな場所に人が——などと驚くのも束の間、成り行きながらも彼女にエスコートされた先には、地下の廃空間で生活する百人ほどの人々が、〈エクスプローラー〉と自称する集落を形成していて二度びっくり。

おまけにそこには居住スペースのほか、映画館や図書館のような機能を持った場所まで用意されています。彼らの一部は夜な夜な地上と出入りを重ねているようで、何なら普通に定職に就《つ》いている者も少なくないのだそう。

あまりのことに理解が追いつかず、興味深く彼らの生活空間を観察する小日向くんですが、〈エクスプローラー〉の面々からすれば、作業員に扮《ふん》した彼は怪しい侵入者に過ぎません。あわや口封じのために殺されかねない危険な局面ながら、小日向くんはこの謎の集団に「特別市民」として参加することで難を逃れます。

といっても、この地下空間に軟禁《なんきん》されるわけではなく、日中は公務員としての仕事に従事し、自宅にも自由に帰ることができるという、わりと緩い掟《おきて》で運営されている〈エクスプローラー〉。要は気が向いた時に秘密の出入り口を通って地下空間に合流すればそれでOKという、廃駅オタクの彼からすればむしろ、夢のような二重生活の始まりとすら言えるでしょう。

しかし、そこは中山七里作品の妙。物語が盛り上がるのは、むしろここからです。

本作では読者諸氏に大いに楽しんでいただきたい、ふたつの謎が提示されます。ひとつは、〈エクスプローラー〉がなぜこのような地下暮らしを強いられているのかという、極めて根本的な謎。当然、法的な住居として許可を受けているはずがなく、彼らがこの地下空間へやって来たのには、ある重要な事情がありました。フィクションとしての割り切りとは無縁な、現実の事件になぞらえた背景の事情に、ぜひ想像を巡らせてみてください。

そしてもうひとつの謎は、この地下空間で起きた殺人事件。密室とまでは言えずとも、閉鎖された世界で〈エクスプローラー〉のメンバーの一人が突然不審な死を遂げたことから、物語は思いもよらない方向へと急展開します。

つまりこの物語は、緻密に構築された非日常的な舞台の中に、フーダニットとサスペンスフルなスリルを取り込んだ、一粒で何度も美味しいエンタテインメントなのです。ラストには吃驚仰天《びっくりぎょうてん》のどんでん返しも用意され、まさに業師・中山七里の面目躍如とも言うべき一作と言えるでしょう。

それにしても、本作が初めてお目見えした二〇二〇年は、中山ファンにとってお祭りのような一年でした。冒頭でも触れた、十二カ月連続刊行キャンペーンのことです。

出版業界の界隈では、類稀《たぐいまれ》な速筆作家として名を轟かせている中山七里氏ですが、だからといって一年間、毎月欠かさず新刊をリリースするというのは神業と言うほかありません。

なぜ、こんなことができるのか？　あるインタビューで中山氏は、「デビューの時に、物語を百通り考えた」と衝撃のコメントを残しています。少し前のものですが引用します。

《――来年、作家十周年で、五十数作目が出ることになるのかな。いまの連載分を含めて八十までは書いている。それでもあと二十はネタが残っているんです。ところが百一作目がなかなか思いつかないんです。（中略）物書きになってしまったら、持続しなければだめじゃないですか。賞金をもらいました、はいさようなら、では泥棒と同じ。版元さんと読者の期待に応え続けなかったら作家ではない。作家っていうのは肩書きじゃなくて状態ですから。》（『本の旅人』二〇一九年六月号より）

さらりととんでもないことを言っていて、読者はもちろんのこと、同業の作家諸氏はさぞ戦慄《せんりつ》したことでしょう。

このコメントから知ることができるのは、中山氏の傑出《けっしゅつ》したプロ意識と、何よりも作家という状態を守り続けるための、あまりにも周到な事前の準備です。同様のことは、私自身がいまから十年ほど前に担当したインタビューにおいても顕著に感じられました。

話題は中山氏のデビュー作である『さよならドビュッシー』と、その一年後に発表した『連続殺人鬼カエル男』について。『さよならドビュッシー』は第八回『このミステリーがすごい！』大賞受賞作であり、映画化もされた氏の代表作です。そして三作目にあたる『連続殺人鬼カエル男』もまた、ファンには印象的な初期の傑作ですが、実はこの二作品は同時に執筆され、同じ回の『このミステリーがすごい！』大賞に応募されたものだというのです。

　つまり、デビュー前のアマチュアが、まったくテイストの異なるふたつの物語を書き分け、いずれも商業レベルのクオリティなのだから凄《すご》い話（とくに『連続殺人鬼カエル男』は読み手を選ぶクセの強めなミステリーですからね）。この二作品を同時に投稿した理由について、自文を引用してみます。

《――ミステリーというのは安定した市場だと思いますが、それでもパイは限られているわけで、もし『連続殺人鬼カエル男』でデビューできたとしても、このイメージに色分けされてしまうのは、今後作家としてやっていくうえで不利だろうと考えました。そこで、普段はミステリーをあまり読まない人でも手に取りやすい作品を、と考えて書いたのが、『さよならドビュッシー』でした。音楽という題材は、一般受けしやすいだろうと計算してのことです。》（『文蔵』二〇一三年二月号」より）

　特筆すべきはそのマーケティング能力で、つまりは中山氏にとってデビュー十周年とは、迎えるべくして迎えたひとつの節目に過ぎなかったのでしょう。

　付け加えるならば、この十二カ月連続刊行キャンペーンは十二社の出版社に跨《また》がって展開されたもので、氏の業界内でのネットワークの広さと深さを感じさせます。これも、中山七里という作家が現在の文芸シーンのトップを行く存在であることの証左でしょう。

巷では「どんでん返しの帝王」との異名もすっかり定着している中山氏ですが、これまでの足跡に関してはむしろ予定調和であり、この先どこまでの道筋を捉えているのか興味は尽きません。

先の『文蔵』誌面でのインタビューで中山氏は、『さよならドビュッシー』で題材とした音楽は苦手科目であり、ドビュッシーもショパンも下調べの段階で初めて知ったとも語っています。つまり、自身の書きたい題材を持ち出すのではなく、読者が何を求め、何を読みたいのかを考え、そこから逆算してアイデアを練るのが中山七里流であるとのこと。実際、本書『帝都地下迷宮』が自身初の鉄道ミステリーと括《くく》られているように、球種の多彩さはファンには周知の通りです。

上質なエンタテインメントをハイペースで世に送り出し続ける「どんでん返しの帝王」は、まだまだ底が知れません。こうなると、作家生活二十周年を迎えるはずの二〇三〇年には、またまた我々を仰天させてくれる驚きの仕掛けが待っているのかも――。

この鬼才の行く先に、一読者としてどこまでもお供したいものですね。

（フリーライター）

本書は、二〇二〇年三月にPHP研究所から刊行された作品を、加筆・修正したものです。

この物語はフィクションであり、実在の個人・団体等とは一切関係ありません。

著者紹介
中山七里（なかやま　しちり）
1961年、岐阜県生まれ。2009年、『さよならドビュッシー』で第８回『このミステリーがすごい！』大賞を受賞し、2010年１月デビュー。近著に、『カインの傲慢』『合唱』『夜がどれほど暗くても』『逃亡刑事』『騒がしい楽園』『護られなかった者たちへ』『死にゆく者の祈り』『おわかれはモーツァルト』『鑑定人 氏家京太郎』『静おばあちゃんと要介護探偵』『TAS 特別師弟捜査員』『人面島』『棘の家』など。

ＰＨＰ文芸文庫　帝都地下迷宮

2022年８月17日　第１版第１刷
2022年９月15日　第１版第２刷

著　者　中山七里
発行者　永田貴之
発行所　株式会社ＰＨＰ研究所
東京本部　〒135-8137 江東区豊洲5-6-52
第三制作部　☎03-3520-9620（編集）
普及部　☎03-3520-9630（販売）
京都本部　〒601-8411 京都市南区西九条北ノ内町11
PHP INTERFACE　https://www.php.co.jp/
組　版　朝日メディアインターナショナル株式会社
印刷所　株式会社光邦
製本所　株式会社大進堂

ISBN978-4-569-90234-0